KB260878

짐승

짐승

차례

1

그녀의 입술은 고양이 발바닥 같다. 부드럽고 몰캉몰캉한 것이
닮았다. 첫 키스는 환상적이었지만 상상과 달리 사람의 입술에선
아무 맛도 나지 않았다. 달콤하거나, 조금은 촉촉할 줄 알았는데.
하지만 오동구는 아무래도 좋았다.

공교롭게도, 전화를 걸어온 사람은 미셸이었다. 오동구는 기쁜
마음으로 전화를 받았다. 그도 마침 잠자리에 누워 그녀를 생각하
던 참이었다.

"자고 있었어?"

미셸이 물었다.

"아니 아직."

"나 좀 도와줘. 지금 빨리."

그녀의 목소리는 다급했다. 그제야 오동구도 뭔가 심상치 않은

일이 벌어지고 있음을 눈치챘다. 잠시간의 침묵과 수화기 너머로 들리는 가쁜 숨소리.

'뭐라고 말이라도 좀 해봐. 그녀가 듣고 있잖아.'

오동구는 빨라지는 심장박동을 느끼며 스스로를 채근했다.

"어…… 버스 한참 전에 끊겼을 텐데."

"너 차 있잖아. 차 가지고 여기로 와줘. 나 지금 가양시 청삼동이야."

"술 마셨어?"

"한잔하긴 했어. 근데 나, 차 끊겨서 데려다 달라는 거 아니야."

그녀의 말투는 어쩐지 평소보다 단호하게 들렸다. 오동구는 몸을 일으켜 의자 등받이에 걸어둔 청바지를 집어 들었다.

"갈게."

"정말이야? 이렇게 늦었는데도?"

"당연하지. 네가 부탁하는 거니까."

왜? 왜 나를 돕겠다는 건데? 만약 그녀가 그렇게 물었다면 그는 주저 없이 대답했을 것이다. '너를 사랑하니까. 내가 약속했잖아. 내 곁에 머무르는 한 내가 가진 모든 게 네 것이라고.'

미셸은 한동안 말이 없었다. 그녀의 숨소리는 거칠었고, 어디선가 발소리가 심하게 울렸다. 층계참을 뛰어 올라가는 중일까? 오동구는 불길한 상상을 하지 않으려고 주먹을 움켜쥐었다. 깎지 않은 손톱 끝이 손바닥을 파고들었다.

"내가 사람을 죽였어."

그녀의 목소리는 여전히 무덤덤하게 들렸다. 오동구는 외투를 들고 선 채 얼어붙었다. 가슴에서 올라오는 서늘한 기운에 머리카락이 쭈뼛 서는 기분이었다. '잘못 들었겠지? 아무래도 잠이 덜 깬 모양이야.' 그렇게 생각하며 조심스레 되물었다.

"뭐라고?"

"사람을 죽였다고. 그러니까 날 좀 도와줘."

누구를? 네가 누굴 죽였다는 거야? 그 작고 여린 손으로, 대체 그게 가능한 일이야? 오동구는 묻고 싶은 게 많았다. 그러나 한동안 아무 말도 할 수 없었다.

미셸은 눈치가 빨랐다. 그녀는 오동구의 침묵을 이해한 듯했다. 그녀는 평소와 다름없는 차분한 말투로, 자신이 살해한 사람에 대해 말했다. 오동구는 그게 어떤 의미인지를 알지 못했다. 그저 추위에 떨고 있을 미셸을 걱정할 뿐.

"너 지금 어딘데?"

"청삼동 성환 연립. 내비에 주소 찍으면 나올 거야. 나 지금 지하로 내려왔어."

"경찰에 신고했어?"

"아니, 안 할 거야. 절대 아무한테도 알리지 마. 이건 너와 나 둘만의 비밀로 해. 이따 다시 전화할게."

그녀가 목소리를 낮췄다. 열쇠가 짤랑대는 소리. 삐걱대며 현관문 열리는 소리. 그녀의 호흡은 불안하게 떨리고 있었지만 우는 것 같지는 않았다. 그녀는 단지 조금 흥분했을 뿐이다. 미셸은 강한 사람이었다.

"걱정하지 마. 내가 널 지켜 줄게. 걱정 말고 안에서 기다리고 있어. 쌀쌀하니까 밖에 나오지 말고. 요즘 같은 때 감기 걸리면 한참 고생해."

오동구가 말했다. 미셸은 한참 동안 대답이 없었다. 그는 현관에서 신발을 꿰어 신다 말고 휴대폰을 내려다보았다. 전화는 끊겨 있었다.

그는 내키지 않는 심부름을 하는 사람처럼 문손잡이를 붙잡고 멍청히 서 있었다.

'뭘 망설이는 거야? 얼른 가서 미셸을 도와야지.'

오동구는 겨드랑이가 축축하게 젖어오는 것을 느꼈다. 가슴이 쿵쾅대며 열이 올라온 탓이다. 어쩐지 이 문을 열고 나가면 다시는 예전으로 돌아올 수 없을 것 같은 기분이 들었다. 살인자의 공범이 된다는 막연한 두려움 때문이었다.

한편으론 이번 일을 통해 미셸과 하나가 될 수 있으리란 기대감도 들었다. 평생을 안고 갈 둘만의 비밀이 생기는 셈이다.

'어쩌면 이 모든 게 내 사랑을 가늠해 보려는 그녀의 시험은 아닐까?' 짓궂은 장난이라면 질색이었지만 오동구는 여전히 미셸을 사랑할 자신이 있었다. 물론 다시는 이런 바보 같은 짓 하지 말라고 따끔하게 말해 둘 필요는 있었다. 그러나, 만약 그녀의 말이 사실이라면?

'내가 정말 살인자를 사랑할 수 있을까?'

오동구의 머릿속이 복잡해졌다. 미셸은 시시껄렁한 장난질이나 하려고 사람을 엿 먹이는 멍청한 여자가 아니다. 그녀는 세상이 어떤 이치로 작동하는지를 알 만큼은 아는 사람이었다.

불행히도 그게 그녀가 오동구를 사랑하기로 마음먹은 이유였지만, 그때나 지금이나 오동구는 그녀를 사랑하면서도 이해하지는 못했다. 오랜 시간 고민한 끝에, 마침내 그는 그녀를 돕기로 결심했다.

2

　장근덕의 집은 방음이 형편없었다. 윗집 남자가 화장실에서 물을 내리면 배관을 타고 꿀렁대는 소리가 났다. 이사 온 지 얼마 안 된 사람이었는데 오줌보가 줄줄 새기라도 하는 양 화장실을 들락거렸다. 장근덕은 그에게 동거인이 있는 게 분명하다고 생각했다. 혼자 살면서 화장실을 저렇게 자주 가다니. 도무지 믿을 수가 없었다.

　성환 연립은 딱 봐도 싸게 지은 건물이었다. 그마저도 세월의 때를 타 나날이 부실해졌다. 가끔은 건물 전체가 병에 걸려 죽어가는 것처럼 느껴지기도 했다. 벽은 얇고, 낡았다. 하수관에서는 늘 악취가 올라온다. 10평 남짓한 반지하에는 언제나 습하고 찬 기운이 맴돌았다. 그래도 장근덕은 이 건물이 싫지 않았다.

　그는 누운 채로 기지개를 켰다. 잠기운이 물러나자 숙취가 달려들었다. 이제 겨우 3시, 게으름 부릴 시간은 충분했다. 늘 그래왔듯 눈치 볼 것 없이 서너 시간 더 누워 있다가, 밤새 바코드를 찍으러 편의점으로 출근하면 되는 것이다.

장근덕은 혼자 살았다. 결혼은 하지 않았고, 앞으로도 하지 못할 가능성이 높았다. 그는 가급적 내키는 대로 살았다. 정기적으로 빨래하는 대신에 속옷을 뒤집어 입고 분기별로 한 번씩 방 청소를 했다.

두꺼웠던 솜이불은 수년간 그의 육중한 몸에 짓눌린 탓에 홑겹처럼 얇아져 있었다. 그는 절대 이불을 빠는 법이 없었다. 이불에 코를 묻으면 노릿하게 고소한 기름 냄새가 났다. 그는 입에서 나는 시큼한 악취를 느끼며, 체모와 살피듬이 더께처럼 쌓여 있는 침대에서 몸을 뒤쳤다.

어젯밤에 구토를 했던가? 기억나지 않는다. 목이 타는 걸 보니 그랬던 것 같기도 하다. 건조해진 목구멍은 위아래가 달라붙어 따끔거렸다.

'젠장, 자리끼라도 떠놓는 건데.'

투덜대며 눈을 떴을 때 장근덕은 방 안의 풍경이 평소와 다르다는 사실을 눈치챘다. 젊은 여자가 더러운 장판 위에 널브러져 있었기 때문이다.

장근덕은 조심스레 그녀에게 다가갔다. 처음 보는 얼굴이었다. 모르는 여자다.

"저…… 저기요."

장근덕은 여자의 어깨를 가볍게 흔들어 보았다. 그녀의 몸은 차가웠고 이상하리만치 뻣뻣했다. 텅 빈 눈으로 그를 올려다보는 여자의 얼굴이 마치 죽은 사람 같았다. 창백한 피부 아래로 새파랗게 불거진 모세혈관과 바닥에 눌어붙은 검붉은 핏자국.

장근덕은 세면대 앞에서 찬물로 세수를 했다. 정신이 돌아오고 난 뒤에는 간절한 마음으로, 천천히 뒤를 돌아보았다. 여자는 신기루가 아니었다. 눈을 감았다 떠봐도 달라진 건 없었다. 그녀는 죽었다. 어깨 위로 높이 양팔을 벌린 채.

핏자국은 그녀의 가슴 밑에서 시작되고 있었다. 날카로운 물건에 찔려 살해당한 게 분명해 보였다. 장근덕은 설거지할 그릇들이 쌓여 있는 부엌을 바라보았다. 과도, 식도, 조리용 가위 같은 날붙이들이 싱크대 위에 흩어져 있었다.

그는 어젯밤의 기억을 맹렬히 더듬으며 정신을 집중하려 애썼다. 아무것도 떠오르지 않았다. 평소와 다름 없이 편의점 야간 알바를 뛰었을 뿐이다. 일을 마치고 안면을 튼 단골이랑 소주도 몇 잔 했다.

그게 기억나는 전부였다. 그는 술이 약해서 만취하면 종종 필름이 끊겼다. 집으로 돌아와 곧장 이부자리에 들어갔을 뿐, 여자를 만난 기억은 없다. 장근덕은 숫총각이다. 콕 집어 말하자면 그에게는 방으로 데려올 여자가 없다.

"암만 봐도 모르는 여잔데……"

그는 깎지 않아 길게 자란 손톱으로 팔꿈치를 벅벅 긁어대며 혼잣말을 중얼거렸다. 아토피 때문에 건조한 살갗은 항상 간지러웠다. 신경을 곤두세우지 않으면 가려움을 통제할 수 없었다. 덧난 상처가 만들어낸 켈로이드 옆에 새 손톱자국이 패이며 피가 스며 나왔다.

장근덕은 여자의 시신 주변을 빙빙 돌면서 헝클어진 머리를 쥐어뜯었다. 그의 머리에서 비듬이 우수수 떨어졌다. 파출소에 신고

하면 경찰들이 뭐라고 생각할까? 누명을 쓰게 되진 않을까?

정당방위, 심신미약, 쌍방과실. 장근덕은 간절한 마음으로 자신을 변호할 말을 찾아 헤맸지만 어느 것도 좋은 변명거리가 되지는 못했다. 기름기로 번들거리는 이마 위에 이슬처럼 식은땀이 맺혔다.

쾅쾅쾅.

때마침 누군가 우악스럽게 현관문을 두드렸다. 깜짝 놀란 장근덕이 현관으로 달려갔다. 쓰레빠를 꿰어 신다 문득 여자의 시신을 떠올렸다. 지금 상황에 누군가를 집으로 들이는 건 결코 현명한 생각이 아니었다. 머릿속에 자꾸만 안 좋은 그림이 그려졌다.

이 여자는 누구야?

몰라요. 자고 일어나니 그만 이렇게 되어 있었습니다.

당신이 그랬어?

아닌데요.

그럼 이 여자가 왜 여기 있는 거야?

기억이 안 나요. 어젯밤 술에 꼴아서 필름이 끊겼거든요.

범인으로 몰리기 딱 좋은 변명이다. 하지만 아무리 머리를 굴려도 그보다 나은 대답이 떠오르지 않았다.

쾅쾅쾅쾅.

문 열라고 닦달하는 소리가 전보다 거세졌다. 곧 걸걸한 남자 목소리가 들렸다. 집주인 아저씨다. 용건이라고 해봐야 뻔했다. 밀린 관리비를 달라는 얘기일 것이다.

월세는 매달 시골에 계신 할머니가 보내준다. 그 외의 생활비는 장근덕이 어떻게든 알아서 해결했다. 그럼에도 매번 관리비가 밀리는 이유는 순전히 월급날보다 관리비 납부일이 빠르기 때문이었다. 장근덕은 여태껏 그게 문제가 되리라고는 생각해 본 적이 없었고, 따라서 미리 돈을 마련해 둘 생각도 없었던 것이다.

"총각. 안에 있나?"

집주인이 외쳤다.

장근덕은 그저 모른 척 숨어 있으면 괜찮을 거라 믿었다. 어차피 알바비는 오늘 들어온다. 내일 관리비를 내고, 집주인에게 문자 한 통 남기면 한동안은 잠잠할 것이다. 그다음 일은 나중에 생각하기로 했다.

장근덕은 현관 옆에 무릎을 모으고 몸을 옹송그렸다. 긴장감에 살짝 오줌을 지렸다. 한참 현관문을 두드리던 집주인이 구시렁댔다.

"아무도 없나 보네. 하여간 이 인간은 도무지 생활패턴을 종잡을 수가 없다니까. 사람은 착한데 머리가 좀. 아무튼 사람 없을 때 후딱 보고 나옵시다. 아가씨는 혹시라도 그러면 안 돼요."

"전 안 그래요."

"나중에 돈 밀리고 그러지 말라고. 관리비가 밀리면 연락이라도 주는 게 예의지."

"저 예의 바른 사람이에요."

"그럼 이사는 언제 들어오시게?"

"도장도 안 찍었는데 뭘 벌써부터 이사를 와요? 일단 방부터 보고 결정해야죠."

낯선 여자 목소리였다. 장근덕은 식은땀으로 등이 축축해지는 것을 느꼈다. 문 밖에서 잘그락대는 소리가 들렸다. 집주인이 열쇠 꾸러미를 뒤져 마스터키를 찾고 있는 것이다. 장근덕의 심장이 터질 듯이 날뛰기 시작했다.

'누군가 방을 보러 온 거다. 이 빌어먹을 영감탱이가, 자기는 입주자 없을 땐 절대로 방 안 보여준다더니.'

장근덕은 잽싸게 거실로 뛰어들었다. 구구단도 못 외우는 머리였지만 판단력이 없는 것은 아니었다. 그는 침대에서 이불을 끌어내 여자의 시신을 덮었다. 먼지와 비듬, 머리카락 따위가 풀썩거리며 날아올랐다. 그 바람에 코끝이 간질간질하더니 재채기가 나왔다.

에취.

"총각 안에 있었어?"

인기척을 들은 주인아저씨가 문 밖에서 물었다. 장근덕도 덩달아 목소리를 높였다.

"아…… 안에 사람 있어요. 잠시만 기다려 주시겠습니까?"

"있으면 있다고 얘길 하지. 혹시 내가 말하는 소리가 거기까지 들리나? 난 또 아무도 없는 줄 알았지."

"지금 막 일어났어요."

"거참, 이른 시간에 깨워서 미안하네. 잠깐 문 좀 열어봐."

이른 시간이라니. 농담인지 진담인지 모를 말이었다. 장근덕은 방범 체인을 걸고 살며시 문을 열었다.

이 건물의 쇠붙이란 쇠붙이에는 모두 검버섯처럼 시커멓게 녹이

나 있다. 방범 체인도 마찬가지였다. 체인을 고정하는 나사못은 대가리가 빨갛게 부풀어 금방이라도 바스러질 것 같았다. 현관문 경첩은 여닫을 때마다 짜증스런 금속성 마찰음을 냈다.

장근덕은 체인을 건 채 현관문 틈으로 밖을 내다보았다.

"무슨 일이죠?"

"다른 게 아니고, 마침 집 보러 온 사람이 있어서 말이야."

집주인이 말했다. 머쓱한 듯 뒤통수를 긁으며.

"내가 원래 입주자 없인 절대 방을 안 보여주거든. 그런데 오늘은 여기 아가씨가 워낙 갑작스럽게 오셔서 경황이 좀 없었네. 사정이 그러니까 총각이 좀 이해해줘."

집주인이 턱짓으로 여자를 가리켰다. 그의 어깨너머로 짙은 색조 화장을 한 여자가 얼굴을 내밀었다. 볼이 불룩하도록 풍선껌을 찍찍 씹으며.

"안녕하세요."

풍선껌은 규칙적으로 딱딱 소리를 냈다. 그때마다 발달한 턱 근육에 잔주름이 잡혔다. 검은 인조손톱과 새빨간 모조가죽 재킷. 집 보러 온 사람치곤 꽤나 멋을 부린 차림이었다. 장근덕은 속으로 욕을 하면서도 습관처럼 몸에 밴 미소를 지어 보였다. 집주인이 어색하게 따라 웃었다.

'이 사람도 나를 바보로 아는군. 정신을 바짝 차려야겠어.'

장근덕은 생각했다. 그는 할머니가 집을 떠나며 했던 말을 떠올렸다. "근덕아, 사람들 말 곧이곧대로 믿지 마라. 잘 이해가 안 되거든 반드시 두 번 세 번 물어 보거라."

집주인이 현관문 틈으로 살짝 구둣발을 밀어 넣었다.

“그래도 마침 자네가 있어서 다행이네. 잠깐 둘러보는 건 괜찮지? 5분도 안 걸려.”

“이 방을요? 저 분이 여기로 들어온다고요?”

“여긴 아니지. 이 방은 자네 방이잖아. 위층 사는 남자 알지? 그 양반이 다음 달에 방을 빼기로 했거든. 거기로 들어갈 거야. 어떻게, 이해가 좀 되나?”

집주인은 장근덕을 겪어봐서 알고 있었다. 그는 최대한 천천히, 알아듣기 쉽게 말했다. 아무리 자명한 얘기도 처음부터 차분하게 설명하지 않으면 장근덕은 두 번이고 세 번이고 다시 물어왔다.

한참을 고민하던 장근덕이 미심쩍다는 표정으로 물었다.

“정말 5분도 안 걸려요?”

“자네 집에 방이 몇 갠가? 달랑 화장실 하나뿐이잖아. 한 바퀴 둘러보는데 몇 분 안 걸릴 거야.”

“윗집이 나가는데 왜 제 방을 보여줘야 돼요?”

장근덕이 되묻자 집주인은 한숨을 쉬며 풍선껌을 돌아보았다.

“아가씨가 이해 좀 해줘. 이 친구 말귀가 좀 어두워서. 그거야 이 방이 윗집이랑 내부가 똑같으니까 그렇지.”

“처음부터 윗집을 보여주면 되잖아요?”

“여의치 않아서 그렇게 됐네. 우리끼리니까 하는 얘기지만, 윗집 양반 성격이 어디 보통 괴팍한가? 안에서 무슨 일을 꾸미는지 초인종만 눌러도 지랄을 하더라니까.”

장근덕이 뭐라고 대꾸하려던 찰나 풍선껌이 끼어들었다.

“그 집은 무슨 문제가 있어서 나가는 거예요?”

얇고 높은 목소리가 우중충한 공기를 휘저었다. 말꼬리를 빨아

먹는 듯 기묘한 혀짤배기소리였다. 장근덕은 그녀의 목소리가 꽤나 매력적이라고 느꼈다. 장근덕은 그녀를 곁눈질하며 위아래로 훑어보았다. 몸에 꼭 맞는 스키니진은 터질 듯 매끈하게 부풀어 있었다. 그녀의 풍만한 다리에 자꾸만 눈길이 갔다.

"말도 말아요. 월세 맨날 밀리지, 새벽마다 사람들 데려와서 술 처먹지, 주차 개떡같이 하지. 아주 사람을 못살게 군다고. 백번 말을 해도 꼭 건물 진입로에 차를 대더라니까. 그래서 쫓아내는 거야. 사람은 모름지기 질이 비슷한 사람끼리 살아야 탈이 없거든. 이 건물엔 가급적 교양 있고 배운 사람들만 들이고 싶다고 해서 말이야."

"누가요?"

"누구긴 누구야. 건물 주인이지."

"아저씨가 건물주인 아니었어요?"

풍선껌이 끼어들었다. 집주인 아저씨가 고개를 저었다.

"난 그냥 관리인이고, 건물주는 서울에서 사업하는 양반이에요. 이곳 말고도 여기저기 부동산이 엄청 많다더라고."

그런 얘기는 장근덕도 처음 들었다. 그동안 엉뚱한 사람 눈치를 보고 있었다 생각하니 괜히 부아가 났다. 집주인 아저씨는 장근덕을 가리키며 입에 발린 소리를 했다.

"여기 이 학생 봐봐. 얼마나 조용하고 얌전해? 모름지기 사람은 끼리끼리 모여 살아야 돼. 그래서 말인데, 잠깐 들어가도 괜찮겠지? 여기 아가씨랑 서로 이웃사촌 되면 얼마나 좋아?"

"글쎄요. 제가 지금은 좀……"

장근덕이 얼버무렸다. 콧잔등에 땀이 맺혀서 자꾸만 안경이 미끄러졌다. 잠시 어색한 침묵이 흘렀다. 집주인은 장근덕의 태도가 평소와 다르다는 사실을 뒤늦게 깨달은 듯했다. 장근덕의 안색을 살피는 그의 눈빛에는 어딘지 집요한 구석이 있었다. 마치 쩔쩔매는 장근덕의 얼굴에 무슨 흥미로운 비밀이라도 숨겨져 있다는 듯이.

미적대는 실랑이가 마음에 들지 않았는지 풍선껌이 나섰다.

"그러지 말고 문 좀 열어주세요. 1분도 안 걸려요."

풍선껌이 우악스럽게 문고리를 잡아당겼다. 체인이 팽팽해지자 녹슨 나사못이 바스러졌다. 빗장은 농담처럼 쉽게 떨어져 나왔다. 얼떨결에 손잡이를 놓친 장근덕이 뒷걸음질쳤다. 집주인 아저씨보다 풍선껌이 먼저 발을 들였다.

"어머, 이 방 정말 냉골이네."

풍선껌이 뻔뻔스레 호들갑을 떨었다.

"윗집 보일러는 오전에 싹 고쳐놨어요. 이 건물 지은 지가 30년인데 여태 한 번도 그런 일이 없다가 오늘 마침 보일러가 터지네. 가는 날이 장날이야."

"여기 현관 등은 왜 안 들어와요?"

"다마가 없어서 그렇지 고장 난 건 아니야. 불이 안 들어오면 말을 하지 그랬어? 내가 와서 재깍 갈아줄 텐데."

집주인이 비좁은 거실로 들어서며 제멋대로 지껄였다. 방을 둘러보던 그의 시선이 멈춘 곳은 더러운 이불을 뒤집어쓴 채 누워 있는 여자의 시신이었다.

집주인은 한동안 멍하니 그녀를 내려다보았다. 이불 위로 여자의 정수리가 빼꼼히 드러났다. 그 옆으로 두 개의 가늘고 긴 손목이 쭉 뻗어 있었다. 반대편으로는 눈처럼 새하얀 발바닥이 보였다. 경황이 없던 탓에 그만 이불을 가로로 덮었던 것이다.

장근덕은 머릿속이 새하얘졌다. 지금이라도 사실을 털어놓을까? 자다 깨보니 방에 웬 여자가 죽어 있었다고?

"방이 생각보다 크네요. 청소는 좀 해야겠지만……"

아직 상황 파악이 안 된 풍선껌이 무릎까지 오는 가죽 부츠를 벗어 던지며 성큼성큼 걸어 들어왔다.

"쉿!"

집주인이 입술 위에 검지를 갖다 대며 주의를 줬다. 깜짝 놀란 풍선껌이 입을 닫았다. 집주인은 턱짓으로 이불에 덮인 여자를 가리키고는 다시 검지를 펼쳐 입술 앞에 세웠다.

쉿―.

풍선껌도 그제야 알아들었다는 듯 야릇한 미소를 지었다.

"자는 사람이 있는 줄 몰랐네. 미안하게 됐어요. 여자친구 깨기 전에 우린 이만 갑시다."

집주인이 말했다. 그러고는 까치발로 조용히 방을 나섰다. 풍선껌도 금방 벗어놓은 가죽 부츠를 다시 집어 들었다. 현관문을 나서며, 풍선껌이 어깨너머로 장근덕을 돌아보았다.

"고마워요. 집 잘 봤어요."

눈꼬리가 동그래지는 풍선껌의 미소에 장근덕은 심장이 두근거렸다. 장근덕은 황급히 현관문을 닫고 자리에 주저앉았다. 요동치는 맥박을 따라 호흡이 거칠어졌다. 장근덕은 더러운 이불을 덮은 채 싸늘하게 누워 있는 여자를 바라보았다. 얼핏 그녀는 만취한 채 곯아떨어진 여자처럼 보였다.

장근덕은 가슴을 부여잡고 숨을 몰아쉬었다. 눈앞이 흐려지면서 몸이 자꾸만 아래로 움츠러들었다. 겪어보지 못한 두려움이 그를 지배했다. 어쩌면 변명할 기회를 영영 놓쳐 버렸는지도 모른다는 생각이 들었다. 과연 집주인과 풍선껌이 법정에서 우호적인 증언을 해 줄까? 장근덕은 가쁘게 숨을 몰아쉬며 발작적으로 흐느꼈다.

다행히 공황상태는 오래가지 않았다. 15분쯤 지나자 장근덕은 가까스로 몸을 추스를 수 있게 되었다.

'최소한 저 두 사람만큼은 내게도 찾아오는 여자가 있는 줄 알겠지.'

그렇게 생각하니 아까보다는 한결 기분이 나아졌다. 죽은 여자에 대해서도 묘한 감정이 들었다. 살아있을 때 이렇게 만났다면 얼마나 좋았을까? 장근덕은 시신 위에 덮어두었던 이불을 치우고 여자의 얼굴을 찬찬히 살폈다.

여자는 아주 젊진 않았지만, 그렇다고 나이가 들어 보이지도 않았다. 동그랗고 기품 있어 보이는 얼굴이었다. 숱이 많은 단발머리는 냉소적인 그녀의 표정과 제법 잘 어울렸다. 어쩌면 죽음이 그녀를 냉소 짓게 했는지도 모른다.

"예쁘다."

멍하니 여자를 바라보던 장근덕이 무심결에 중얼거렸다.

장근덕은 손을 뻗어 여자의 흐트러진 앞머리를 귀 뒤로 넘겨주었다. 그리고 한동안 그녀의 눈을 가만히 내려다보았다. 누군가의 얼굴을 이렇게 가까이서 마주 본다는 것은 그의 인생에서 처음 있는 일이었다.

'만약 그녀가 살아있는 여자였다면……'

그의 입가에 저도 모르게 얇은 미소가 걸렸다. 그는 별안간 몸을 일으켜 주위를 두리번거렸다. 마치 부끄러운 행동을 들킨 사람처럼 얼굴이 화끈거렸다. 장근덕은 현관문이 제대로 잠겨 있는지를 확인한 뒤, 쭈뼛대며 여자의 시신 앞으로 돌아왔다.

여자는 은은한 광택의 진주 목걸이를 하고 있었다. 목걸이는 길이가 조금 애매했는데, 초커처럼 짧은 스타일도 아니고 가슴까지 내려올 만큼 길지도 않았다. 어머니 세대나 찼을 법한 목걸이라고, 그는 생각했다.

장근덕은 죽은 여자의 목덜미에 코를 들이대고 냄새를 맡아보았다. 피 냄새가 섞인 달착지근한 향수의 여운과, 그보다 원초적인 여자의 땀 냄새.

"저…… 정말 예쁘네."

여자는 당연하게도 대답이 없었다. 그녀의 피부는 창백했다. 붉게 충혈된 눈을 커다랗게 뜨고 있는 모습이 조금은 으스스해 보이기도 했다.

장근덕은 한 달에 대여섯 번씩 술을 마셨다. 만취한 뒤 얌전히 집으로 돌아왔느냐면, 꼭 그렇지도 않았다. 그는 취하는 날이면 항상 기억을 잃었다. 그로서는 여자가 어떻게 죽었는지를 도무지 설명할 방법이 없었다.

그의 머릿속에 조금 더 명쾌한 논리가 떠올랐다. 따지고 보면 모든 문제의 근원은 이 여자다. 여자만 사라지면 문제는 저절로 해결된다.

장근덕은 여자의 시신 앞에 한참을 쪼그려 앉아 있었다. 꽤나 오랜 시간이 흐르고, 마침내 몸을 일으킨 장근덕은 벽장에서 작은 공구상자를 꺼내왔다. 그는 죽은 여자를 바라보며 고해성사하듯 말했다.

"난 어차피 망한 인생입니다. 내가 가진 거라곤 달랑 이 방뿐이 거든요. 이것마저 잃는 건 나한테 너무 가혹해요. 아무튼 미안하게 됐습니다."

장근덕은 자신만의 짧은 기도를 마치고 심호흡을 했다. 그녀를 화장실로 옮길 작정이었다. 방바닥을 피바다로 만들고 싶진 않았다. 조심스레 그녀의 몸에 손을 댔다. 여자의 살결은 차갑고, 보드라웠다.

그녀의 몸은 생각보다 가벼웠다. 그가 발목을 잡고 끌어당기자 그녀의 원피스와 안에 받쳐 입은 옷이 가슴까지 말려 올라가며 핏기없이 뽀얀 피부가 드러났다. 장근덕은 지금까지 여자의 맨살을 본 적이 없었다. 유쾌한 상황은 아니었지만 그는 약간의 두근거림을 느꼈다.

장근덕은 조심스레 그녀의 옷을 벗겼다. 스타킹을 벗길 때는 제법 애를 먹었다. 고무줄 중앙에 검은 리본이 달린, 옅은 광택이 흐르는 살구색 팬티 아래로 스타킹이 돌돌 말려 내려가면서 여자의 하얀 허벅지가 모습을 드러냈다. 장근덕의 남근이 흉물스레 부풀어 올랐다.

'빌어먹을, 이게 뭐라고 서냐.'

스스로가 미칠 듯이 한심했다.

그녀의 몸에는 군살이 없다. 게다가 제법 키가 컸다. 늘씬한 그녀의 몸은 표백이라도 한 듯 새하얬다. 그녀의 상체에는 장근덕의 눈길을 끄는 구석이 있었다. 손가락 두 마디 크기의 작은 풀꽃 한 송이가 그녀의 골반 근처에 새겨져 있었다. 서툴고 조악한 문신은 아니었다.

'사랑의 징표로 새긴 건가? 애인이 있었던 걸까?'

장근덕은 새삼 그녀가 안됐다고 생각했다. 한편으론 서른이 다 되도록 뜨거운 사랑 한 번 못해본 자신의 처지에 화가 났다. 익숙한 자기연민이 그를 덮쳤다. 발기된 남근이 아까보다 딱딱해졌다.

장근덕은 여자의 시신에서 목걸이를 벗겨냈다. 옷과는 달리, 진주 목걸이는 조금 특별했다. 옷은 태워버려도 상관없을 것 같았지만 어쩐지 목걸이를 버리면 여자가 싫어할지도 모른다는 생각이 들었다. 어차피 죽은 사람에게는 필요 없는 물건일 테지만.

공구함에서 줄 톱을 꺼냈다. 손날을 그녀의 몸 위에 가져다 대고 재단사가 구도를 보듯 이리저리 각도를 쟀다. 아홉 번만 자르면 그녀를 열 토막으로 나눌 수 있을 것이다. 그렇게 하는 편이 가방에 담기도 편할 테고.

장근덕은 심호흡을 했다. 머리로는 마트에서 고기 손질하는 장면을 떠올리려 애썼다. 소의 도가니를 발라내고, 살점을 솜씨 좋게 잘라내던 푸줏간 주인의 모습을 상상했다.

"정육점에서 본 것처럼 하면 돼. 이건 그냥 뼈와 살일 뿐이야."

장근덕은 혼잣말을 지껄이며, 줄 톱을 그녀의 무릎 위에 갖다 붙였다. 한 손으로는 그녀의 허벅지를 잡아 눌렀다. 비정하게 중얼거리기는 했지만 막상 일을 저지르려니 자신이 없었다.

그가 톱질을 시작하자마자 허벅지의 살점이 뭉텅이로 떨어져 나왔다. 그제야 뭔가 잘못되었다는 생각이 들었다. 처음부터 그녀를 이렇게 다루어서는 안 되는 일이었다. 장근덕은 덜컥 겁을 먹었다. 줄톱을 움켜쥔 손이 벌벌 떨렸다.

그녀의 죽음은 얼마나 고통스러웠을까? 어딘가에서 그녀를 애타게 찾는 사람들이 있지는 않을까? 그녀를 암매장하는 일은 쉽고 빠른 해결책이 아니라, 에둘러가는 고난의 시작 아닐까? 어쩌면 그녀를 죽이는 것보다 더 큰 죄를 저지르고 있는 건 아닌가?

행동을 하기 전에 먼저 그런 고민을 해야 했었다. 그는 새삼 어리석고 나약한 자신을 책망하며 스스로에게 저주를 퍼부었다.

'나는 병신이야. 항상 생각보다 행동이 앞서서 후회를 하지.'

장근덕은 자기연민이 물처럼 쏟아져 나오는 수도꼭지를 가지고 있었다. 곤란한 상황이 닥치면 그는 항상 수도꼭지를 틀고 머리를 처박았다. 그렇게 마음속 깊은 곳으로 침잠해 며칠 밤을 웅크리다 보면, 대부분의 문제는 저절로 해결되게 마련이었다.

그때마다 그에게는 무책임하다거나, 어리석다거나, 머리가 나쁘다는 꼬리표가 하나씩 딸려왔지만 장근덕은 그게 그다지 거추장스럽지 않았다. '내가 병신이라 그래.' 그 한마디가 모든 것을 설명해 주곤 했으니까.

스스로를 깎아내릴수록 현실의 복잡한 문제들로부터 도망치는 일은 수월해졌다. 때문에 대부분의 상황에서 장근덕은 문제를 해결하려 애쓰느니 그냥 놓아버리는 편을 택했다.

'애초에 태어나질 말았어야 했어. 내 와꾸가 이 모양이라 사랑받지 못하는 건 오히려 다행스러운 일이야.'

그는 발작적으로 몸을 떨면서도 자신이 저지른 일에서 눈을 떼지는 않았다. 모든 것이 엉망진창이었다. 처음부터 이 모양으로 돌아가는 꼴을 보니 도무지 계획대로 일이 진행될 것 같지 않았다. 늘 그렇듯, 그러나 평소보다는 조금 이르게, 뒤늦은 후회가 시작되었다. 이제는 그 무엇도 되돌릴 수 없었으니까.

"목걸이는 팔지 않을게요. 금은방에서 얼마를 준대도 절대 팔지 않을 거예요. 절에 봉안하고 해마다 향을 피워 줄게요."

장근덕은 숨을 헐떡이며 톱질을 했다. 어깨가 들썩이고 팔뚝이 후들거렸다. 그는 어느새 땀과 눈물로 범벅이 되어 흐느끼고 있었다.

3

세상 살아가는 요령을 모르는 사람들이 있다. 어떻게 하면 타인의 호감을 살 수 있는지, 샤워는 왜 아침저녁으로 해야 하는지, 전구가 나갔을 때 바로 갈아줘야 하는 이유는 무엇인지. 그런 사소한 일 따위는 한 번도 생각해 본 적 없는 사람들.

이진수도 그런 부류였다. 그는 매번 손에 잡히는 대로 옷을 입고 늘 같은 신발을 신었다. 끼니마다 똑같은 음식을 먹으면서도 이상하다는 생각을 해본 적이 없었다.

아내와 갈라선 뒤 그는 완전히 폐인이 되었다. 아무도 돌보지 않는 개처럼 하는 일 없이 그저 먹고 자기만을 반복할 뿐이었다. 정작 이진수는 이런 식의 삶에 대해 별다른 문제의식이 없었다. 그는 오히려 스스로를 냉소하는 편이었다.

'이거야말로 불명예스럽게 옷을 벗은 전직 경찰다운 삶이지.'

이진수는 편의점 로고가 찍힌 비닐봉지를 식탁 위에 던져두고 전기 포트에 물을 끓였다. 점심 메뉴는 컵라면과 냉장 김치였다. 거슬러 받은 천 원짜리와 동전 몇 개가 식탁 위를 굴러다녔다.

냉장고엔 아직도 아내의 메모가 붙어 있었다. 두부, 대파, 돼지고기, 다진 마늘. 아내의 마지막 쇼핑목록. 찌개라도 끓일 생각이었나? 이진수는 종종 아내의 손 글씨를 바라보며 그녀를 생각했다.

아내는 동갑내기였다. 몸이 자주 아팠고, 친구가 많지 않았다. 그녀는 팔다리 관절이 툭 불거져 나올 만큼 깡마른 체구였다. 마른 몸 때문에 멀리서 보면 아이처럼 보이기도 했다. 안고 있으면 그녀의 몸이 딱딱하다고 느껴질 정도였다.

두 사람은 만난 지 육 개월 만에 충동적으로 결혼했다. 어찌 보면 도망치듯 올린 결혼식이었다. 때가 되면 자연스레 결혼을 하는 '보통 사람들' 틈으로 숨어들기 위한 결정이었다.

그녀는 어린이집 선생이었지만 아이들을 좋아하진 않았다. 적성보다 성적에 맞춰 대학을 갔기 때문에 하는 수 없이 어린이집 선생이 되었을 뿐이다.

이진수와 그의 아내는 아이를 낳아 기를 생각이 없었다. 자녀계획을 독촉하는 일가친척에게는 적당히 둘러댔다. 누군가 아이가 생기지 않는 이유를 물으면 과도한 스트레스를 탓하곤 했다. 공식적으로는 건강 문제였다. 아내는 아이를 가지기엔 너무 작고 병약해 보였기 때문에 누구도 그 이상은 캐묻지 않았다.

그래도 이진수는 아내가 좋았다. 말이 잘 통하는 사람이라 생각했다. 그녀는 늘 그가 하는 얘기를 잘 들어줬지만, 지금 생각해 보면 그거야말로 아내의 남다른 재능이었는지도 모른다. 엄청난 인내심 말이다. 그녀는 부부관계 없는 부부생활을 3년이나 참아냈을 뿐더러 그에게 어떤 곤란한 질문도 하지 않았다.

사실 그들은 누구보다 서로를 잘 알았다. 처음부터 이진수는 아내를 사랑할 수 없는 사람이었다. 부부관계가 없으니 아이가 생길 리 없었다.

시간이 지나면서 이진수의 아내는 점점 병약해졌고 식사를 거르는 날이 많아졌다. 일주일에 몇 번씩은 구토를 할 정도였다. 부쩍 몸이 약해진 그녀는 직장생활을 힘들어했다. 이진수는 짬이 날 때마다 아내를 직장에서 집으로 실어 날랐다. 가끔은 어린이집 화단 뒤에서 몰래 담배를 피우거나 화장실을 빌려 쓰며 시간을 보내는 날도 있었다.

불미스러운 일에 휘말린 건 그 무렵이었다. 이진수가 아이를 성추행했다는 소문이 돌자 아내는 직장에서 쫓겨났다. 이진수는 자신이 일하던 경찰서에서 동료들의 경멸 어린 눈총을 견디며 조사를 받았다. 일 년에 걸친 법정 공방 끝에 결국엔 무혐의 처분을 받았지만 잃어버린 명예는 돌이킬 길이 없었다. 이진수는 동료를 잃었다. 삶은 한순간에 엉뚱한 방향으로 달음질쳤다.

이혼 절차가 마무리되고 남남이 되던 날 저녁식사를 하며 아내가 고백했다.

"사실 눈치는 채고 있었어. 우리 사이에 아이가 없었던 이유, 자기도 알잖아. 당신의…… 성향에 대해서."

이진수는 얼굴이 화끈거렸다. 자신의 가장 은밀한 비밀이 까발려지는 순간 태연할 수 있는 사람이 몇이나 될까? 그는 변명하듯 웅얼거렸다.

"그럼 이게 낫지 않는 병이라는 것도 알고 있겠네."

"병이라고 생각하지 않아. 당신이 달라지지 않을 거라는 사실은 짐작하고 있었지만. 원래 그렇게 태어난 걸 당신이 어떻게 해."

이진수는 곁눈질로 아내의 표정을 살폈다. 그녀와 눈을 마주치자 어색한 듯 고개를 돌렸다. 아내가 그의 손을 붙잡았다.

"당신, 뭐 하나만 묻자."

"뭔데?"

"그 애한테 아무 짓 안 한 거 맞지?"

이진수는 아내의 무표정한 얼굴을 바라보았다. 그녀는 눈이 작아서 쉽게 생각을 읽을 수 없었다. 이진수는 두 손으로 아내의 손을 마주 잡았다.

"나 무혐의야. 경찰 조사에서 다 밝혀졌잖아."

"정말이지? 거짓말 아니지?"

"당신한테 거짓말한 적 없어. 당신이 더 잘 알잖아. 나 페도필리아 맞아. 근데 나, 그동안 애 많이 쓰고 살았어."

"다행이다. 그럼 그렇지. 그 애가 거짓말을 한 거야. 사람 본성이 선하다고? 성선설? 그거 다 구라야. 애들은 처음 잠자리를 잡으면 날개부터 찢으려고 해. 시골에서 애들 노는 얘길 들으면 소름이 끼친단 말이야. 개구리 똥꼬에 작대기를 쑤시고, 지렁이한테 소금 뿌리고. 우리도 어릴 땐 다들 그렇게 놀았잖아? 난 애들 말 안 믿어."

아내는 혼잣말을 중얼거리며 넋이 나간 사람처럼 창밖을 바라보았다. 도시의 불빛이 까만 어둠 위를 안개처럼 번져나가고 있었다. 텅 빈 식탁 위에 침묵이 내려앉았다. 시간이 더디게 흐르는 기분이었다.

웨이터가 빈 접시를 가져가고 아내가 먼저 일어섰다.

"부모님이 당신 걱정 많이 했어. 이 서방이 그럴 리 없다고. 당신도 경찰인데 그랬을 리 없잖아. 그러니까 당신, 앞으로도 잘 살아. 나랑 내 부모님한테 예의 지켜줘."

"내가 혐오스럽지?"

이진수가 물었다. 머뭇거리던 아내는 이진수의 이마에 짧은 키스를 했다.

"난 네가 불쌍해."

그게 아내와의 마지막 만남이었다.

아내가 떠나고 마침내 철저히 혼자가 되었을 때, 이진수는 몇 년 만에 처음으로 자유롭다는 생각을 했다. 홀가분한 기분이었다. 사랑하지도 않는 여자와 별반 아름답지 않은 인생을 공유해야 한다는 사실이 그에게는 무거운 짐이었던 것이다. 그날 이후 이진수는 내키는 대로 살아왔다. 모두에게 잊혀진 채, 아무 일도 하지 않으며. 그게 불과 1년 전의 일이다.

이진수는 책상 앞에 앉아 컴퓨터를 켰다. 습관처럼 자신의 기사를 검색해 본다. 포털사이트에 뜬 인터넷 뉴스를 빠르게 훑었다.

현직 경찰, 파렴치한 아동 성추행범으로.

자극적인 헤드라인은 수백 번도 더 읽었다. 벌써 몇 년 묵은 기사다. 이제는 어느 누구도 그 사건을 기억하지 못한다. 그럼에도 이진수는 매일 인터넷에 자신의 이름을 검색해 보곤 했다.

검색어를 바꿔 넣으려던 참에 휴대폰이 울렸다. 모르는 번호다. 그는 신경질적으로 전화를 받았다.

"여보세요?"

"이진수 씨 맞나요?"

휴대폰에서 낯선 여자의 목소리가 흘러나왔다.

"그런데요."

"어머, 반갑다. 우리 진짜 오래간만이다."

"누구시죠?"

"내 목소리 기억 안 나? 나 도미애야."

여자가 말했다. 다소 지친 듯한 모호하고 낮은 톤의 목소리.

"도미애? 도미애가 누구시더라?"

"지국 고등학교 동창. 우리 그때 학원도 같이 다녔잖아."

그제야 이진수는 어렴풋이 그녀를 떠올릴 수 있었다. 학창시절 내내 같은 반이었고 보습학원 종합반을 함께 다녔다. 키가 크고 날씬했던 조용한 여학생.

"아, 그 도미애."

이진수가 아는 체를 했다. 원래도 별로 친하지는 않았다.

"너무 갑작스럽게 연락했지?"

"오래간만이네. 목소리만 듣고 처음에는 누군지 전혀 몰랐어."

이진수는 건성으로 대답했다. 십수 년 만이었지만 달리 할 말도 없었다. 머뭇거리던 도미애가 물었다.

"졸업하고 경찰이 됐다며?"

"그랬었지."

"일은 좀 어때? 힘들지 않아?"

"관둔 지 좀 됐다. 지금은 백수야."

도미애는 뜻밖의 말을 아무렇지 않게 내뱉는 이진수의 태도에 적잖이 당황한 것 같았다. 긴 침묵이 이어졌다. 그래, 그렇지. 예전의 그녀가 맞다면 도미애는 아마 그런 반응을 보였을 것이다. 그제야 이진수는 그녀를 온전히 기억해 낼 수 있었다. 그녀는 말수가 적은 사람이었다. 영리하고 신중한 여자. 그러나 신기하리만치 존재감이 없었던 걸로 기억한다.

"넌 요즘 뭐하고 지내?"

이진수가 물었다.

"그냥 놀아. 가끔 여행이나 다니고."

"은행 다닌다고 하지 않았나?"

"아, 내가 전에 그 얘기도 했었나? 기억력이 좋네."

도미애의 목소리가 밝아졌다. 이진수는 별일 아니라는 듯 어깨를 들썩 해보였다. 마치 그녀가 맞은편에 앉아 있기라도 한 것처럼.

"알음알음 들은 얘기야. 오래전이긴 하지만."

"아직 업데이트가 안 됐구나. 그거 엄청 옛날 일이야. 은행은 대학 졸업하고 잠깐 다니다가 결혼하고는 관뒀어."

"그렇군."

"너도 몇 년 전에 결혼했다며? 결혼식 못 가서 미안해. 그동안 얼마나 정신이 없었는지, 너 결혼했다는 얘기를 저번 달에 들었다니까? 그때 축의금이라도 보냈어야 했는데."

"나 작년에 이혼했어."

이진수의 대답에 또다시 어색한 침묵이 이어졌다. 대충 끊으려던 차에 도미애가 엉뚱한 질문을 했다.

"동창회는 왜 안 왔어?"

동창회가 있었다는 얘기는 처음 들었다. 알았대도 가지 않았을 것이다. 한가하게 고등학교 동창들 만나 수다 떨 기분이 아니었다.

'인맥도 자기 잘 됐을 때나 챙기는 거지. 나보고 거길 나가서 뭘 하라고? 잘나가는 애들 무용담 들어주며 박수라도 쳐야 하나? 퍽도 재미있겠군.'

이진수는 속으로 삐딱한 독설을 퍼부었다.

"그냥 좀 바빠서. 동창회 나갈 경황이 없었다."

"그 정도야? 그래도 친구끼리 얼굴 한 번은 봐야지. 요즘도 바빠?"

"왜? 백수는 바쁘면 안 되냐?"

이진수가 되물었다. 수화기 너머로 난처해하는 도미애의 헛웃음 소리가 들렸다. 그녀는 눈치가 빠른 여자였다. 이쯤 했으면 알아들을 법도 하다고 생각했는데, 오늘따라 그녀는 이상하게 집요했다.

"그게 아니라, 잠깐 시간 좀 내줄 수 있나 해서."

"무슨 일인데?"

"전화로 말하긴 좀 길어. 만나서 얘기하는 건 어때? 주소 알려주면 내가 그쪽으로 갈게."

"미안. 내가 요즘은 누구 만나기가 좀 그래. 다음에 동창회 하면 그땐 꼭 나갈게."

"네가 정 그렇다면……"

"그래. 다음에 보자. 잘 지내고."

이진수는 전화를 끊었다. 자신의 행동이 무례하다는 생각은 별로 들지 않았다. 따지고 보면 고등학교 때 친했던 사이도 아니다. 지

금은 얼굴도 가물가물하다. 그런데 십수 년 만에 뜬금없이 연락해
서 만나자니.

'졸업앨범 뒤져서 물건이나 파는 부류 아니고서야 나 같은 놈을
뭐 때문에 찾겠어? 옥장판이나 생명보험, 건강 보조식품 같은 거.
그도 아니면 같이 교회에 다니자거나. 끽해봐야 그런 얘기겠지.'

다시 휴대폰이 진동했다. 도미애의 문자메시지.

돈 되는 일이야. 생각 있으면 이번 주 토요일 저녁에 만나자.

돈 얘기가 이진수의 관심을 끌었다. 수입이 끊긴 지 1년이 넘었
다. 먹고 살 길은 막막하고 모아놓은 돈도 다 떨어졌다. 그에겐 돈
이 필요했다. 도미애에게 답장을 보냈다.

심부름 같은 거야?

**말하자면 그래. 어려운 일은 아니야. 네가 잘할 수 있을 것 같아서
부탁하는 거야.**

무슨 일인데?

사람 찾는 일.

사람 찾는 일이라면 도가 텄다. 한동안은 그걸로 밥 벌어 먹고살
았으니까. 게다가 그가 생각하기에는 적당히 재능도 있었다.

‘옛날 인맥이나 데이터베이스를 활용할 수 있었다면 좋았을 텐데.’

그러나 이제 경찰 쪽으론 비빌 언덕이 없다. 소문이 고약하게 나는 바람에 그는 완전히 기수열외가 된 처지였다. 이제는 별 수 없이 모든 걸 혼자서 해결해야 한다.

이진수는 도미애를 만나보기로 마음먹었다. 한 번 만나서 무슨 얘기를 하는지 들어나 보자는 생각이었다.

며칠 뒤 약속장소에서 도미애를 만났다. 얼굴을 보니 기억이 선명해졌다. 새삼 둘 사이에 추억 같은 건 전혀 없었다는 사실이 떠올랐다. 학창시절 이진수는 스포츠에 빠져 있었고 고3 때는 수능 대신 경찰공무원 시험을 준비했다. 그러니 가뜩이나 교우관계가 좁았던 도미애와 교집합이 있었을 리 없다.

도미애는 장례식에라도 다녀온 사람처럼 온통 검은 옷차림이었다. 안에 받쳐 입은 밋밋한 블라우스조차 경건하게 예의를 갖춘 느낌이었다. 분위기는 우중충했지만 옷은 전부 고급품이었는데, 요즘 유행과는 동떨어진 짤막한 진주 목걸이를 하고 있어서 어쩐지 귀부인 같은 인상을 주었다.

이진수는 그녀의 풍성한 단발머리가 제법 아름답다고 생각했다. 30대 중반을 향해 가는 나이였지만 그녀에겐 여전히 주위의 이목을 끄는 면이 있었다. 한편으로 그는 그녀에게서 근원을 짐작할 수 없는 어둠을 느낄 수 있었다. 오랜 세월 침잠해 온 음울함이 그녀의 외피를 한 꺼풀 덮고 있는 것 같았다. 눈길은 가지만 쉽게 다가서기 힘든 부류.

“좋아 보이네.”

이진수가 말했다. 그녀에게는 어쩐지 거짓말을 하게 된다.

"고마워. 진수 너야말로 정말 하나도 안 변했다."

"나는 이제 완전 아저씨지."

"덩치가 옛날보다 좋아진 것 같은데?"

"살이 쪄서 그래. 이제는 다이어트를 해도 예전 같지 않아."

이진수는 무뚝뚝하게 대답했다. 상견례는 이만하면 됐다. 그는 팔짱을 긴 채 언제쯤 본론이 나올지 기대하며 그녀의 동그란 턱을 바라보았다.

"살쪘다는 뜻으로 한 말 아니야. 정말 몸이 커진 것 같아. 예전에는 이 정도까지 근육질은 아니었던 것 같은데."

도미애는 눈을 커다랗게 뜨고 이진수의 걷어붙인 팔뚝을 바라보고 있었다. 이진수가 손가락을 움직일 때마다 두꺼운 근육 위로 힘줄이 도드라졌다. 그 모습이 그녀에게 깊은 인상을 준 것 같았다. 이진수는 머쓱해져서 자기도 모르게 테이블 밑으로 팔을 내렸다. 구경거리가 되는 건 질색이다.

"형사들은 역시 운동을 많이 하는구나."

도미애가 물었다.

"다 그런 건 아니야. 그리고 형사라고 부르지 마. 이젠 경찰 아니라니까."

"어쩌다가 관두게 됐는지 물어봐도 돼?"

"어지간하면 묻지 마라. 별로 기분 좋은 일은 아니었거든."

이진수는 손짓으로 종업원을 불렀다. 여드름투성이 알바생이 메뉴판을 건넸다. 그는 메뉴판을 열어보지도 않고 마늘 치킨과 맥주 두 잔을 시켰다. 문득 도미애의 눈에 자신의 행동이 어떻게 비춰질지 궁금했다. 티가 많이 날까? 자격지심을 감추려고 일부러 쿨한

척하는 게?

"내 연락처는 어떻게 알았어?"

이진수가 물었다.

"영제한테 물어봤어. 네 단짝이었잖아. 경찰이 됐다는 것도 걔한테 들었어."

"영제 못 본 지도 오래됐다. 다들 바쁘니까 연락을 못 하게 되더라고. 영제는 아직도 내가 경찰인 줄 알고 있을 거야."

"응. 그렇더라."

"나 이렇게 사는 거 아무한테도 얘기하지 마라."

이진수가 말했다. 도미애가 말없이 고개를 끄덕이는 모습을 보니 자신이 뭔가 대단한 비밀이라도 털어놓은 기분이 들었다. 어색한 침묵은 알바생이 치킨을 놓고 갈 때까지 계속되었다. 샛노란 튀김옷 위로 김이 모락모락 피어올랐다.

도미애는 닭에는 손도 대지 않았다. 그저 목마른 사람처럼 연거푸 맥주만 들이켰다.

"잘 마시네. 맥주 좋아해?"

"좋아하진 않는데 잘 마시긴 해."

도미애의 대답에 이진수는 저도 모르게 웃음이 나왔다.

"왜 웃어?"

그녀가 조심스레 물었다.

"보통은 반대잖아. 술은 못 마시지만 술자리는 좋다고들 말하던데."

"그건 남들 눈치 볼 때나 하는 얘기지. 나는 굳이 거짓말을 할 필요가 없어. 진짜로 잘 마신다니까."

"건강 생각해서 적당히 마셔라. 우리 나이에 술병 나면 약도 없어."

이진수의 말에 도미애가 웃었다. 깔깔 웃는 그녀의 눈꼬리에 주름이 잡혔다. 주변의 공기가 조금은 가벼워진 기분이었다. 한편으론 그녀의 웃음이 어쩐지 자조적으로 들리기도 했다.

"넌 술 마시는 게 좋니? 난 기분 좋아서 술 먹는다는 사람 이해가 안 돼."

도미애가 맥주를 홀짝이며 말했다. 이진수는 고개를 갸우뚱했다.

"그럼 너는 왜 마시는데?"

"잊으려고 마시지."

"뭘?"

"부끄러움을 잊으려고. 내가 술에 찌들어 산다는 게 부끄러워서."

도미애가 묘한 미소를 지었다. 알쏭달쏭한 대답에 이진수는 어리둥절한 표정을 지었다. 그 모습을 본 도미애가 또다시 웃음보를 터뜨렸다.

"애, 표정 좀 봐. 뭐가 그렇게 심각해? 인상 펴. 이거 『어린왕자』에 나오는 대사잖아. 주정뱅이가 사는 별에 도착한 어린왕자. 못 들어봤어? 애 좀 봐, 『어린왕자』를 몰라?"

"뜬금없긴."

이진수는 떨떠름한 얼굴로 맥주잔을 들었다. 맛이 깔깔해서 기침이 났다. 도미애는 냅킨으로 눈물을 찍어가며 웃었다. 흥에 겨운 듯, 흐느끼는 듯. 어색하고 기이한 광경이었다.

"사실은 괴로운 일을 잊으려고 마시는 거야. 오만 것들이 바늘처럼 항상 나를 콕콕 찔러 오니까. 술에 취하면 그게 조금은 무디게 느껴지거든."

"형편도 넉넉하면서 뭐가 그렇게 고단해?"

"형편 넉넉해도 사람 사는 건 다 마찬가지야. 세상 일이 어디 내 맘처럼 되니? 누가 그러더라. 삶은 살아가는 게 아니라 죽어가는 과정이라고. 다들 머리 위에 자기만의 지옥을 이고 사는 거야."

"그래. 특히 배고픈 건 마음대로 안 되지. 끼니는 정말 내 맘대로 안 돼."

이진수는 두툼한 닭다리를 집어 입으로 가져갔다. 농담을 하면서도 그는 속으로 도미애를 비웃었다. 아무리 그럴싸하게 포장해봐야 배부른 소리다. 당장 영등포역에만 나가도 술 사먹을 돈조차 없는 사람들이 무료 급식소 앞에 줄을 섰다. 몇 달 뒤면 이진수 자신도 그런 처지가 될 수 있었다.

도미애의 얼굴에서 웃음기가 사라졌다. 그녀는 사뭇 진지한 태도로 말했다.

"그래서 말인데. 진수 너, 내 고민 하나만 덜어줘라."

그녀는 사진 한 장을 꺼내 테이블 위에 올려놓았다. 동그란 얼굴이 앳되어 보이는 10대 소녀의 사진이었다. 얼핏 고등학교 시절 도미애의 모습이 떠올랐다. 그녀도 그 시절에는 이런 분위기였다. 일견 천진한 듯하면서도 냉소적인 눈빛. 이진수가 물었다.

"누구야?"

"내 맘대로 안 되는 내 동생."

도미애가 대답했다. 이진수는 다시 한 번 사진을 찬찬히 뜯어보았다. 숱이 많은 검은 머리. 하얀 피부와 시원시원한 눈매도 영락없이 도미애를 닮았다.

"이걸 왜 나한테?"

"동생을 좀 찾아줬으면 해."

"돈 되는 일이라는 게 이거였어?"

도미애는 말없이 고개를 끄덕였다. 이진수는 일부러 쓴웃음을 지어 보였다. 무뚝뚝한 태도로 테이블 위에 사진을 내려놓았다.

"이런 일이라면 흥신소를 찾아가지 그랬어?"

"그래도 가족 일인데, 모르는 사람한테 부탁하기는 좀 그래. 왠지 무섭기도 하고."

"나 누구 심부름이나 해주는 사람 아니야."

이진수는 사진을 도미애 쪽으로 밀었다. 처음부터 이럴 작정이었다. 무슨 일이 있어도 한 번은 거절해야 한다고 생각했다. 그것이 그의 마지막 자존심이었다.

도미애는 이진수를 바라보며 시무룩한 표정을 지었다. 그녀의 실망은 마치 연습이라도 한 것처럼 즉각적이었고, 자연스러웠다.

이진수는 문득 그녀가 모든 걸 꿰뚫어보고 있는지도 모른다는 생각을 했다. 그녀는 사실상 자신의 손바닥 안에서 이 상황을 마음 껏 조몰락댈 수 있는 입장이었다. 마치 부모가 아이들의 투정을 받아주듯이.

"심부름꾼처럼 부리겠다는 게 아니야. 나에겐 흥신소의 어중이떠중이가 아니라 제대로 믿고 일을 맡길 사람이 필요해. 네가 이쪽으로는 베테랑이라고 들었어. 사례는 제대로 할게."

"사례?"

"네가 서운하지 않게 챙겨 줄 수 있어."

도미애가 말했다. 결국 칼자루를 쥔 건 그녀다. 아무리 센 척을 해도 결국엔 돈 쓰는 자가 갑이다. 이진수는 어쩔 수 없이 그녀의 손바닥 위로 기어올라 가야만 했다.

　이진수는 도미애의 시선을 피해 고개를 젖혔다. 콘크리트 천장 위를 공조 덕트가 가로지르고 있었다. 온풍기 바람 탓인지 얼굴이 화끈거렸다. 돈이 필요했다. 그것도 아주 많이. 이진수는 테이블 위의 사진을 신경질적으로 낚아챘다.

　"사례금은 누가 건 거야?"

　"내가."

　"찾으면 얼마 줄 건데?"

　이진수는 질문을 하면서 자신의 수첩 안에 사진을 갈무리했다. 도미애의 얼굴에 엷은 미소가 띠올랐다.

　"천오백. 미옥이를 찾으면 그만큼을 더 줄게."

　"동생 이름이 도미옥이었군. 무슨 일이 생긴 거야?"

　"미옥이는 오래전에 집을 나갔어."

　"가출?"

　"독립이지. 부모님과 트러블이 좀 있었거든."

　도미애는 마음에 걸리는 게 있다는 듯 잠시 머뭇거렸다.

　"미옥이는 자유분방한 아이야. 보는 시각에 따라서는 문란하다고 할 수도 있을 것 같아. 그런 거 뭔지 알지? 외박도 잦고, 낯선 남자에게 거리낌이 없는. 나는 미옥이를 비난할 마음이 없어. 각자 자기 인생을 사는 거니까. 미옥이는 자기 방식대로 사는 것뿐이야. 나는 그런 생활에 대해선 전혀 신경 쓰지 않았지만 우리 부모님은 달랐어. 독실한 기독교인이셨거든. 솔직히, 부모님은 걔를 못견뎌했어."

　"집을 나간 이유가 그거야? 부모님과의 갈등 때문에?"

　"그런 셈이지. 벌써 10년도 넘었어. 미옥이는 독립한 뒤로 집과는 아주 연락을 끊고 지냈거든. 최근에 몇 번 연락이 닿기는 했지. 작년 이맘때쯤 부모님이 돌아가셨는데…… 아무튼 미옥이 연락처를 수소문하는데 정말 애를 먹었어. 어떻게든 부모님 장례는 치렀는데 장례식 끝나자마자 미옥이가 다시 잠적해 버린 거야."

도미애가 도미옥을 찾는 건 유산 분배 때문이었다. 부모님은 도미애에게 꽤나 많은 재산을 남겼지만 도미옥에겐 단 한 푼도 주지 않았다. 도미옥 역시 그 돈을 받고 싶어 하지 않았다. 최후의 순간까지 그들은 서로를 인정하고 받아들일 마음이 없었던 것이다.

"나는 미옥이를 좋아했어. 당연히 상속받은 재산 절반을 떼어줄 생각이었지. 그런데 부모님은 끝까지 미옥이를 자식으로 인정하고 싶지 않았던 모양이야."

"흔치 않은 일이네. 유산을 서로 갖겠다고 싸우는 건 봤어도 나눠 가지자며 동생을 찾는다는 얘기는 처음 들어봐."

"나한테 돈은 중요하지 않아. 이미 아쉽지 않을 만큼은 가지고 있는 걸. 중요한 건 마음이야. 나는 동생이 방황을 접고 돌아오길 바랄 뿐이야."

"네 생각이 그렇다면 그건 어려운 일이 아니야. 네 동생은 언제든지 자기 몫을 받아갈 수 있어. 우리나라 법이 그래. 고인의 의사가 어떻든 법적으로 유류분을 청구할 수 있으니까, 네가 굳이 걜 찾지 않아도 된단 말이야."

"미옥이는 그걸 모른다는 게 문제야. 유류분 반환청구는 사망 후 1년 안에 해야 된대. 다음 달이 벌써 부모님 기일이거든."

"네 동생은 부모님 재산 물려받을 생각이 전혀 없는 모양이네."

이진수는 문득 한 가지 의문을 떠올렸다. 동생을 그렇게 살뜰하게 챙긴다면 법이 다 무슨 소용인가? 돈에 발이 달려 사라지지 않는 이상, 동생이 원하면 아무 때나 나눠줄 수 있을 텐데. 그로서는 절대로 납득할 수 없는 이유였다. 물론 그에게는 물려받은 재산도, 그걸 나눌 동생도 없었지만.

이진수는 도미애의 생각에 굳이 토 달지 않았다. 의뢰인의 기분을 상하게 해서 좋을 건 없었으니까. 도미애가 말했다.

"유산도 유산이지만 나는 미옥이와의 관계를 회복하고 싶어. 지금부터라도 남들처럼 화목하게 지냈으면 좋겠어. 이제 이 세상에 핏줄이라곤 우리 둘밖에 안 남았잖아."

"장례식 이후로 연락은 해봤어?"

"완전히 잠수 탔어. 전화도, 문자도 안 받아. 꼭 일부러 나를 피하는 것 같아."

"정말 그럴지도 모르지."

이진수의 말에 도미애가 불쾌하다는 듯 얼굴을 찌푸렸다.

"그게 무슨 소리야?"

"오해하지 마. 기분 나쁘라고 한 얘기 아니야. 그런데 한 번쯤은 그런 생각도 해봐야지. 어쩌면 네 동생에게 네가 미처 몰랐던 속사정이 있을 수도 있어."

"……."

"잘 생각해봐. 혹시라도 걔가 널 피해야 할 이유가 있는 건 아닌지."

"그럴 리 없어. 미옥이의 갈등은 부모님과의 문제야. 나하곤 아무 감정 없어."

도미애가 대답했다. '아무 감정 없다'는 말이 어쩐지 묘하다는 생각이 들었다.

"미옥이를 마지막으로 본 게 언제야?"

"작년 이맘때."

"어디에서?"

"세브란스 병원 장례식장. 조문객처럼 와서는 조용히 육개장만 먹고 가더라. 나는 도무지 걔를 이해할 수가 없어."

"도미옥은 어떻게 왔지? 차를 타고? 걸어서?"

"지하철 타고 왔대."

전혀 도움이 안 되는 정보였다. 그래도 이진수는 고개를 끄덕였다. 까짓것, 아주 어려운 일도 아닌 것 같았다. 삼천만 원은 수고에 비해 과분한 돈이었다. 시간이 흐르면 어떻게든 된다.

이진수는 반쯤 남은 맥주잔을 시원하게 들이켰다.

"좋아. 찾아줄게."

"언제까지 가능하겠어? 조금은 서둘렀으면 좋겠는데."

도미애가 묻자 이진수는 난처하다는 듯 고개를 까딱거렸다.

"두고 봐야 알 일이지. 집 주소도 알고 전화번호도 가지고 있었다며? 그런데도 연락이 닿지 않았다는 거잖아."

"주소는 옛날 거야. 지금은 거기 안 살아. 전화를 걸어도 아마 안 받을 거야."

"그거 곤란하네. 작정하고 숨은 모양인데? 원래 그런 사람들 찾는 게 여간 어려운 일이 아니거든. 물론 내가 할 수 있는 최선을 다할 테지만. 시간은 좀 걸릴지도 모르겠다."

이진수는 일부러 엄살을 부렸다. 호언장담했다가 늦어지는 것보다는 그 편이 훨씬 나았다. 어쩌면 도미애를 후려쳐서 돈을 좀 더 받아낼 수 있을지도 모르고. 어차피 이 방면에서 전문가는 이진수였다. '제까짓 게 숨어봐야 어딜 숨겠냐.' 속으로는 그렇게 생각했지만 내색하진 않았다.

"영영 찾지 못하는 건 아니겠지?"

도미애가 조심스럽게 물어보았다.

"내가 잘 찾아볼 테니 너무 걱정하지 마. 예전에는 사람 찾는 게 내 직업이었어."

이진수의 대답을 들은 도미애의 표정이 한결 밝아졌다. 걱정을 덜어낸 덕분인지 그녀는 부쩍 말수가 많아졌다. 두 사람은 졸업 후 살아온 세월에 대해 한동안 이야기를 나눴다. 도미애의 이야기엔 성실히 살아왔던 그녀의 견고한 삶이 담겨 있었다.

그녀에게선 지성과 교양이 빛났다. 유복했던 가정환경과 명문대학 학벌, 부모님께 물려받은 적지 않은 재산, 번듯한 직장을 관두게 한 부유한 남편. 그녀는 마치 전혀 다른 세상을 살고 있는 사람 같았다.

이진수는 도미애가 삶을 대하는 태도에서 보이지 않는 벽을 느꼈다. 돌이켜보면 그녀는 원래 그런 사람이었다. 목표가 뚜렷하고 어떻게든 원하는 걸 이루어내는 사람. 성공을 향해 쉬지 않고 묵묵히 걸어가는 인생. 어쩌면 그녀는 태어날 때부터 이진수의 머리 꼭대기를 걷고 있었는지도 모른다.

어쩐지 자꾸만 술이 당겼다. 맥주를 한잔 더 시키고 잔을 들이켰다. 지난 십수 년. 그가 자신의 길에서 모진 풍파를 겪으며 부서지는 동안 세월은 그녀를 다듬어 더욱 매끈하게 만든 것만 같았다.

4

　도미옥은 겉도는 아이였다. 학교 선생님들도, 몇 안 되는 친척들조차 그녀 얘기만 나오면 고개부터 절레절레 흔들었다. 서른을 바라보는 지금에 와서 돌이켜보면 그건 어디까지나 그녀 자신의 잘못이었다. 아무리 생각해도 가정환경을 탓할 수는 없었기 때문이다.

　도미옥의 집은 경제적으로 부족함이 없었다. 부모님은 선량한 사람들이었고 도미애를 사랑했던 것만큼이나 도미옥에게도 최선을 다했다. 누가 봐도 화목한 가정이었다. 집안의 유일한 걱정거리는 바로 도미옥이었다.

　물론 그녀는 그 시절을 후회하지 않았다. 엄밀히 말해 그건 누구의 잘못도 아니었으니까. 굳이 탓을 하자면 교통사고 때문일까? 어린 마음에 흉터를 남긴 그날의 사고 때문에?

　피할 수 없는 불운은 늘 그렇듯 갑작스레 찾아왔다. 가족끼리 시립수영장을 다녀오던 길에 맞은편 화물차에서 짐짝이 굴러 떨어졌다. 일가족이 탄 차는 전복되었고 부모님은 그때 돌아가셨다. 도미옥은 언니, 할머니, 그리고 덜떨어진 사촌 동생과 함께 살아남았다.

자매는 새 부모에게 입양되었다. 새 부모는 자식이 없는 만혼의 노부부였다. 합리적인 사고방식을 지닌 여유로운 사람들. 그들은 부모를 잃은 자매에게 좋은 새 부모가 될 수 있는 사람들이었고, 그들 스스로도 그렇게 되기 위해 애썼다. 도미애는 새 부모의 기대에 부응하며 이내 평온한 일상을 되찾았다.

하지만 도미옥은 늘 겉도는 아이였다. 스스로도 납득이 가지 않을 정도였다. 그녀는 늘 화가 나 있었고, 대체로 자신이 화를 내는 이유를 설명하지 못했다. 도미옥은 뚜렷한 이유도 없이 새 부모가 싫었고, 언니가 미웠다.

어쩌면 그냥 사춘기 탓이었을 수도 있다. 그 시절엔 누구나 겪는 병을 조금 심하게 앓았을 뿐인지도 모른다. 그녀는 언제나 적응이 늦은 편이었으니까. 때가 되면 자연스럽게 받아들여야 하는 일도 있다는 걸 그때는 몰랐다.

도미옥은 질 나쁜 친구들과 어울리면서 일찌감치 술담배를 배웠다. 그 시절에는 종종 남의 집 개를 걷어차거나 약한 아이들을 괴롭히곤 했다. 누구에게라도 화풀이를 하지 않고는 견딜 수가 없었다. 보통은 새 부모의 가슴에 대못을 박는 식으로 그 문제를 해결했다.

가끔씩 친구들과 가출을 했다가 붙잡혀 들어오는 날엔 새 부모가 어깨를 다독여 주었다. 그때마다 그들은 눈물을 흘리며, 무사히 돌아온 그녀를 보듬어 안았다. 그녀에겐 그 모든 게 낯간지러운 위선 같았다.

스스로에게 솔직할 수 있었던 건 조금 더 나이를 먹은 뒤였다. 새 부모는 좋은 사람이었다. 진짜 부모였다면 더할 나위 없이 행복했을 것이다. 달리 생각해 보면 모든 일이 너무 쉽게 흘러간 게 문제였는지도 모르겠다. 친부모가 돌아가시고 마음씨 좋은 노부부에게 입양되기까지의 과정은 이상할 정도로 자연스러웠다.

고아가 된 자매를 동정하던 친척들은 부모님의 재산을 저희들끼리 나눠 가진 채 남이 되어버렸다. 끔찍했던 사고는 몇 년이 지나 잊혀졌다. 친언니인 도미애는 전교권 모범생이 되어 새 부모의 사랑에 보답했다.

도미옥은 그런 언니를 이해할 수 없었다. 누군가의 죽음이 그렇게 쉽게 잊혀질 수 있다는 사실에 절망했다. 일부러 그랬던 건 아니지만 삶이 자꾸 엇나가기 시작한 것도 그 무렵이었다. 말썽을 일으키고 돌아오면 책상머리에 앉아 눈을 흘기던 언니의 모습이 떠올랐다.

"넌 왜 항상 엄마 아빠를 실망시키니?"

언니가 자신을 타이를 때면 도미옥은 멍하니 딴생각을 했다. 도미애가 훈계를 늘어놓을 때마다 그녀는 마음속으로 악을 쓰며 대들었다.

"남들 보기에 창피하지도 않니?"

남들 생각이 그렇게 중요해?

"네 인생이 아깝지는 않고?"

떠난 사람 훌훌 털어버리고 아무렇지 않게 살면 된다고? 언니는 그게 그렇게 쉽게 돼?

"그건 그냥 사고였어. 왜 새엄마 탓을 해? 너야말로 나중에 뭐 해 먹고 살 건데? 너도 네 인생 하나는 건사해야지. 사람답게는 살아야 할 거 아냐?"

사람답게 사는 게 어떤 건지 모르겠어. 난 그냥 오래 살고 싶지 않다는 생각뿐이야.

"넌 새엄마가 불쌍하지도 않아?"

진짜 우리 엄마도 아닌데 뭐 어때?

노부부가 아무리 잘해줘도 예전과 같을 수는 없었다. 도미옥에게는 그들의 호의와 화목한 가정이 꼭 잘 짜여진 연극무대 같았다. 가장 견딜 수 없는 건 피를 나눈 언니가 그 무대에서 가장 뛰어난 배우라는 사실이었다.

스무 살이 되어갈 무렵에는 조금 두렵기도 했다. 자신을 제외한 온 가족이 질서정연한 궤도를 그리며 제 역할을 다하고 있는데, 그녀 자신은 절대로 그럴 수가 없다는 사실이 무서웠다. 그녀가 성인이 되면 노부부가 짊어진 부모로서의 의무도 끝이다.

이제 와 돌이킬 수는 없었다. 새 부모의 인내심에는 한계가 명확했다. 그녀는 로켓에서 떨어져 나온 잔해처럼 정해진 궤도에 못 미쳐 우주를 떠돌다가 대기권의 먼지가 될 운명이었다. 법적으로 성인이 되던 해에 도미옥은 여행가방 두 개를 챙겨 집을 나왔다.

그녀에게는 당장 독립할 수 있는 자금이 없었으므로, 우선은 언니의 돈을 빌리기로 했다. 도미옥은 언니가 귀중품을 보관해 놓는 장소를 알고 있었다. 언니 방 침대 밑에는 신발상자가 있었는데, 그녀는 언니가 한 달에도 몇 번씩 그 상자를 열고 닫는 모습을 지켜봤기 때문이다.

언니가 집을 비운 사이 도미옥은 신발상자를 몰래 열어보았다. 그 안에는 오래된 편지와 여권, 통장과 인감도장, 만 원짜리 지폐 열댓 장, 그리고 엄마의 유품인 진주 목걸이가 들어 있었다. 끔찍한 교통사고를 당한 날, 수영장에서 돌아오던 그날도 엄마는 진주 목걸이를 차고 있었다.

언니가 그 목걸이를 간직하고 있다는 사실은 도미옥을 분노케 했다. 도미옥은 그때까지 목걸이의 존재를 몰랐기 때문이다. 그저 탐욕스런 친척들이 금은방에 팔아버렸으리라 생각했을 뿐이었다. 언니가 엄마의 유품을 가지고 있으면서도 자신에게는 한마디 말도 하지 않았다는 사실에 그녀는 심한 배신감을 느꼈다.

도미옥은 통장과 인감도장을 챙겼다. 그녀는 언니의 비밀번호를 알고 있었다. 진주 목걸이도 가져갈까 고민하다가, 그냥 언니에게 남기기로 했다. 언니의 돈을 훔치면서도 별로 미안한 마음은 없었다.

떠나는 날까지도 도미옥은 새 부모가 미웠다. 오히려 그들의 태도는 이해할 수 있었다. 계속 그렇게 엇나갔다간 그들이 자신을 포기해 버릴 수도 있다는 사실을 도미옥도 알고 있었다. 하지만 친동생을 떠나보내면서도 언니가 눈 하나 깜빡하지 않을 때는 서운하면서도 덜컥 겁이 났다.

도미옥이 집을 떠나던 날, 도미애는 남자친구와 늦게까지 술을 마셨고 자정이 다 돼서야 집으로 돌아왔다. 도미옥은 현관 앞에서 언니를 기다리다가 작별인사를 나눴다. 흐느적거리며 그녀를 껴안는 도미애의 손이 차가웠다.

"그동안 고생 많았어. 나가서는 잘 살아."

“언니도. 꼭 지금처럼 행복해야 돼.”

“미옥아, 세상은 어차피 혼자 사는 거야. 망치가 되지 못하면 모루가 되는 게 인생이야. 누군가 두드리면 누군가는 얻어맞는 거지. 정말 그게 전부야.”

도미애가 그녀의 귓가에 속삭였다. 그녀는 도미애의 입에서 역겨운 술 냄새를 맡을 수 있었다. 도미옥은 간신히 입꼬리를 말아 올리며, 언니를 향해 웃어 보이려 애썼다.

첫날밤은 근처 찜질방에서 보냈다. 날이 밝자마자 울산행 첫차를 잡아탔다. 고등학교 때 사귀던 남자애가 그곳에서 공장을 다닌다고 했다.

경부선을 타고 내려가는 동안 도미옥은 돌아가신 부모님 생각을 했다. 모든 것을 앗아갔던 그날의 사고에 대해, 도무지 쓸모라곤 없었던 친척들과 할머니, 그리고 멍청한 사촌 동생에 대해서도.

또한 그녀는 선량하고 합리적이었던 새 부모, 자신이 놓친 수많은 기회들, 그리고 이제는 사라져버린 모종의 가능성에 대해 생각했다. 도미옥은 곧 자신의 앞길에 닥쳐올 불행을 예감하며 자신이 흘리게 될 눈물의 무게를 가늠해 보았다. 이 모든 것을 되돌릴 수 없다는 사실이 사무치게 두려웠다.

언니가 자신을 버렸다는 확신은 들지 않았다. 돌아가신 부모님 생각을 하면 핏줄에는 힘이 있다는 믿음이 들었다. 그러나 도미애의 냉담한 얼굴을 떠올릴 때면 그 믿음도 저절로 쪼그라들었다.

마침내 그녀는 자신이 친언니를, 도미애를 뼛속 깊이 증오하고 있다는 사실을 받아들이기로 했다. 하나 남은 혈육이나 다름없었지만 그녀에겐 도미애를 미워하지 않을 이유가 없었으니까.

그건 정말로 어쩔 수 없는 일이었다. 그녀는 아무래도 언니처럼 될 자신이 없었다. 낙오한 그녀를 내버려두고 먼저 제 살 길을 찾아 떠난 사람은 도미애였다. 이제는 정말 혼자서 어떻게든 잘 살아야 했다.

도미옥은 불룩해진 핸드백을 어루만졌다. 그 안에 언니의 돈이 들어 있었다. 월세 계약금을 내고도 반년 정도는 그럭저럭 지낼 수 있을 만한 액수였다. 그녀는 부디 그 돈으로 새로운 삶을 시작할 수 있기를 간절히 바랐다.

돈 가방을 어루만지는 그녀의 얼굴에 미소가 떠올랐다. 그동안 수험생들 과외 가르치며 모아놓은 돈이 전부 사라졌다는 사실을, 도미애는 지금쯤 알아차렸을까? 도둑맞은 액수가 적지 않으니 아마도 이를 갈고 있겠지.

'어차피 새 부모 돌아가시면 언니가 그 재산을 물려받을 테니까. 이까짓 액수는 아무것도 아니겠지. 그런데, 언니는 왜 그렇게 악착같이 돈을 모았던 걸까? 그 멀대 같은 남자친구랑 살림이라도 차릴 생각이었나?'

도미옥은 쓸데없는 생각을 하다 까무룩 잠이 들었다.

5

　조수석 시트를 젖히고 눈을 감아도 도무지 잠이 오지 않았다. 최준은 실눈을 뜨고 차창 밖을 살폈다. 차는 어느덧 고속도로를 벗어나 가양 신시가지로 진입했다. 도로 양옆에는 커다란 물류창고들이 늘어서 있었다. 어떻게 가려는지 몰라도 목적지가 청삼동의 연립주택이라는 건 최준도 들어서 알고 있었다.

“이 동네 알아?”

최준이 물었다.

“어떻게 가는지는 알아. 출발하기 전에 지도를 봤거든.”

오동구가 대답했다. 그는 내비게이션도 없이 차를 몰았다.

　청삼동은 초행길을 나서는 운전자에겐 버뮤다 삼각지대 같은 곳이다. 동네 전체가 일방통행이라 한 번 길을 잘못 들면 짜증이 날 정도로 같은 곳을 빙빙 돌게 만들었다.

"미셸이 기다리고 있어."

오동구의 혼잣말에 최준은 문득 세이렌의 전설을 떠올렸다. 아름다운 목소리로 선원들을 홀려 배를 좌초시킨다는 인어의 전설. 최준은 운전대를 잡은 오동구의 옆모습을 바라보았다. 못 미더운 선장에게 키를 맡긴 기분이 들었다. 어쨌든 오동구와 한배를 탄 이상 이제 와 돌이킬 수 있는 일도 아니었지만.

"어지간하면 내비 하나 달지 그러냐?"

최준은 괜히 오동구를 타박했다.

"난 표지판 보면서 가는 게 좋더라. 내비게이션은 뭔가 구리지 않냐? 자기가 뭔데 이래라 저래라야. 구글맵보다는 지도책 뒤지는 게 편해. 나는 옛날 방식이 좋아. 아날로그적인 삶을 지향한다고나 할까."

"우리가 처음 면허 따던 시절에도 내비게이션은 있었어. 넌 구식이 아니라 그냥 괴짜야."

"그거야 뭐. 사람마다 취향이라는 게 있으니까."

오동구가 대답했다. 최준은 속으로 그를 비웃었다.

사랑하는 이의 과오를 덮기 위해 인생을 걸고 도박을 하는 게 과연 낭만일까? 최준은 오동구가 큰 실수를 저질렀다고 생각했다. 그것이 운명이든, 사랑이든, 알 수 없는 무언가가 감당할 수 없는 짐을 떠넘긴 밤이었다. 생각에 잠겨 있던 최준에게 오동구가 물었다.

"……할 수 있겠냐?"

"뭐라고?"

맥락을 놓치기는 했지만 그가 무슨 말을 하려는지 알 것 같았다. 오동구는 오는 내내 미셸 이야기만 했다. 이 모든 게 다 미셸을 위해서라고 했다. 사랑하는 사람을 지키기 위해, 그녀가 죽인 여자를 묻으러 간다.

"오늘 일 말이야. 진짜로 할 수 있겠냐고. 사실 나는 사람 죽은 걸 본 적이 한 번도 없거든. 그래서 겁이 나."

오동구가 말했다. 들뜬 목소리가 평소보다 갑절은 더 우스꽝스럽게 들렸다. 그는 원래 불안정한 사람이라, 과도하게 긴장하면 늘 돌발행동을 했다. 때로는 어이없는 농담을 던지며 광대처럼 굴기도 했다. 할 말이 없을 때 가만히 있는 법을 배우지 못한 것이다.

오동구는 두려움을 떨치기 위해 끊임없이 뭔가를 해야만 하는 인간이었다. 지금처럼 무의미한 질문을 툭툭 던지는 것도 비슷한 맥락이다. 물론 겁이 나는 건 최준 역시 마찬가지였지만.

"이제 와서 어쩔 수 있는 문제가 아니잖아."

"네 말이 맞아. 이제 와서 차를 돌릴 순 없으니까. 엄밀히 말해 우린 늦은 거야. 미셸은 아마 하루 종일 두려움에 떨고 있었겠지. 다 내 탓이야. 너무 무서워서 그랬어. 어제 전화를 받자마자 달려갔어야 했는데. 혼자라도 갔어야 했단 말이야."

오동구는 금세 다시 시무룩해졌다. 최준은 또 한 번 짜증이 치밀어 오르는 걸 느꼈다. 어떻게든 그를 달래서 입을 닥치게 만들고 싶었다.

"걱정하지 마. 미셸은 이해심이 많은 사람이니까."

"그렇겠지? 혹시 그 사이에 마음이 바뀌진 않았겠지? 어쩌면 이미 자수했다거나…… 아, 그녀가 감옥에 가면 나는 어쩌지?"

"만약에 미셸이 전과자가 되면 헤어질 거야?"

최준이 물었다. 오동구는 말도 안 된다는 듯이 고개를 흔들었다.

"그럴 리가. 우린 서로 떨어질 수 없는 운명이란 말이야. 걔가 감옥에 가도 나는 기다릴 거야."

최준은 오동구의 대답이 마음에 들지 않았다. 그의 말 한마디, 몸짓 하나까지도 견딜 수 없을 만큼 미웠다. 이 답답한 녀석과는 진작에 연을 끊었어야 했다는 생각이 들었다. 최준의 속내를 모르는 오동구가 혼잣말을 중얼거렸다.

"나는 할 수 있어. 미셸을 위해서라면 뭐든지 할 수 있어. 나를 진짜 인간으로서 대해준 사람은 정말 걔 하나뿐이었단 말이야."

오동구가 칭얼거렸다. 최준은 몇 마디 쏘아붙이려다 말고 라디오의 볼륨을 높였다. 경쾌한 올드팝이 흘러나왔다. 이름 모를 여가수가 오동구의 넋두리를 묻어버렸다.

창 밖에는 주황색 가로등 불빛이 유성처럼 흐르고 있었다. 미친 듯이 달리는 중이니 곧 목적지에 도착할 것이다.

최준이 미셸을 알게 된 건 불과 육 개월 전이었다. 어느 날 오동구가 사랑에 빠졌다고 고백했을 때 최준은 노골적으로 그를 비웃었다. 늘 그래 왔듯 이번에도 오동구의 짝사랑으로 끝나겠거니 싶어 웃어넘겼다. 그는 어떤 면으로 보나 여자의 사랑을 받을 수 없는 남자였기 때문이다. 오동구가 술을 사겠다며 불러내 자기 여자친구를 보여주기 전까지, 최준은 그에게 애인이 생길 수도 있다는 생각을 해본 적이 없었다.

미셸. 그녀가 바로 오동구의 여자 친구였다. 미셸을 처음 본 순간 최준은 그녀에게 홀린 듯이 빠져버렸다. 그녀에게는 어딘지 모르게 이국적인 구석이 있었다. 눈동자의 색깔이 유난히 옅어서 그랬던 것만은 아니다. 어쩌면 그녀의 말투나 행동이 낯설게 느껴졌기 때문인지도 모른다.

그녀는 술자리를 즐기는 편이었다. 취향도 고상해서 브루클린 브라운 에일과 블루문을 열댓 병씩 마시면서 한국에선 쉽게 구할 수 없는 펫타이어를 밤새도록 그리워했다. 스컬핀의 시트러스 향이 마음에 들지 않는다며 IPA를 싸잡아 깎아내릴 때는 그 편협한 취향이 멋있어 보이기까지 했다.

최준은 종종 오동구와 미셸의 데이트에 끼곤 했는데, 그때마다 맞은편에 앉아 두 사람의 대화를 관찰하는 것이 그의 주된 역할이었다. 최준은 그들의 데이트가 마치 한 편의 기괴한 연극 같다고 생각했다. 사실상 둘의 대화는 소통이라 할 만한 게 아니었기 때문이다.

오동구가 맥락 없이 던지는 말들은 허공으로 흩어지기 일쑤였다. 반향 없는 빈 공간을 또 다른 말이 날아와 가르고 지나갔다. 끝에 남는 것은 말이 지나간 궤적뿐이었다. 결국 혼자서 떠드는 사람은 항상 오동구였다.

제 할 말만 지껄이는 오동구를 외면하다 보면 가끔씩 미셸과 눈을 마주칠 때가 있었다. 그때마다 그녀는 최준을 바라보며 환한 미소를 짓곤 했다.

언제 한 번은 오동구가 술값을 계산하는 동안 미셸이 최준에게 귓속말을 했다.

"저 남자, 참 지루하죠?"

그날 밤 최준은 미셸이 나오는 꿈을 꾸었다. 사방이 새하얀 꽃으로 장식된 결혼식장에서, 드레스를 입은 그녀와 반지를 나눠 끼는 꿈을.

오동구와 미셸은 나름대로 다정해 보이긴 했다. 때때로 팔짱을 끼기도 하고, 서로의 옷매무새를 챙겨주기도 했다. 그러나 딱 거기까지였다. 오동구와 미셸은 최준이 보는 앞에선 손을 잡지도, 포옹을 하지도 않았다. 미셸은 언제나 오동구의 서툰 스킨십을 세련되게 거절했다.

'이런 여자가 오동구 같은 놈을 만난단 말이야? 정신이 나갔군.'

마침내 최준은 그녀가 오동구를 사랑하지 않는다고 결론 내렸다.

냉소적으로 말하자면 오동구는 욕구불만의 부적응자였다. 사랑받고 싶어 하는 그의 몸부림은 언제나 안쓰러웠다. 그의 목소리는 누구보다 우렁찼지만 지껄이는 말들은 하나 마나 한 헛소리다. 과장된 몸짓은 언제나 경직되어 있었고, 억지로 꾸며낸 미소를 귀밑에 달고 살았다.

사람들은 그와 함께 있는 자리를 불편해했다. 어느 모임에서나 오동구는 예외적인 존재였다. 그러니 그가 제대로 된 연애를 해 봤을 리 없다. 남자들끼리의 보이지 않는 서열 싸움에서 밀려난 보잘 것없는 자에게 눈길 줄 여자는 없으니까.

그러나 미셸은 달랐다. 그녀는 항상 막냇동생을 어르는 큰누나처럼, 때로는 엄마처럼 그를 보듬었다. 오동구가 말 같지도 않은 이야기를 꺼낼 때도 미셸은 항상 귀를 기울였다. 그때마다 오동구는 극도의 환희를 느끼며 게거품을 물었다.

오동구에게 있어 미셸과의 대화는 일종의 배설행위였던 셈이다. 충족되지 못한 사교적 갈망을 채워줄 유일한 존재. 어쩌면 빈사상태의 자존감에 극적으로 달아준 산소 호흡기였는지도 모르겠다.

최준은 사실 못 견디게 질투가 났지만, 오동구를 질투하는 자신이 한심해 보일까 봐 어디 가서 티를 낼 수도 없었다.

"미셸은 좀 어때?"

최준이 물었다.

"새벽에 통화했어. 술을 얼마나 마셨는지 혀가 다 꼬부라졌더라. 당분간은 우리 집에서 지내라고 했어."

"뭐라고?"

"혼자서는 너무 무서워하니까."

오동구가 곁눈질로 최준을 흘끔거리며 비장하게 대답했다. 무표정한 얼굴은 전방을 주시한 채. 꼭 최준의 반응을 떠보려는 수작 같았다. 최준은 명치끝에서 뜨거운 기운이 올라오는 것을 느꼈다.

"너 개랑 잤냐?"

"무슨 소리야. 난 아주 퓨어한 사람이라고."

오동구가 너스레를 떨며 낄낄댔다. 왜 그렇게 흥분하느냐는 투였다. 최준은 놀림감이 된 것 같아 얼굴이 빨개졌다. 당장에라도 오동구의 턱을 후려갈기고 싶었다.

'하지만 무엇 때문에? 어차피 나랑은 아무 상관없는 여자잖아?'

맞다. 미셸은 아무 상관없는 여자다. 그러나 오동구가 그녀를 가지게 된다면 지금보다 몇 곱절은 비참해질 것 같았다. 최준은 분노를 감추기 위해 이가 시릴 정도로 어금니를 깨물었다. 오동구가 최준을 다독였다.

"이상하게 생각하지 마. 그냥 농담 한 거야. 남자 집에서 외박할 만큼 헤픈 여자 아니란 거 알잖아."

"너 정말 미셸이랑 사귀는 거 맞아?"

"당연하지."

"언제 고백했어?"

"고백은 안 했어. 그냥 자연스럽게 사귀게 된 거야."

"고백을 안 했는데 어떻게 사귀는 줄 알아? 너 혼자 착각하고 있는 것 아니야?"

의도가 뻔한 질문이었다. 눈치 빠른 사람이라면 누구든 최준의 헛된 희망을 알아챌 수 있었을 것이다.

"그럴 리 없어. 우린 이제 손도 잡고 아침마다 모닝콜을 해준다고. 지난 크리스마스에는 선물도 받았어."

"뭐 받았는데?"

"바디로션 세트."

"너는 걔한테 아이패드 사줬잖아. 이런 말 하기 좀 그렇지만, 너 걔한테 그냥 호구 잡힌 거 아니냐?"

"……."

오동구는 입을 꾹 다물었다. 마치 전에는 한 번도 그런 생각을 해 본 적이 없다는 듯이. 어색한 정적이 흘렀다. 최준은 오동구의 헛소리를 듣는 것보다 이편이 훨씬 낫다고 생각했다. 오동구는 한참만에 입을 열었다.

"키스도 했어."

"개랑?"

"그렇다니까. 내 첫 키스였어."

오동구의 얼굴에 희미한 미소가 떠올랐다. 이번에도 최준은 그가 곁눈질로 자신의 눈치를 살피는 것을 느꼈다. 오동구가 그를 떠보는 게 분명했다. 최준은 대수롭지 않다는 듯 중얼거렸다.

"애도 아니고. 우리 나이에 키스가 뭐 대수냐? 나도 여자들 만나면 가끔 해."

최준의 목소리가 희미하게 떨렸다. 최준은 가슴에 흠뻑 젖은 스펀지를 하나 삼킨 듯 비참한 기분이었다.

최준은 오동구가 자신에게 도움을 구하던 순간을 돌이켜보았다. 정확히 말하자면 미셸이 도움을 청한 셈이다. 오동구는 그냥 중계만 했을 뿐이고. 그렇게 생각하니 한결 기분이 나아졌다.

미셸이 오동구에게 전화를 건 게 오늘 새벽이었다. 그녀는 자기가 어떤 여자를 죽였다고 말했다. 오동구는 바보처럼 망설이다가 오후가 다 돼서야 최준에게 연락을 했다.

"우리가 시신을 처리해 줘야 해."

"우리가 왜? 난 빼줘. 내가 왜?"

"안 그러면 미셸이 감옥에 갈 테니까."

오동구는 훌쩍대며 울었다. 처음에 최준은 매몰차게 거절했다.

"미쳤어? 그러면 우리도 공범 되는 거야."

"나도 하루 종일 고민했어. 새벽에 전화를 받은 이후로 지금까지 먹지도, 자지도 못했다고."

"차라리 미셸을 설득하자. 자수하라고 해."

"절대 안 돼. 걔가 전과자가 되는 걸 그냥 두고 볼 순 없어."

"나도 미셸이 좋아. 걔가 감옥에 가는 건 나도 싫다고. 그래도 이건 좀 아니잖아. 죄를 지었으면 죗값을 받아야지."

"어떻게 그렇게 말할 수 있어? 미셸이 나한테 어떤 의미인지는 네가 더 잘 알잖아?"

"알지. 네 뜻이 그렇다면 말리지 않을게. 네 마음대로 해. 어쨌든

나는 빠질 거니까."

냉정한 최준의 태도에도 오동구는 포기하지 않았다.

"제발 한 번만 도와줘라. 나 혼자서는 못해."

"절대 안 돼."

"부탁이다. 앞으로 네 말이라면 뭐든지 다 들어줄게. 어려운 일도 아니야. 빈집에 버려져 있는 시체 한 구만 가져오면 돼."

"가져와서는? 그다음엔 어떻게 할 건데?"

"시골에 아버지 땅이 조금 있어. 거기에 폐가가 하나 있으니까 거기에 숨기면 돼. 사람도 별로 안 사는 동네야. 텃밭에서 고구마 농사짓는 노인네 몇이 전부라고. 그 집은 내가 중학교 때부터 버려져 있었어. 거기에 몇 년쯤 묻어뒀다가……. 충분히 시간이 지나면 내가 알아서 처리할게."

오동구의 말투는 더없이 간절했다. 그는 진심으로 미셸을 돕고 싶어 했다. 물론 그건 최준도 마찬가지였다. 하지만 살인사건이라면 얘기가 다르다. 최준은 끼어들고 싶은 마음이 전혀 들지 않았다.

"절대 안 돼. 그런 짓을 방관하기만 해도 죄가 된단 말이야. 그냥 미셸에게 맡기자. 스스로 죗값을 치르게 하자고. 자수하도록 설득하는 게 옳은 일이야."

"그럴 순 없어."

평소에도 외골수이긴 했지만 오동구의 반응은 완고했다. '하긴 애초에 판단력이 있는 놈이었다면 지금처럼 살아오진 않았을 테지. 여자한테 빠져서 인생을 망치는 꼴이라니.' 한마디 쏘아붙이려는데 오동구가 의외의 제안을 했다.

"날 도와준다면 꼭 보답할게."

"보답 필요 없어. 난 안 한다니까."

"마음으로 보답하겠다는 말이 아니야. 어차피 내 마음 따위 안중에도 없을 것 아냐?"

"몸으로 보답할 생각이라면 더더욱 사양이다."

"돈을 준다니까? 널 고용할 거라고. 큰돈을 벌 수 있는 기회니까 잘 생각해. 요즘 직장인들 부업 많이 뛰잖아?"

"그러서? 내가 너 도와주면 얼마 줄 건데?"

최준은 오동구를 비웃었다. 그는 오동구가 세상물정을 모른다고 생각했다. 오동구는 직업을 가졌던 적이 없다. 반면에 최준은 4년차 직장인이었다. 작은 회사였지만 그는 나름대로 성실하게 일했다. 매월 적금을 부었고 전세금 대출도 꾸준히 갚았다.

그럼에도 최준은 세상이 두려웠다. 항상 더 나은 삶을 위해 꾸준히 준비해 왔지만 그놈의 빌어먹을 준비는 영영 끝이 나지 않을 것처럼 보였다. 한 걸음씩 나아가고 있는 건 분명했지만, 세상을 알아갈수록 불안감은 오히려 커질 뿐이었다.

그런데 오동구는 어쩜 저렇게 태평할까? 두 발을 딛고 선 땅이 흔들리는데도 태연하게 드러누워 있는 꼴이라니.

'언젠가 모든 것을 잃고 난 다음에 후회하게 될 거야. 그때 나에게 손을 벌려도 나는 널 도와주지 않을 거다. 네가 베짱이처럼 허송세월하는 동안에도 나는 개미처럼 성실하게 노력했다고. 멀쩡한 직업 한 번 가져본 적 없는 백수 새끼가 감히 날 무시해? 쓰다 남은 용돈을 저금통에 모아온 모양이지? 만 원짜리 몇 장으로 기둥서방 흉내라도 내겠다는 거야 뭐야?'

최준은 한바탕 퍼붓고 싶은 말들을 목구멍 아래로 내리눌렀다.

"삼천만 원."

오동구가 거액을 불렀다. 예상보다 큰 액수에 최준은 당황했다. 어색한 침묵이 이어졌다. 이내 정신을 차린 최준이 따져 물었다.

"거짓말하지 마. 네가 그런 돈이 어디 있어?"

"나한테도 적은 돈은 아니야. 지금 내 예금계좌에서 끌어올 수 있는 돈은 다 끌어온 거라고. 생각해 봐. 빈집에서 시체 하나 들고 나오는데 삼천만 원이야. 그 정도면 충분히 매력적이지 않아? 거의 네 1년 치 연봉 아니냐?"

"뭐 연봉까진 아니고……"

최준이 얼버무렸다. 그는 작은 회사에 다니는 월급쟁이였다. 백 단위에서 반올림하면 세전으로 삼천은 된다. 얼굴이 화끈거리면서도 이상하게 화가 치밀었다. 그러나 그는 절대로, 절대로 그걸 드러낼 생각이 없었다.

"됐어. 돈 된다고 아무 일이나 하냐? 나 그렇게 궁한 사람 아니야."

"돈은 이미 인출했어. 너 가져가라고 가방에 담아놨단 말이야. 갖고 싶으면 15분 안에 나와. 지금 너희 집 앞 주차장이니까."

오동구는 그렇게 말하고 전화를 끊었다. 이래서는 안 되는 일이었다. 최준이 기억하는 오동구는 이런 사람이 아니었다. 그는 이 모든 게 형편없는 거짓말이거나 함정일 거라고 생각했다. 오동구가 차 트렁크에서 돈다발이 든 가방을 꺼내 보여주기 전까지는.

오동구는 정말 집 앞에서 그를 기다리고 있었다. 광택이 나는 중형 세단은 뽑은 지 얼마 안 된 것처럼 보였다. 벤츠 E클래스 운전석에 오동구가 앉아 있었다.

'비싼 차 타네? 여태껏 이놈한테 면허가 있다는 것도 몰랐는데.

보나 마나 엄마 차 끌고 나온 거겠지.'

그런 식으로 깎아내리고 나서야 최준은 마음이 조금 편해지는 걸 느꼈다. 최준이 조수석에 오르자 오동구가 자그마한 백팩을 건넸다.

"세어 봐."

가방에 든 5만 원권 뭉치는 전부 새것이었다.

"이 돈 어디서 난 거야? 정말 네 돈이야?"

"할 건지 말 건지나 결정해. 자세한 얘긴 가면서 들려 줄 테니까."

"거절한다면?"

"돈 두고 내리면 돼. 할 거면 안전벨트 매고."

오동구가 말했다. 그는 후진기어를 넣고 천천히 주차장을 빠져나갔다. 안전벨트 미착용을 알리는 경고음이 울리자 최준은 어쩔 수 없다는 듯 벨트를 맸다. 오동구는 못 본 척 앞만 보고 차를 몰았다. 어느새 오동구의 벤츠는 도로 위에 올라서서 속도를 내기 시작했다.

그나저나. 변변찮은 직업도 없는 녀석이 어디서 그런 돈이 났단 말인가? 그러고 보면 오동구는 여태껏 한 번도 자기 얘기를 한 적이 없었다. 엄밀히 말하자면 아무도 오동구가 어떤 사람인지를 궁금해했던 적이 없다. 그나마 그와 어울리던 사람들은 그저 그가 측은해서, 혹은 혼자 술 마시기 허전하다는 이유로 오동구를 찾았다.

최준은 화가 났다. 누구를 향한 분노인지 그는 알 수 없었다. 무책임하게 일을 저질러놓고 떠넘기는 미셸도, 그걸 넙죽 해결해 주겠다는 오동구도, 돈에 혹해 따라나선 자신마저도 미웠다.

미셸이 부탁한 일 자체는 그리 어려울 게 없어 보였다. 빈집에 들어가 시신 한 구만 업고 나오면 된다. 하룻밤만 참으면 남은 대출도 한 방에 털어버릴 수 있을 것이다. 당장 전세금이 올라도 걱정이 없다. 올겨울에 새 코트를 살 수도 있다. 술 마실 때 잔 수를 셀 필요도 없다. 주말에 외식을 하고도 적금을 빵꾸내지 않을 수 있다.

오동구가 운전하는 차는 어둑어둑해진 도로 위를 거칠게 미끄러지더니 이내 속도를 내기 어려운 골목길에 들어섰다.

오동구가 지도를 뒤적이며 미셸이 알려준 주소를 찾아가는 동안 최준은 전신주나 담장 위에 감시카메라가 있는지 꼼꼼히 살폈다. 다행히 별다른 방범장치는 없었다. 생각보다 낙후된 동네였다.

두 사람은 녹슨 감색 대문 앞에 멈춰 섰다.

"여기야."

오동구가 말했다. 성환 연립은 5층짜리 다세대 주택이었다. 비탈길에 걸친 건물은 초라하고 음침했다. 낡아빠진 외벽은 페인트가 군데군데 벗겨져 각질처럼 일어났다. 베란다 난간에서는 황토색 녹물이 흘러나와 핏자국처럼 번져 있었다. 군데군데 얼룩진 곰팡이가 꼭 멍 자국처럼 보였다.

"몇 층이야?"

"분명히 지하라고 했어."

오동구는 조심스럽게 반지하 복도로 내려갔다. 지하실로 통하는 문은 낡은 자물쇠로 단단히 잠겨 있었다. 먼지가 뽀얗게 앉은 걸 보니 지난 몇 개월 동안은 한 번도 열지 않은 것 같았다.

"여기가 아닌 것 같은데?"

"반지하를 지하실이라고 착각한 것 아닐까?"

두 사람은 건물 내부를 차분히 살펴보았다. 반지하 방은 101호뿐이었다. 최준이 먼저 현관문에 한쪽 귀를 갖다 댔다. 안에서 인기척이 들렸다.

"야, 빈집이라며?"

최준이 속삭였다. 오동구는 멍한 얼굴로 고개를 끄덕였다.

"응. 분명 빈집이라고 했어."

"멍청아, 지금 이 소리 안 들려?"

오동구는 최준을 따라 오른쪽 귀를 조심스레 현관문에 붙였다. 방 안에는 정말 누군가가 있었다. 오동구의 눈빛이 흔들렸다. 그가 소곤거렸다.

"젠장, 나 오줌 마려워."

그건 최준도 마찬가지였다. 최준은 오동구의 뒷덜미를 잡아끌었다. 건물 밖으로 나온 두 사람은 경쟁이라도 하듯 담벼락을 향해 뛰었다. 가로등 불빛이 미치지 않는 담장 밑에서 바지 지퍼를 내리고 시원하게 오줌을 갈겼다. 사타구니에 갑작스레 찬바람을 쐬니 몸이 떨렸다. 노란 오줌 줄기에서 김이 피어오르자 코끝으로 찝찌름한 냄새를 맡을 수 있었다.

"어쩌지?"

오동구가 다시 물었다. 이제는 어쩔 도리가 없다. 경찰에 신고하는 수밖에. 어쩌면 시신을 발견한 사람이 이미 신고했을지도 모른다. 누군가 들이닥치기 전에 도망쳐야 한다는 생각이 들었다.

"째자. 지금이라도 늦지 않았어."

최준이 뒤돌아서 뛰려는 찰나, 오동구가 그의 소매를 잡아끌었다.

"옆으로 돌아가면 창문이 있을 거야. 우선은 좀 더 살펴보자. 안에서 무슨 일이 벌어지고 있는지 궁금하잖아."

두 사람은 건물 옆으로 돌아갔다. 정강이 높이에 창문이 달려 있었다. 두꺼운 커튼으로 가려져 있긴 했지만 그 틈으로 안을 들여다볼 수는 있었다. 최준은 잡초가 무성한 블록 바닥에 쪼그려 앉았다. 그가 자신의 스마트폰 카메라를 커튼 틈에 가져다 댔다.

"안에 누가 있어."

"줌 좀 땡겨 봐."

최준이 화면을 확대하자 예상치 못한 광경이 펼쳐졌다. 뚱뚱한 남자 하나가 머리를 싸매고 방 안을 서성대고 있었다. 바닥에는 각종 공구와 여자 속옷 따위가 아무렇게나 흩어져 있었다. 남자의 무릎과 양쪽 소매에는 피가 묻어 있었다. 반쯤 열린 욕실 문틈으로 얼핏 죽은 여자의 몸이 보였다.

최준은 갑자기 그럴싸한 생각을 떠올렸다. 초점을 맞추고 비디오 녹화 버튼을 눌렀다. 피투성이 남자가 죽은 여자 앞에서 서성대는 장면이 그대로 찍혔다. 손 안 대고 코 풀게 생겼으니 운이 좋은 셈이다.

"대박이다. 경찰에 신고하자. 저 사람한테 전부 뒤집어씌우면 되잖아?"

"잠깐."

오동구는 바닥에 납작 엎드려 방 안을 들여다보았다. 최준은 마음이 급했다.

"경찰에 신고하고 그냥 여길 뜨자고. 지금 신고하면 저 사람이 다 덮어쓸 것 아니야?"

"신고하면 안 돼."

“무슨 소리야? 시체는 우리 대신 저 사람이 처리해 주고 있잖아?”

“저기 봐. 안에 미셸의 핸드백이 있잖아.”

“뭐라고?”

“미셸이 저 안에 자기 물건을 흘렸어. 지금 신고하면 경찰이 미셸을 의심할지도 몰라.”

최준은 오동구 옆에 엎드려 방 안을 살펴보았다. 뚱뚱한 남자의 손에는 옅은 베이지색 클러치백이 들려 있었다. 분명히 미셸의 물건이다. 최준도 언젠가 그 백을 본 적이 있었다.

“어쩌지?”

오동구가 최준에게 물었다. 목소리가 심하게 떨렸다.

“그러면 이렇게 하자. 네가 먼저 저 집에 들어가.”

“내가?”

“그래. 일단 문을 열고 저놈한테 말을 걸란 말이야.”

“뭐라고 말을 거는데?”

“젠장, 아무 말이나 해 그냥. 그리고 틈을 봐서 네가 저 클러치백을 들고 나오면 되잖아.”

최준이 오동구의 어깨를 떠밀며 말했다. 오동구의 얼굴이 급격히 어두워졌다. 그의 눈에는 의심이 가득했다.

“그게 먹힐까?”

“창문으로 다 봤다고 해. 경찰에 신고할 거라고 협박하란 말이야. 그래, 차라리 놈이 도망치게 만들자. 놈이 없는 틈을 타서 미셸의 물건만 챙겨 나오면 되잖아? 그다음에 신고하면 저 새끼가 덤터기 쓰는 거지.”

“도망치지 않으면? 저항하면 어떡해?”

"네 덩치가 더 크잖아. 충분히 제압할 수 있어. 저 새끼 배 나온 것 좀 봐라."

최준이 턱짓으로 방 안을 서성대는 뚱보를 가리켰다. 확실히 겉으로 보기에 위협적인 남자는 아니었다. 키도 작고 체격도 작았다. 살이 뒤룩뒤룩 찐 몸뚱이에 붙은 팔다리는 연약해 보였다. 그래도 오동구는 망설였다. 뚱뚱하고 연약하기는 그 자신도 마찬가지였으니까.

"상황이 급박해지면 내가 도와줄게. 밖에서 지켜보고 있다가 위험해 보이면 바로 뛰어 들어간다니까?"

최준이 덧붙였다.

"그럼 그동안 넌 뭘 하는데?"

"나는 증거를 남겨야지."

최준이 자신의 스마트폰을 들어 보이며 대답했다.

잠시 망설이던 오동구는 어쩔 수 없다는 듯 몸을 일으켰다.

"좋아. 내가 갔다 올 테니까 넌 밖에서 망을 보고 있어."

최준은 순순히 성환 연립으로 들어가는 오동구를 바라보며 안도의 한숨을 내쉬었다. 문득 뒷덜미가 서늘한 기분이 들었다. 최준은 오동구가 건물 안으로 사라진 뒤에도 한동안 까치발을 들고 주변을 두리번거렸다. 어쩐지 누군가 근처에 숨어서 자신들을 감시하고 있다는 생각이 들었다.

길고양이 한 마리가 담장 위를 걸으며 그를 내려다보고 있었다. 최준은 눈싸움이라도 하듯 고양이를 노려보았다. 고양이는 관심 없다는 듯 담장 너머로 유유히 사라졌다.

'말도 안 되는 생각이야. 이 시간에 이런 후미진 데서 누가 우릴

감시한다고.'

최준은 되도록 좋은 생각만 하기로 했다. 어렵지 않은 일이고, 금방 끝날 예정이었다. 게다가 최준에게는 유사시를 대비한 플랜B가 있었다.

계획인즉 간단했다. 증거 동영상을 남기고 경찰에 찌른다. 경찰이 들이닥치면 모든 의혹은 저 뚱땡이가 뒤집어쓸 것이다. 오동구가 미셸의 핸드백만 가지고 나오면 그녀가 의심받을 일도 없을 것이다.

혹여 일이 잘못된다 해도 상관없었다. 뚱땡이랑 오동구를 싸잡아 밀고하면 그만이니까. 완벽한 작전이었다. 가급적이면 첫 번째 계획대로 되는 것이 모두가 행복해질 수 있는 유일한 방법이라고 최준은 생각했다.

6

이진수는 창문을 활짝 열어젖혔다. 신선한 공기가 필요했다. 새벽 공기가 제법 쌀쌀했지만 머리는 한결 맑아졌다. 그는 모니터 앞에 앉아 목마른 사람처럼 캔 맥주를 들이켰다. 우선은 인터넷으로 도미옥에 대한 정보를 찾아볼 생각이었다.

'전직 경찰이 인터넷으로 수사를 하다니. 갈 데까지 갔군.'

이진수는 혀를 차며 웃었다. 법정공방이 벌어지는 지난 몇 년간, 그리고 폐인처럼 지낸 최근 1년 동안 그는 많은 사람을 등졌다. 이제 와서 무혐의를 알린다 해도 달라질 건 없었다. 언론은 사건만 보도할 뿐 후속 판결에는 관심을 가지지 않는다. 옛 동료들은 아마 그를 동료로 인정하지도 않을 것이다. 이진수 자신도 이제는 수갑보다 키보드가 더 익숙했다.

도미옥을 찾는 일은 생각만큼 수월하지 않았다. 도미애는 동생에 대해 아는 게 별로 없었다. 어디에서 무슨 일을 하며 지내는지조차 몰랐다. 그녀가 가르쳐준 집 주소는 무용지물이었다. 이진수가 도미옥에 대해 알고 있는 정보라고 해봐야 받지 않는 휴대폰번호와 답장 없는 이메일 주소가 전부였다.

이진수는 혀를 차며 구글에 도미옥의 이메일 아이디를 검색해보았다. 수확이 좀 있었다. 도미옥은 같은 아이디로 몇몇 인터넷 쇼핑몰에 가입해 상품평과 제품 후기를 남겼다. 그녀가 주로 댓글을 남기는 곳은 화장품 쇼핑몰과 미용 커뮤니티였다.

"리파이닝, 토너, 에멀젼, 에센스……"

이진수는 혼잣말을 중얼거리며 실눈을 떴다. 도미옥의 흔적을 쫓아 들어간 웹 사이트엔 그가 알아듣지 못하는 말들이 범람했다.

▷ 산 지 일주일쯤 되었는데요. 토너는 물처럼 흐르는 액체 형식이구요. 에멀젼은 약간 점성이 있어요. 바를 때마다 시원한 느낌도 있고 모공이 작아지는 기분도 들어서 매우 만족합니다.

▷ 분사력이 좀 아쉬운 것 같아요. 넓게 퍼지면 좋을 텐데.

▷ 타사제품은 질척거리다가도 금방 건조해지는데 이건 좋네요. 따갑거나 날아가는 느낌이 덜 하달까? 증발하지 않고 피부에 스며드는 느낌이에요.

도미옥은 미용에 관심이 많은 것 같았다. 그녀가 남긴 글은 대부분 중저가 브랜드의 기초화장품이나 로션에 대한 것들이었다.

이진수는 캔맥주를 홀짝거리며 나름대로 도미옥이 어떤 사람인지를 추측해 보았다. 화장을 많이 하는 편은 아닌 것 같다. 스스로를 화려하게 꾸미는 타입이 아니거나 그럴 필요가 없는 사람일 것이다. 최소한 화류계는 아니었다.

검소하거나 가난하거나, 둘 중 어느 쪽일지 궁금했다. 아니다. 처음부터 그런 편견을 가지는 것은 좋지 않다.

'감이 완전히 죽었어. 나도 이제 한물갔군.'

휴대폰 번호 역시 쓸모가 없었다. 이쪽에서 전화기를 바꿔가며 몇 번을 걸어봤지만 도미옥은 받지 않았다. 폰을 끄지 않은 걸 보면 작정하고 잠적하진 않았을 것 같다. 모르는 번호는 아예 받지 않는 사람들도 많다. 어쩌면 그녀도 그런 타입일지 모른다.

이진수는 페이스북에 그녀의 예전 휴대폰 번호를 검색해 보았다. 이번에도 운이 좋았다. 도미옥의 프로필이 떴다. 아이디는 그녀의 이메일과 일치했다.

프로필 사진 속 도미옥은 환하게 웃는 얼굴이었다. 가지런한 이를 드러낸 채 한 손에는 텀블러를 쥐고 있었다. 테이블 위에 놓인 레드벨벳 케이크가 먹음직스러워 보였다. 뒤편 카운터에는 통통한 체구의 바리스타가 커피를 내리고 있었다.

그녀가 들고 있는 텀블러가 이진수의 눈길을 끌었다. 민트색 텀블러 위에는 회색 영문이 적혀 있었다. 슈네블루메. 그게 카페 이름인 모양이었다.

가게 위치를 찾아보니 가양시 청삼동이다. 도미옥의 예전 주소지와도 멀지 않은 곳이었다. 어쩌면 이곳이 그녀의 단골집일 수도 있다는 생각이 들었다. 생각은 생각일 뿐이었지만.

이진수는 날이 밝는 대로 슈네블루메로 향했다. 가양시는 강남에서 차로 30분 거리였지만 유독 낙후된 도시였다. 서울의 턱밑이라는 지리적 이점을 바탕으로 분당, 판교, 위례 신도시가 무럭무럭 커가던 시절에도 가양시는 늘 개발의 혜택으로부터 한 발짝 비켜서 있었다.

청삼동은 그 중에서도 가장 오래된 동네다. 지은 지 40년이 넘은 다세대 주택과 저층 아파트들이 흉물처럼 남아 있는 허름한 동네였다. 이런 곳에 카페를 연다 한들 장사가 될지는 의문이었다.

이진수가 도착했을 때 가게 셔터는 굳게 닫혀 있었다. 5층짜리 아담한 상가 건물 모퉁이에 위치한 작은 카페였다. 정문에는 손 글씨로 쓴 안내문이 적혀 있었고, 위에는 쟁반만 한 파란 간판이 매달려 있었다. 슈네블루메는 오전 11시에 문을 연다고 했다.

전직형사의 직감을 발휘해 보려 했지만 아직은 아무것도 떠오르는 게 없었다.

'게다가 간판은 왜 하필 파란색이람.'

도미옥의 민트색 텀블러를 떠올리자 이진수는 살짝 불안해졌다.

이진수는 근처 편의점에서 컵라면으로 요기를 했다. 아침 겸 점심을 때운 뒤 카페 앞에 차를 대고 히터 온도를 높였다. 카페 주인이 등장할 때까지 그 상태로 뻗댈 생각이었다. 라디오에서 나른한 연주곡이 흘러나왔다.

차창 밖으로 사람들이 바쁘게 스쳐 지나갔다. 젊은 여자가 유모차를 끌며 지나갔다. 어깨까지 내려오는 갈색 머리가 찰랑거리는 뒷모습이 이혼한 아내를 닮았다. 아이는 유모차에 곤히 잠들어 있었다.

이진수는 의식적으로 아내 생각을 하지 않으려 애썼다. 그러나 대학시절 만났던 여자들은 떠올려 봐도 도무지 얼굴이 기억나지 않았다. 기억나는 거라곤 가위에 눌렸을 때 보이는 처녀 귀신 얼굴처럼 가장자리가 희미한 윤곽뿐이었다. 추억이라고 해봐야 학교 근처에서 밥이나 먹으러 다니던 게 전부였다. 이진수는 한 번도 그녀들을 사랑했던 적이 없었다.

그도 노력하지 않았던 건 아니다. 이진수 역시 사랑에 빠지기 위해 나름대로 무던히 애를 쓰던 시절이 있었다. 그러나 그의 노력엔 언제나 욕망이 결여되어 있었다. 그는 성인여자를 대상으로 성적인 욕망을 느껴본 적이 없었다.

그런 이진수에게 성행위는 노동이나 다름없었다. 오히려 관계를 유지하기 위해 지불하는 대가에 가까웠다. 일을 치르고 나면 언제나 서글픈 공허감이 밀려들었다. 물론 그러한 노력이 전적으로 헛된 일이었다고 할 수는 없을 것이다. 그 덕분에 이진수는 자신이 어떤 존재인지를 빠르게 받아들일 수 있었으니까.

여자들과의 관계를 통해 그는 자신이 진정으로 원하는 바를 차츰 깨달아갔다. 그것은 차마 입에 담기 어려울 만큼 추잡하고 역겨운 욕망이었다. 그는 어린 아이들을 좋아했다.

페도필리아. 중증 소아성애자. 그로 인해 누구 못지않게 상처를 받은 사람은 바로 이진수 자신이었다. 모두의 축복을 받으며 사랑하는 사람과 조용히 함께 늙어가는, 그런 꿈을 꿀 수 없다는 걸 알았기 때문에.

아이들과 사랑을 나눠선 안 된다는 사회적 통념 같은 것은 오히려 부차적인 문제에 가까웠다. 그의 사랑은 그보다 본질적인 모순을 내재하고 있었다. 누구나 나이를 먹고 어른이 된다는 것. 사랑하는 사람이 불과 몇 년 만에 자신이 절대 사랑할 수 없는 존재가 되고 만다는 사실은 이진수에게 거대한 절망이었다.

그는 마지막으로 한 번만 더 노력해 보자고 다짐했다. 무해한 인간이 되기 위해 최후의 결단을 내렸다. 보통 사람처럼 살기 위해 결혼을 했던 것이다. 돌이켜보면 그건 정말 어리석은 선택이었다. 성도착증과 별개로, 그는 애당초 결혼해서 정착할 수 있는 부류의 사람이 아니었다.

히터 덕분에 발바닥이 따뜻했다. 눈꺼풀이 차츰 무거워졌다. 아직은 낮과 밤이 뒤바뀐 생활 패턴을 완전히 벗어나지 못한 탓이다. 오늘은 특히 아침부터 부산을 떨었기 때문일 거라고 생각했다.

똑똑.

꾸벅꾸벅 졸고 있을 때 누군가 운전석 유리창을 두드렸다. 이진수는 화들짝 고개를 들었다. 시계를 보니 30분쯤 지난 것 같다. 손가락으로 유리창을 두드린 사람은 낡은 곤색 유니폼을 입은 경비원이었다.

노년의 경비원은 한겨울임에도 셔츠 바람에 두 팔을 걷어붙였다. 작업을 하다 달려나왔는지 양손에는 흙투성이 목장갑을 끼고 있었다. 까무잡잡한 피부와 작고 쫀쫀한 근육이 마치 응달에 바짝 말린 보디빌더 같았다.

경비원은 짜증을 내며 짙게 썬팅한 운전석 유리창을 들여다보았다. 이진수가 차창을 내리며 물었다.

“무슨 일입니까?”

“여기 차대면 안 돼요. 얼른 빼세요.”

“오전인데 좀 댑시다. 주변에 차도 별로 없구만.”

"안 빼면 견인 부를 수밖에 없어요. 주민들이 하도 성화라."

'코딱지만 한 동네에서 텃세부리기는.' 이진수는 고만고만한 아파트를 올려다보며 속으로 욕을 했다.

주변을 몇 바퀴 돌고서야 멀찍이 떨어진 공영주차장을 발견했다. 이진수는 오천 원짜리 주차 영수증을 받아 지갑에 잘 갈무리했다. 일을 마무리하면 십 원 한 장까지 도미애에게 청구할 생각이었다.

주차장에서 카페까지 걸어오는 데는 꽤나 오랜 시간이 걸렸다. 제정신이 아니고서야 커피 한 잔 마시려고 이 먼 거리를 걸어올 사람은 없을 것이다. 남은 시간은 카페 주변을 둘러보며 때웠다. 조사할 건덕지도 없는 꾀죄죄한 동네였다. 그냥 줄담배를 피우며 노닥거렸다는 게 정확한 표현일 것이다.

카페 슈네블루메는 깔끔하고 조용했다. 음료 대여섯 종류를 빼면 메뉴도 몇 개 없었다. 주력 메뉴는 직접 만든 떡과 고물을 올린 팥빙수였지만 겨울에는 그마저도 팔지 않았다. 직접 구워 그날 만든 만큼만 판다는 쿠키도 있었다. 점심이면 다 팔린다고는 하지만 애초에 많이 만드는 것 같지도 않았다.

"어서 오세요."

가게 주인인 듯한 젊은 여자가 인사했다. 시큰둥한 말투가 손님을 썩 반기는 투는 아니었다. 여러모로 돈 벌려고 장사하는 집 같지 않았다.

"아메리카노 작은 사이즈 하나 주세요. 따뜻한 걸로."

"영수증 드릴까요?"

이진수는 당연하다는 듯 고개를 끄덕였다.

“커피 나오면 불러 드릴게요.”

짙은 밤색 앞치마를 두른 카페 여자는 느긋하게 커피를 내렸다. 이진수는 여유를 가지고 자그마한 가게를 둘러보았다. 도미옥의 페이스북에서 봤던 그 카페가 분명하다. 이진수의 시선이 카운터 위의 진열대로 향했다.

진열대에 놓인 투명 아크릴 상자에는 명함 수십 장이 제멋대로 뒤섞여 있었다. 경품 추첨 이벤트가 진행 중이었다. 명함 상자 옆에는 민트색 텀블러가 전시물처럼 늘어서 있었다. 냉음료를 담아 마시는 여름용 플라스틱 제품이다. 도미옥이 들고 있던 것과 같은 물건.

이진수는 진열된 텀블러 중 하나를 집어 들었다.

“이건 얼맙니까?”

“이만 오천 원입니다. 드릴까요?”

카페 여자가 분주하게 손을 놀리며 대답했다. 이진수는 그녀의 태도가 썩 마음에 들었다. 과도한 호의보다는 적당히 무심한 게 좋았다.

“아니요. 됐어요.”

이진수는 텀블러를 내려놓고 카운터 옆자리에 앉았다. 카페 여자가 보란 듯이 입을 삐죽 내밀었다.

슈네블루메는 현대적이면서도 소박한 분위기를 품고 있었다. 테이블이며 의자까지 모두 장식성을 배제한 옅은 색상의 원목이었다. 하얀 페인트를 바른 벽과 헤링본 패턴의 오크 원목 마루가 제법 잘 어울렸다. 그 모든 것을 따스하게 감싸는 노란 알 전구 불빛 아래에서 이진수는 마음이 편해짐을 느꼈다.

"커피 나왔습니다."

카페 여자가 커피를 가져다준 뒤 카운터로 돌아갔다. 그녀는 창밖을 바라보며 턱을 괴고 앉았다. 커피 맛은 나쁘지 않았다. 작은 그릇에 딸려 나오는 프레즐도 짭짤하니 집어먹는 재미가 있었다.

"뭐 하나 물어봅시다."

이진수는 지갑을 열어 도미옥의 사진을 꺼내 보여주었다.

"이 사람, 여기 자주 옵니까?"

카페 여자는 이진수에게 다가와 사진을 받아들었다. 그녀는 근처에 있던 의자를 끌어다가 이진수의 맞은편에 앉았다.

"가끔 오시는 분이네요."

"얼마나 가끔요?"

"일주일에 서너 번은 오니까 단골이라면 단골이죠."

"언제 와야 만날 수 있습니까? 요즘도 자주 옵니까?"

"월수금은 꼭 오는 것 같아요. 보통은 두 시쯤 와서 다섯 시까지 있다 가세요. 근데 그건 왜요?"

카페 여자는 손으로 턱을 괴며 이진수를 향해 상체를 기울였다. 턱을 괴는 게 그녀의 버릇인 듯했다. 두툼하게 각진 턱과 사뭇 잘 어울리는 습관이다.

"이 여자를 찾고 있습니다. 중요한 사건이니까 다시 한번 잘 보세요."

"자주 오는 손님 맞다니까요. 이렇게 꾸미니까 정말 예뻐 보이네요. 여기 올 때는 항상 운동복 차림이었는데."

"단골이면 꽤나 친분이 있겠군요?"

"그 정도로 친한 건 아니고요. 그냥 자주 오는 손님이니까 신경이 쓰이긴 했어요. 뭐 하는 사람일까 싶어서. 보다시피 우리 가게에는 손님이 많이 없거든요."

"이 여자랑 얘기해 본 적 있어요?"

"아뇨. 말을 섞어 본 적은 없고, 그냥 어떤 사람일까 저 혼자 궁금해하긴 했죠. 더 친해지고 싶다거나 그런 건 아니었고요. 저는 그런 면에선 정이 없는 사람이에요. 그 사람과 나 사이에 교집합이 생기는 걸 원치 않는다고 해야 하나? 남의 인생에 함부로 끼어들고 싶지 않아요. 사실은 직장을 관두고 지금 이 가게를 차린 것도 그런 이유 때문이에요. 내 공간과 내 일을 가지고 싶었거든요."

'그런 사람치곤 말이 많군.' 이진수는 생각했다.

카페 여자의 눈은 재미있는 장난감을 선물 받은 아이처럼 빛나고 있었다. 수다스러운 만큼 듣고 싶은 이야기도 많은 것 같았다. 잘 구슬린다면 이 여자는 제법 도움이 될지도 모른다는 생각이 들었다.

"사장님이 보기에 이 여자는 어떤 사람 같습니까?"

카페 여자는 잘 모르겠다는 듯 어깨를 들썩했다.

"잘 아는 사이가 아니라서 뭐라 할 말이 없네요. 늘씬하고 예쁘던데. 근데 그건 왜요?"

"이건 비밀인데."

이진수가 목소리를 낮추자 카페 여자가 그를 향해 좀 더 상체를 기울였다.

"저 사실 탐정입니다. 의뢰인으로부터 불륜 사건 의뢰를 받아서요."

"어머나, 그럼 이분이 설마……"

"자세히는 말씀드릴 수 없습니다. 대강 알아들으세요."

"물론 그러시겠죠. 그쪽 업계에도 직업윤리가 있을 테니까요. 하지만 전 이미 눈치채 버렸어요. 세상에 그렇게 얌전하게 생긴 여자가."

카페 여자는 대단한 비밀이라도 알아낸 것처럼 덩달아 목소리를 낮추고 주위를 둘러보았다. 이진수를 제외하고는 손님이 없었기 때문에 당연히 엿듣는 사람도 없었다. 그녀는 손으로 입을 가리고 소녀처럼 키득거렸다.

"사진의 여자에 대해 좀 더 말해주세요. 멀리서 일부러 찾아왔는데 빈손으로 돌아갈 순 없지 않습니까? 이번 주 안으로 이 여자를 찾아야 합니다."

이진수가 부탁했다.

"그렇게 급한 일이에요?"

"의뢰인 성질머리가 급해서. 나는 이 여자를 찾아야 돈을 받을 수 있습니다. 해코지를 하려는 건 아니에요."

"좋아요. 뭘 알고 싶은데요?"

"누구랑 같이 왔는지, 주로 무슨 일을 하는지."

"주로 혼자 오는 편이에요. 와서는 몇 시간이고 핸드폰을 만지작거리거나 책을 읽어요. 그게 특별히 이상하다는 생각은 안 들었어요. 보통은 운동복 차림이에요. 운동을 정말 좋아하는지 몸이 너무 예쁘더라고요. 꼭 요가 선생님 같은 느낌이었어요. 선이 여리여리한 게. 아, 그러고 보니."

카페 여자는 뭔가 떠올랐다는 듯 무릎을 쳤다.

"지지난 주에 그 여자가 어떤 남자랑 같이 왔어요. 누구랑 함께 온 건 처음이라 이상하다고 생각했죠."

이상할 건 또 뭐람.

"두 사람은 어떤 관계였을까요?"

"저야 모르죠. 애인 아니었을까 싶은데. 아무튼 그때는 데이트하러 나온 사람 같기도 했어요. 그때 같이 있던 남자가 탐정님 의뢰인 맞죠? 아닌가? 혹시 그 남자랑 바람이 난 거예요?"

"제 입으로 바람이라고 한 적은 없습니다. 그나저나 같이 왔다는 남자는 어떻게 생겼습니까?"

"번듯하게 생겼어요. 나이는 삼십 대로 보이는데 좀 곱상한 얼굴. 전체적으로 길쭉한 느낌이고 머리는 곱슬이에요. 바람피우게 생긴 사람은 아닌데."

"뺀질 대는 타입은 아닌 모양이군요. 두 사람이 각별해 보이던가요? 애인 관계처럼 보였다는 걸 보면 그랬을 것 같은데."

"생각해 보니까 또 그렇진 않았던 것 같아요. 둘이 그냥 서먹서먹하던데. 대화도 어쩐지 좀 사무적이었던 것 같고. 그냥 소개팅이었나? 여자 손님이 그 남자 차를 타고 오긴 했어요. 티비에서 몇 번 본 적 있는데, 외제 차 같은 느낌이었어요."

"외제 차요? 어떤 외제 차? 크기는 어느 정도 돼요?"

이진수의 질문에 카페 여자는 신이 나서 수다를 떨기 시작했다. 그녀가 침을 튀어가며 차 모양을 묘사하는 동안 이진수는 몇 번이나 고개를 갸우뚱해야 했다.

"그 차 엠블럼이 날개처럼 생겼다고 했죠? 날개 모양 엠블럼을 가진 차는 많아요."

"날개 안에 영어로 뭐라 적혀 있었던 것 같아요."

카페 여자가 대답했다. 이진수는 깊게 한숨을 쉬었다. 애스턴마

틴? 벤틀리? 크라이슬러? 그녀는 아무래도 차에 대해 잘 모르는 사람 같았다. 카페 여자는 한참을 떠들었고 이진수는 사소한 것 하나까지 받아 적었다. 그녀는 자신이 기억할 수 있는 것들에 대해선 무엇이라도 말을 하고 싶어 했다. 어디까지 믿어야 좋을지를 고민해야 할 정도였다.

"그런데 저 상자는 뭡니까?"

이진수가 카운터 옆에 놓인 아크릴 상자를 가리켰다.

"저건 이벤트 추첨하는 거예요. 명함 넣은 분들 중에 몇 분 뽑아서 경품으로 텀블러를 드려요."

"그런 이벤트가 정말 효과가 있습니까?"

"남들 다 하니까 우리도 하는 거죠. 처음엔 가게 홍보하려고 시작했는데 효과는 그저 그랬어요. 동네도 후진데 저런다고 손님이 얼마나 더 오겠어요? 그냥 여름에 팔다 남은 거 땡처리 하는 거죠."

카페 여자는 두 줄로 늘어서 있는 민트색 텀블러를 바라보며 한숨을 쉬었다.

명함 추첨 통을 바라보던 이진수에게 괜찮은 아이디어가 떠올랐다. 만약 도미옥이 텀블러를 산 게 아니라 이벤트 추첨으로 받은 거라면?

"저 명함들 좀 잠깐 보겠습니다."

"그러세요."

이진수는 카운터 앞에 서서 명함 다발을 들췄다. 한참을 살폈지만 아쉽게도 도미옥의 명함은 없었다. 아니, 지금으로선 그녀에게 명함을 만들 법한 직업이 있는지조차 알 수가 없는 일이었다.

"다 보셨으면 주세요. 어차피 통 한번 비워야 돼서요."

카페 여자가 업소용 쓰레기봉투를 들고 와서 카운터에 늘어놓은 명함을 쓸어 담았다. 버려지는 명함을 보며 이진수는 아무 생각 없이 주머니에 넣어두었던 커피 영수증을 꺼내 지갑 안에 넣었다.

반으로 접힌 영수증이 천 원짜리 지폐 틈으로 섞여 들어갔다. 그때 이진수는 아침에 봤던 깐깐한 경비원이 떠올랐다. 도미옥이 남자의 차를 타고 왔다면 그 남자는 차를 어디에 댔을까?

"그 여자 보통 운동복 차림으로 온다고 했죠? 신발도 운동화였나요?"

"당연하죠. 미리 말씀드리는 거지만, 무슨 브랜드였는지는 기억 안 나요."

"그 여자가 남자랑 같이 왔던 날은요? 평소와 다르게 입고 왔다면서요?"

"그날은 하이힐이었어요. 전체적으로 좀 점잖은 느낌이랄까? 운동화에 맞추기는 힘든 옷차림이었거든요."

공영주차장은 일부러 차를 대기엔 너무 멀다. 동행한 여자가 힐을 신고 다시 걸어와야 할 경우에는 더더욱. 도미옥과 함께 온 남자는 분명히 카페 근처에 차를 댔을 것이고, 그렇다면 경비원이 그들을 기억하고 있을 수 있다. 아침에 차 빼라며 이진수를 들볶았던 것처럼.

이진수는 주변의 저층 아파트 사이를 뛰어다니며 경비실을 찾았다. 틀로 찍어낸 듯 똑같은 아파트들이 진열장의 기성품처럼 늘어서 있었다. 마치 악몽 속에서 길을 잃은 기분이었다. 이 빌어먹을 건물들은 빨지 않은 걸레처럼 얼룩덜룩 물때가 낀 것조차 닮았다.

경비초소는 비어 있었다. 이진수는 근처를 한참 동안 서성이다가 마침내 화단에서 말라죽은 나무들을 손질하고 있던 경비원을 찾아냈다.

그의 몸은 왜소하고 구부정했으나 오랜 노동으로 단련된 인상이었다. 그가 정원 가위를 싹둑거릴 때마다 걷어 올린 팔뚝의 굴곡이 정교하게 꿈틀거렸다. 아침에 성화를 부리던 바로 그 경비원이었다. 이진수는 너무 반가워서 요구르트라도 건네고 싶은 심정이었다.

"뭐 하나만 여쭤볼게요. 이 근처에 불법주차 하는 사람들이 많습니까?"

최대한 정중한 태도로, 이진수가 물었다. 경비원은 이진수를 쳐다보지도 않았다. 그는 이제 막 비스듬히 삐져나온 가지를 자르려던 참이었다.

"많지요. 아침저녁으로 성가실 정도니까."

"차주가 없을 때는 어떻게 합니까?"

"연락처 남겨놨으면 전화를 걸고 없으면 견인차 부르지."

"실례지만 어르신 통화목록 좀 볼 수 있을까요?"

그제야 경비원은 고개를 돌려 이진수를 바라보았다. 그런 질문은 난생처음 들어봤다는 표정이었다. 경비원의 누런 눈알에는 촉촉한 물기가 어려 있었다. 이진수는 그가 만만한 인물은 아닐 거라고 짐작했다.

"내가 왜 그래야 됩니까?"

경비원은 의심의 눈길로 이진수를 훑어보았다. 이진수는 느린 동작으로 안주머니에서 지갑을 꺼냈다. 다분히 경비원의 시선을 의식한 행동이었다. 지갑을 펼쳐 경찰 명함 한 장을 꺼내 건넸다. 경비원의 누렇게 뜬 눈깔이 동그래졌다.

"양천 경찰서 이진수 경장입니다. 협조 좀 해주셔야겠는데요."

이진수가 만나는 사람들은 대부분 권위 앞에 약한 모습을 보이는 경우가 많았다. 때문에 경찰 시절 파놓은 명함은 종종 큰 도움이 되곤 했다. 경찰 흉장과 신분증은 자리에서 물러날 때 반납해야 하지만 명함은 집에 아직도 두 통이나 남아 있었다.

경비원은 눈에 띄게 부드러워진 태도로 자신의 휴대폰을 꺼내 보여주었다. 통화목록이 그리 길지는 않았다.

"이 중에 이름이 안 뜨는 번호는 전부 불법주차예요."

"발신전화 목록을 좀 적어가도 되겠습니까?"

"물론이죠."

"수사 중이라 이유까지 설명드릴 수는 없습니다."

"나는 그런 거 알고 싶지도 않은 사람이오."

경비원은 친절히 자기 포켓에서 볼펜까지 꺼내 이진수에게 건넸다. 경비원의 통화목록을 베껴온 이진수는 다시 카페 슈네블루메로 향했다. 바쁘게 움직인 탓에 등과 겨드랑이가 축축해졌다. 앞섶에서 땀 냄새가 올라왔다.

카페 여자에게 명함 버리지 말란 얘기를 하지 않고 나온 것이 마음에 걸렸다. 서둘러 슈네블루메에 도착하니 마침 카페 여자가 쓰레기를 내다버리려는 참이었다.

"금방 돌아오셨네요?"

"쓰레기 버리기 전에 다시 한 번 봅시다."

이진수는 버려진 명함들을 꺼내어 테이블 위에 늘어놓았다. 경비원의 통화목록과 대조해 보니 일치하는 명함 여덟 개가 나왔다.

"이 사람들은 왜요?"

곁에서 지켜보던 카페 여자가 물었다. 이진수는 검지로 명함을 두드렸다.

"이 여덟 명에겐 공통점이 있어요. 첫째는 텀블러 이벤트에 응모했다는 것. 둘째는 모두 이 카페 근처에 불법주차를 했다는 것. 그 말인즉 적어도 이 여덟 명만큼은 카페에 차를 몰고 왔단 얘기죠. 분명히 이 중에 한 사람은 우리가 찾는 사람일 겁니다."

이진수는 은연중에 '우리'라는 말을 강조했다. 카페 여자를 같은 편으로 만들기에 그보다 좋은 방법은 없었다.

"하지만 꼭 이 중에 한 명이리라는 보장은 없잖아요?"

"그냥 탐정의 직감이라고 해둡시다. 여기서 혹시 기억나는 이름 있어요?"

이진수는 카페 여자가 잘 볼 수 있도록 명함을 두 줄로 가지런히 정렬했다. 카페 여자는 테이블에 펼쳐놓은 명함을 한동안 멍하니 바라보았다.

"명함만 봐서는 아무것도 기억나질 않아요."

"그럼 나랑 게임 하나 합시다."

"게임이요?"

이진수는 고개를 갸우뚱하는 카페 여자에게 도미옥의 사진을 보여줬다.

"언젠가 이 여자가 다시 올 거예요. 그때 이 사람이 누구랑 왔는지, 무슨 얘기를 하는지 잘 기억해 두세요. 녹음을 해두면 더 좋고."

"내가 왜요? 남의 일에 끼어드는 거 딱 질색인데. 나한테 무슨 떡고물이 떨어지는 것도 아니잖아요."

카페 여자는 관심 없다는 듯 팔짱을 끼며 물러났다. 그러니 호기

심으로 반짝반짝 빛나는 눈빛까지 숨기지는 못했다. 이진수는 지갑에서 오만 원짜리 두 장을 꺼내 카페 여자에게 건넸다.

"이거 뇌물이에요?"

"사례비. 명함을 보게 해줬잖아요."

카페 여자는 돈을 받으며 배시시 웃었다. 이진수는 수첩을 찢어 자신의 전화번호를 적어주었다.

"내 핸드폰 번호니까 저장해 둬요. 사장님이 좋은 정보원이 된다면 또 모르죠. 떡고물이 얼마나 떨어질지."

"이거 위험한 일 아니죠?"

"위험하긴요. 저도 나름 인서울 사 년제 대학 나왔어요. 위험한 일이면 내가 이러고 다닐까봐? 그냥 부잣집 사모님 심부름하는 건데 뭘요. 다음에 다시 왔을 때 나한테 뭔가 재미있는 얘기를 들려주시면 오늘보다 훨씬 짭짤할 겁니다."

카페 여자는 납득했다는 듯 고개를 끄덕였다. 그녀는 이진수에게 받은 지폐 두 장을 반으로 접어 바짓주머니에 쑤셔 넣었다.

"이거보다 짭짤해요? 사모님이 급하긴 급하신가 보다."

"이야기가 믿을 만하면 몇 배가 될 수도 있습니다. 그러니까 가능하면 녹음을 하세요."

한바탕 되는대로 거짓말을 늘어놓고 나니 진짜 탐정이라도 된 기분이었다. 어쨌거나 다음에 왔을 때는 뭔가 소득이 있기를 바랄 수밖에 없었다.

이진수는 카페 여자에게 자신이 지급한 사례비에 대한 영수증을 써달라고 했다. 그녀는 정말로 재미있다는 표정이었다.

7

“기억이 안 난다니까.”

“그게 어떻게 기억이 안 나? 자기 핸드폰에 있는 연락처가 누군
지도 모른다는 게 말이 돼?”

“옛날에 잠깐 만나다 헤어진 여자일 거야. 깜빡하고 지우는 걸
잊어버린 거지.”

그는 다시 모니터 쪽으로 돌아앉았다. 가슴골을 훤히 드러낸 금
발여자 캐릭터가 괴물들을 죽이고 있었다. 금발여자가 제 몸보다
큰 칼을 휘두를 때마다 과도하게 강조된 가슴이 출렁거렸다.

‘저딴 게임을 하느라고 날밤을 샌단 말이야?’

도미옥은 자기도 모르게 혀를 찼다. 남자친구는 게임중독이었다.
한 번 컴퓨터를 켜면 배가 고파지기 전엔 자리에서 일어나는 법이
없었다.

도미옥은 남자친구에게 다가가 손바닥을 내밀었다.

"핸드폰 보여줘."

"나한테도 사생활이 있어. 난 우리 엄마한테도 핸드폰은 안 보여줘."

"그게 지금 바람피우다 걸린 놈이 할 말이야?"

도미옥이 소리를 질렀다. 남자친구는 곁눈질로 그녀의 눈치를 살폈다.

"바람피운 거 아니라니까."

"그럼 어제 자기한테 전화한 그 여자는 누구야? 이름이 왜 '내 여자'로 저장돼 있어?"

"몰라. 기억 안 나."

남자친구는 더 이상 이야기를 하고 싶어 하지 않았다. 몇 번을 물어도 이어폰으로 귓구멍을 틀어막은 채 게임에만 몰두했다. 도미옥은 손목시계를 바라보았다. 아침 8시 40분. 9시까지는 출근해서 사장님과 교대를 해줘야 했다. 그녀는 감지 않은 머리를 고무줄로 대충 묶고 밑창이 다 닳은 운동화를 꿰어 신었다.

도미옥은 현관문을 열고 나서며 어깨너머를 돌아보았다. 동굴처럼 컴컴한 방 안에 웅크린 남자친구의 왜소한 등짝을 바라보았다.

"솔직하게 말해줘. 마지막 기회야."

"엠창까고 진짜 모른다니까."

"그럼 핸드폰 보여줘."

"그건 안 돼."

"나랑 영영 헤어져도 좋아?"

남자친구는 한참 동안 대답이 없었다. 침묵이 어찌나 무거웠던

지, 그녀는 잠깐이나마 그가 고민에 빠져 있는 건지도 모른다고 생각했다. 역시나 헛된 희망이었지만.

그녀는 이미 그를 용서할 준비가 되어 있었다. 지난 몇 년간 몇 번이고 반복해 왔던 것처럼. 그러나 남자친구는 백치처럼 입을 벌린 채 모니터만 응시할 뿐이었다. 그의 손가락을 따라 금발여자가 칼을 휘두를 때마다 괴물들이 죽어나갔다.

"오빠."

"왜?"

"날 사랑하긴 해?"

"뭐라고?"

"날 사랑하냐고."

"당연하지."

"개새끼."

도미옥은 쾅 소리가 나도록 현관문을 닫아버렸다. 그래 봐야 남자친구는 뒤도 돌아보지 않았을 것이다. 햇살이 눈을 찌르는 것만 같아 도미옥은 얼굴을 찌푸렸다. 빌어먹게 화창한 날이었다.

울산에 내려온 뒤에도 삶은 달라지지 않았다. 도미옥은 고시원에 방을 얻은 뒤 6개월을 그냥 보냈다. 언니에게 훔친 돈이 떨어져 갈 무렵엔 어쩔 수 없이 편의점 아르바이트를 시작했다. 그녀가 할 수 있는 일은 그리 많지 않았는데, 그나마 편의점 알바가 제일 만만해 보였기 때문이다.

남자친구를 처음 만난 것도 편의점에서였다. 그의 자취방은 도미옥의 고시원보다 넓고 쾌적했다. 게다가 그녀가 일하는 편의점에서는 걸어서 15분 거리였다. 두 사람은 연인이 되고 한 달 만에 동거를 시작했다. 돌이켜보면 모든 게 하나같이 멍청한 결정이었다.

그 무렵 도미옥은 절망적인 나날을 보내고 있었다. 잦은 우울감에 시달렸고, 잠을 자기 위해 종종 수면제를 먹었다. 답답한 현실에서 벗어나려고 집을 나왔는데, 이제 보니 제 발로 현실의 심연을 향해 뛰어든 꼴이었다.

반면에 도미애는 승승장구했다. 학과 수석으로 대학을 졸업한 뒤 국내에서 가장 큰 은행에 입사했다. 입사 후에는 착실하게 커리어를 쌓다가 부유한 남자를 만나 급하게 결혼식을 올렸다.

'인정하고 싶지 않지만, 언니가 옳았는지도 몰라.'

도미옥은 이틀에 한 번씩 그런 생각을 했다. 그런 날은 꼭 수면제를 먹어야 잠이 들었다. 수에게 연락이 온 것은 그 무렵이었다.

"나 결혼해. 청첩장을 줘야 하는데 시간 돼? 네 연락처 알아내느라 고생 좀 했다."

수는 중고등학교 동창이었는데 도미옥의 단짝치고는 드물게 우등생이었다. 그녀는 도미애의 대학교 후배이기도 했다.

도미옥은 수가 반가우면서도 한편으로는 그녀가 자신의 연락처를 어떻게 알아냈을지 궁금했다. 수에게는 친구가 많지 않았다. 도미옥도 서울을 떠나 숨어 살다시피 지냈기 때문에, 수는 그녀를 찾아내기까지 꽤나 애를 먹었을 것이다. 서로의 안부를 묻던 중 도미옥이 울산에 산다는 말을 들은 수는 호들갑을 떨며 기뻐했다.

"마침 잘 됐네. 우리 예비 시댁이 부산이거든. 다음 주말에 부산 내려가는 길에 잠깐 들르면 되겠다."

오래간만에 만난 수는 도미옥이 기억하던 모습과는 전혀 다른 사람이었다. 살이 좀 빠지긴 했지만 혈색이 좋아 오히려 건강해 보였고, 얼굴에선 미소가 떠나질 않았다. 결혼을 앞둔 봄날의 신부다웠다.

"그동안 어떻게 지냈어? 내 연락처는 어떻게 알아낸 거야?"

"나야 그냥 학교 다녔지. 너 전화번호 바꿨더라? 할 수 없이 고등학교 앨범을 뒤져서 너랑 친하게 지내던 애들한테 전부 연락해 봤어. 솔직히 꼴 보기 싫은 애들한테까지 연락하기가 쉽진 않았지만, 어쩌겠어? 너는 내 단짝이었잖아. 널 찾기 위해서라 생각하고 꾹 참았지 뭐. 수능 끝나면 꼭 한 번 다시 만나고 싶었는데."

"나도 요즘엔 연락하고 지내는 친구들이 별로 없어서……"

도미옥이 얼버무렸다. 수는 환하게 웃으며 청첩장을 건넸다.

"아이고, 바쁘면 안 오셔도 됩니다요. 학창시절 베프가 결혼한다는데 바쁘면 못 올 수도 있지, 안 그래? 문자로 계좌번호 찍어 보낼 테니까 축의금만 입금해."

"그럴 순 없지. 갈비탕 두 그릇 먹고 갈 거야. 보온병 가져가서 국물까지 떠올 거니까 각오해."

도미옥이 너스레를 떨자 수가 깔깔 웃었다. 그때만큼은 다시 고등학교 시절로 돌아간 것 같았다.

"맞다. 너희 언니도 얼마 전에 결혼했지?"

"응. 작년 봄에."

"남편이 엄청난 재력가라던데?"

"그래?"

도미옥의 심드렁한 태도에 수가 오히려 놀랐다.

"너 언니 결혼식에 안 갔어?"

"내가 굳이 가야 될 이유가 없을 것 같아서. 어차피 청첩장도 못

받았는걸."

"그래도 친자매인데……"

수가 얼버무렸다. 그녀도 도미옥과 도미애의 관계가 썩 좋지 못하다는 것은 알고 있었다. 도미옥은 별일 아니라는 듯 고개를 저었다. 언니의 결혼식 따위야 어떻게 되든 알게 뭐람.

수는 도미옥의 눈치를 보는가 싶더니 조심스레 입을 열었다.

"사실은 네 연락처를 수소문하다가 이상한 소문을 들어서 말이야."

"이상한 소문?"

"미애 언니가 나 대학교 선배잖아. 학교 동기들 중에 언니 과후배도 있고. 게다가 너네 언니는 워낙 유명했으니까."

"유명했겠지. 수석 졸업했다고 자랑 오지게 하는 것 같더만. 우리 언니 카톡 프사 기억나? 학사모 쓰고 표창장 들고 있는 그거. 졸업한 게 언젠데 그 사진을 일 년 내내 걸고 있었잖아."

"너 미애 언니랑 카톡해?"

수는 의외라는 듯이 물었다.

"뭐, 가끔."

도미옥은 대충 얼버무렸다. 사실은 연락처를 지워버린 지 오래였기 때문에 언니와 마지막으로 연락한 게 언제였는지도 가물가물했다. 그러나 무슨 이유 때문인지, 도미옥은 가끔씩 언니의 SNS를 기웃거리곤 했다.

언니의 삶을 훔쳐보며 그녀가 느끼는 주된 감정은 박탈감과 열등감이었다. 그녀는 점차 언니에게 뭔가 안 좋은 일이라도 생기길 바라게 되었다. 가끔씩 도미애가 타임라인에 우울한 뉘앙스의 글을 올리면 도미옥은 괜스레 기분이 좋았다.

하지만 이기는 날이 많지는 않았다. 페이스북에선 다들 상한 부분을 도려낸 말끔한 인생을 이야기하게 마련이니까. 도미애도 마찬가지였다. 학회 참석을 빙자한 해외여행, 교수님과의 식사, 명문대 수석졸업, 모두가 부러워하는 직장. 특급호텔에서 올리는 화려한 결혼식까지.

도미옥은 언니 얘기만 나오면 말투가 삐딱해졌다. 그녀 스스로는 그 사실을 의식하지 못했지만 수는 단번에 알아차렸다.

"너희 언니가 졸업하고 한동안 학교에 이상한 소문이 돌았나봐. 글쎄 언니가 임신을 했다는 거야. 잘 다니던 직장을 급하게 관둔 것도 사실은 사생아 때문이라던데."

"말도 안 돼. 언니는 형부 만나고 석 달 만에 결혼했어. 형부라고 부르기엔 징그러울 정도로 늙은 남자였지만."

"맞아. 한때는 그것 때문에 또 말이 많았거든."

수가 말했다. 그리고 문득 자신이 입방정을 떨었다는 사실을 깨닫고는 얼굴이 빨개졌다. 도미옥은 수를 잘 알았기 때문에 가만히 그녀의 눈을 바라보며 기다렸다.

"아니, 그러니까 내 말은…… 사실 학교 동기들 중에 미애 언니 결혼식에 갔던 애들이 몇 있거든. 신랑이 나이가 많았다는 건 그때 걔들한테 들은 얘기야. 그런데 그…… 신랑이 사실은 어마어마한 재력가래. 결혼식도 신라호텔 영빈관에서 했는데 신랑 쪽 하객들이 전부 정재계 유력인사들이지 뭐야?"

수는 당황하면 판단력을 잃었다. 차를 몰다 눈앞에 뭔가가 뛰어들면 얼결에 브레이크 대신 엑셀을 밟아버리는 타입. 도미옥은 수를 바라보며 미소를 지었다.

"언니야 내가 신경 안 써도 알아서 잘 살겠지. 사실은 연락 안 하고 지낸 지도 오래됐거든. 그런데 따지고 보면 기간이 안 맞잖아? 언니가 직장을 관둔 건 그 노인네를 만나기도 전이었어."

"그게 사실은."

수는 주위를 몇 번 둘러보더니 목소리를 낮췄다. 도미옥은 속삭이는 그녀의 목소리를 듣기 위해 허리를 굽혀 몸을 숙여야 했다.

"애 아버지가 다르대."

수는 자신이 전해 들은 바를 나불대기 시작했다. 도미애에게는 대학시절 내내 사귀던 남자친구가 있었다. 그 남자가 바로 애 아버지라는 것이다. 도미옥도 언니의 남자친구를 몇 번 마주쳤던 기억이 났다. 그때는 키가 멀대같이 큰 잘생긴 남학생이었다. 그런데, 둘 사이에 애가 있었다고? 금시초문이다.

"소문만 무성할 뿐 애를 직접 본 사람은 아무도 없어. 애 키우는 걸 본 사람이 없으니까 아마도 낙태를 했거나 입양을 보내지 않았을까? 뭐, 그냥 내 생각일 뿐이지만. 그런데 미애 언니는 지금 남편이랑 사이가 꽤나 좋은가보지?"

수가 지나가는 말로 물었다. 그건 도미옥이 딱히 대답할 수 있는 질문이 아니었다. 도미옥은 아무렇게나 얼버무렸다.

"별문제 없이 사는 걸 보면 그렇겠지. 형부가 언니 루머에 대해서는 아직 모르는 모양이네?"

"하긴 그 사실이 알려지면 결혼생활이 순탄하긴 어려울 테니까. 간만에 미애 언니 보고 싶다. 나도 마음 같아서는 언니랑 치맥이나 한잔 하면서 얘기를 좀 해보고 싶은데. 아, 그 이상한 소문 얘기는 말고. 재테크 노하우 같은 거 말이야. 언니가 그런 쪽으로는 장난 아니더라고. 언니가 땅을 사면 꼭 그 주변이 개발되더라나? 하긴 이제 언니가 나 같은 사람들이랑 어울릴 레벨은 아니지. 아예 사는 세상이 다르다니까."

수가 수다를 떠는 동안 도미옥은 적당히 맞장구를 쳐주었다. 그러나 속으로는 전혀 엉뚱한 생각을 하고 있었다. 누군가 그녀 마음속의 꺼져가던 불씨에 풀무질을 하는 기분이었다. 끝이 보이지 않는 이 현실에서 도망칠 수 있는 묘안이 떠오른 것이다.

'언니가 해냈다면 나도 할 수 있어.'

도미옥은 자신이 언니를 잘만 이용한다면 도망칠 수 있을지 모른다고 생각했다. 편의점 알바도, 멍청한 남자친구도 이젠 전부 지긋지긋했다. 그녀는 새로운 삶을 살고 싶었다. 집을 나오던 3년 전 그날과 마찬가지로. 도미애의 몽롱한 목소리가 그녀의 귓가를 맴돌았다.

'망치가 되지 못하면 모루가 되는 게 인생이야.'

그녀 역시 선택을 해야 했다. 두드리거나, 얻어맞거나. 도미옥은 집을 떠나기 전, 언니의 통장에서 돈을 훔치던 날을 떠올렸다. 언니는 중요한 물건들을 항상 침대 밑 신발상자에 보관했다. 그 안에는 통장, 인감도장, 가계부와 여권, 각종 금융기관의 비밀번호와 보안 카드들이 고스란히 담겨 있었다.

맨 처음 도미옥을 놀라게 한 것은 도미애의 통장 잔고였다. 입출금 내역이 꼼꼼하게 기록된 가계부도 신기하기만 했다. 지출항목에 올라 있던 한 남자의 이름이 유독 기억에 남았다. 구두쇠 같은 도미애가 백화점에서 생일선물을 사 준 걸 보면 그가 바로 도미애의 남자친구였을 것이다.

김규식. 그 남자를 찾아야 했다.

그나저나 사생아라니. 언니에게 그렇게 인간적인 면이 있을 줄은 꿈에도 몰랐다. 배를 가르면 동전 냄새가 날 것만 같은 사람이었는데. 마치 어린 시절의 돼지저금통처럼.

8

편의점 사장에게 양해를 구하고 하루 휴가를 냈다. 자정 전에는 어떻게든 일을 끝마치고 싶었다.

장근덕은 분투 끝에 완전히 잘라낸 여자의 왼쪽 다리를 욕실 구석으로 밀어놓았다. 화장실에선 쇠 비린내가 진동했다. 작업을 진행할수록 익숙해지기는커녕 힘이 들었다. 허벅지 한쪽 자르는 데만도 한 시간이 넘게 걸렸다.

'망했다. 이대로라면 내일 아침까지도 무리야.'

유약한 장근덕의 팔뚝은 이미 한계를 호소하고 있었다.

끝도 없이 흘러나오는 여자의 피도 처치곤란이었다. 톱이 미끄러질 때마다 바짓자락에 핏방울이 튀었다. 핏자국이 화장실 바닥에 눌어붙기라도 하면 큰일이었다. 어쩔 수 없이 샤워기를 틀어놓고 내내 물을 뿌려야 했다.

장근덕은 비위가 약했다. 속이 매스꺼워질 때마다 변기 앞에 고꾸라져 헛구역질을 했다. 그는 원래 곱창이나 내장탕도 징그러워서 못 먹는 사람이었다. 그래서인지 여자의 몸통에는 감히 손댈 엄두도 내지 않았다. 아무 계획도, 준비도 없이 시신을 해체하는 일은 그만큼 당혹스럽고 고된 작업이었다.

신기하게도, 몸이 고달플수록 여자에 대한 미안한 마음도 사라졌다. 이제는 미안하다기보다는 짜증이 났다.

이따금 진이 빠져 머리가 멍할 때는 방바닥에 드러누워 쪽잠을 자기도 했다. 잠에서 깬 뒤에는 다시 작업에 몰두했다.

"젠장."

장근덕은 녹슨 줄톱을 신경질적으로 집어던졌다. 타일에 부딪힌 쇠붙이가 요란한 소리를 냈다. 갑자기 억울하다는 생각이 들었다.

"도대체 내가 왜 이러고 있어야 되지?"

따지고 보면 이상한 점은 한둘이 아니었다. 여자는 분명히 이 방 안에서 죽었다. 피를 흘린 것을 보면 누구라도 그 정도는 알 수 있다. 하지만 여자가 자신의 방에 들어왔다는 사실 자체가 불가사의다. 생각할수록 장근덕은 자신이 저지른 살인이 아니라는 확신이 강해졌다.

그러나 어떻게 이런 일이 가능한 걸까? 방은 분명히 잠겨 있었으니 그가 없는 동안 여자가 제 발로 들어올 수는 없지 않은가? 혼란스러웠지만 이제 와서 달리 어쩔 도리가 없었다.

'머리랑 다리만 자르자. 그래도 여행 가방에 들어가기엔 충분할 거야.'

여자의 키가 제법 컸지만 날씬했기에 잘 접으면 굳이 팔을 떼어

내지 않아도 가방에 넣을 수 있을 것 같았다. 물론 그것도 생각만큼 수월하지는 않을 것이다. 애석하게도 지금 그녀는 이미 온몸이 뻣뻣하게 굳어 있는 상태였으니까. 장근덕은 화장실 바닥에 쪼그려 앉았다. 자포자기의 심정으로 반쯤 감겨 있는 여자의 눈을 바라보았다.

사이코패스가 아닌 이상 저걸 맨정신으로 어떻게 할 순 없다는 생각이 들었다. 급한 마음에 애꿎은 시계만 원망했다. 결단이 필요했다. 이제 남은 길은 하나뿐. 생선 눈을 보지 못하는 사람들이 요리할 때 쓰는 방법을 따르는 수밖엔 없다. 눈을 가리는 것이다.

장근덕은 수납장을 열어 타월 하나를 꺼냈다. 그걸로 차가워진 여자의 머리를 꼼꼼하게 둘러 싸맸다. 여자의 머리를 옆으로 돌려 누이고 한 손으로 관자놀이를 눌렀다. 줄 톱을 들고 다시금 톱질을 시작했다.

작업은 30분 만에 마무리되었다. 장근덕은 주저앉은 채 크게 심호흡을 했다. 머리를 자르는 것은 다리를 자르는 일과는 차원이 달랐다. 심적으로 가장 부담이 큰일을 빠르게 해치웠다는 생각에 스스로가 대견했다. 장근덕의 두 손은 물에 불어 쪼글쪼글했다.

주름 잡힌 손가락을 내려다보자니 문득 어린 시절 사촌 누나들과 시립수영장에 갔던 기억이 났다. 누나들을 본 건 그때가 마지막이었다. 할머니를 예외로 친다면 그날 이후로 장근덕은 여자와 사적인 대화를 나누어본 적이 단 한 번도 없었다.

그도 가끔씩은 욕구불만에 시달리긴 했지만 견디지 못할 정도는 아니었다. 사랑을 겪어보지 못한 사람은 적어도 사랑 때문에 괴로워하진 않는다. 그를 괴롭히는 것은 어떤 외부적인 요인이 아니라, 자신의 가장 음습한 곳으로부터 기어나오는 자괴감이었다.

늘 누렇게 진물이 흐르는 아토피성 피부. 비곗덩어리를 주렁주렁 달고 있는 꼴사나운 용모. 평생 단 한 번도 본래의 목적대로 쓸 일은 없을 것만 같은, 거추장스럽게 달랑거리는 빈약한 생식기는 그저 원하는 방향으로 오줌을 뿌리기 위한 도구일 뿐이다.

"나는 병신이야."

장근덕은 비참한 기분으로 가라앉았다. 차가운 방바닥에 배를 깔고 엎드려 쪼그라든 자신의 성기를 깔아뭉갰다. 고개를 돌리자 벌거벗은 여자의 시신이 눈에 들어왔다. 그가 바라보는 위치에서는 여자의 잘려나간 왼쪽 다리가 보이지 않았다. 그저 나체로 누워 있는 여자의 옆모습만이 보일 뿐이었다.

장근덕은 여자의 늘씬한 몸을 물끄러미 바라보았다. 육중한 몸뚱이 밑에서 그의 물건이 단단해졌다.

'이제 와서 뭐 어때? 넌 어차피 병신이잖아. 네가 이보다 더 추악한 짓을 저지른대도 새삼 너에게 실망할 사람은 없을 거야.'

딱딱한 방바닥이 장근덕의 성기를 자극했다. 압박감과 함께 간질거리는 감각이 요도를 타고 올라왔다. 그가 사정에 이르기까지는 1분이 채 걸리지 않았다. 찰나의 쾌락이 휩쓸고 간 빈자리엔 죄책감과 자기혐오만이 남아 있었다.

장근덕은 발작적으로 머리를 쥐어뜯었다. 바보 취급을 받는 데는 다 이유가 있다. 그건 그가 항상 바보짓을 하기 때문이다. 장근덕은 진심으로 자신의 성기를 잘라버리고 싶은 충동에 휩싸였다. 서른이 다 되도록 여자와 사랑 한 번 나눠본 적이 없다는 생각이 새삼 그를 괴롭혔다. 늘 그렇듯 무의미한 상념들이 꼬리를 물고 뒤따랐다.

'사랑이든 뭐든 따지고 보면 다 무의미한 거야. 수도승들은 그런 거 없이도 잘 살아. 세상에 안 그런 일이 있나? 따지고 보면 다 그런 거 아냐? 누구나 한 번은 태어나고 한 번은 죽어. 운명의 짝을 만나는 것, 부자가 되는 것, 모두의 존경을 받는 것. 의미 없다고 생각하면 한없이 의미 없는 일일 뿐이야. 삶에 의미를 부여하는 건 결국 나 자신이니까.'

장근덕은 어깨를 들썩이며 낄낄댔다.

'하지만 내가 어떤 놈인지는 내가 제일 잘 알잖아? 난 수도승이 될 수도 없고, 되고 싶지도 않아. 좋아하는 일도, 잘하는 일도 없는 나는 부자도 아니고 매력도 없어. 나 같은 놈은 대체 뭘 위해서 사는 거지?'

장근덕은 어디로든 도망치고 싶었다. 대상 없는 분노는 결국 스스로를 향할 수밖에 없다는 걸 그는 이미 알고 있었다.

'이 여자가 여기 죽어 있는 게 그 때문인지도 모르지. 무의식중에 내가 이 여자를 찔렀을지도 몰라.'

오랜 세월 장근덕의 자아는 곪아 문드러진 상태였다. 그는 때때로 자신의 내면에 잠들어 몸을 뒤치는 괴물이 있음을 알았고, 그것을 통제하는 데 어려움을 느꼈다.

가끔은 거리로 뛰어나가 무작정 누군가를 찔러대고 싶은 충동에 휩싸였다. 술에 취한 밤이면 무고한 사람들의 머리채를 움켜쥔 채, 불에 달궈 새빨개진 쇠몽둥이를 휘두르는 꿈을 꾸곤 했다.

장근덕은 고개를 숙여 다시금 볼품없이 쪼그라든 자신의 성기를 내려다보았다. 자연스레 바닥에 흩어진 물건들에 눈이 갔다. 고급스러운 진회색 가죽 클러치 백. 부드러운 소가죽은 길이 잘 들어 있었다. 죽은 여자의 소지품으로 보였다.

클러치를 열어보니 내용물은 핸드크림과 손거울, 방전된 휴대전화뿐이었다. 여자의 신원을 알 수 있는 단서는 없었다. 장근덕은 겨드랑이에 클러치를 끼우고 불안한 듯 제자리걸음을 걸었다.

이 물건들이 단서가 될 수도 있었다. 어쩌면 가방에 범인의 지문이 찍혀 있다거나.

그때, 현관문 두드리는 소리가 들렸다.

쾅쾅쾅.

일정한 박자를 갖춘 정중한 노크소리였다. 장근덕은 엉거주춤 멈춰 서서 현관문을 노려보았다. 집주인과 풍선껌의 악몽이 떠올랐다. 이번에는 임기응변으로 감출 수도 없었다. 같은 행운이 두 번 반복되는 일은 좀처럼 없으니까.

영원처럼 긴 침묵이 흐르고 다시 리드미컬한 노크가 이어졌다. 조금 전보다 강도가 셌다. 집주인 아저씨는 절대 이런 식으로 문을 두드리지 않는다. 마스터키가 없다면 주먹으로 문을 때려 부쉈겠지.

"안에 계신 거 알고 왔습니다."

걸걸한 남자 목소리였다. 남자의 말투가 어쩐지 어눌하게 들렸다. 장근덕이 반사적으로 외쳤다.

"누구세요?"

"같은 편입니다. 문 좀 열어주세요."

잠시 망설이던 장근덕은 방범 체인을 걸고 문을 열었다. 문틈으로 낯선 남자의 거뭇거뭇한 얼굴이 반 뼘 남짓 모습을 드러냈다. 덩치가 산 같은 남자였다. 체중이 100킬로그램은 족히 넘어 보였다. 예사롭지 않은 남자의 외모에 장근덕은 잔뜩 주눅이 들었다.

남자의 표정은 어쩐지 불안하고 우울해 보였다. 게을러 보이는 눈꺼풀이 물기 어린 눈동자를 반쯤 덮고 있었다. 면도하지 않은 인중에는 잡초처럼 드문드문 수염이 돋은 채였다. 세로로 주름이 진 두꺼운 입술이 꼭 환형동물 두 마리를 붙여놓은 것 같았다.

남자가 포수 글러브처럼 두꺼운 입술을 씰룩거리며 말했다.

"문 여세요. 어차피 숨길 것도 없지 않습니까? 여기서 무슨 일을 벌이고 있는지 이미 다 알고 있어요."

"글쎄요. 무슨 말씀이신지 잘 모르겠는데요."

"당신은 사람을 죽였어요."

"그…… 그런 일 없습니다."

턱이 달그락대는 통에 장근덕은 말까지 더듬었다. 만성적인 운동 부족으로 허약해진 심장이 시장바닥에 던져진 생선처럼 퍼덕거렸다. 긴장한 건 현관문 너머의 남자도 마찬가지인 듯했다.

"나한테 증거가 있어요. 괜히 오리발 내밀지 마시라고요. 내가 경찰을 부르면 아주 곤란해질걸요? 상황 복잡하게 만들지 말고 쉽게 갑시다."

남자가 말했다. 뻔한 협박을 하는 그의 모습에 자신감이라곤 없었다. 덩치에 안 맞게 우물대는 모습이 꼭 궁지에 몰려 변명을 늘어놓는 아이 같았다.

장근덕은 조금이나마 마음이 편해졌다. 이 남자는 어딘지 모르게 자신과 비슷한 부류일 것 같다는 생각이 들었다.

"조금 아까 우리는 같은 편이라고 말씀하셨죠?"

장근덕이 물었다. 남자는 대답 대신 고개를 끄덕여보였다.

"이해가 잘 안 가는데요."

“우린 원하는 바가 같으니까 같은 편이란 말입니다.”

“내가 뭘 원하는지 당신이 어떻게 알아요?”

“그 여자 시체를 없애고 싶잖아요. 우리도 마찬가지예요.”

남자의 말에 장근덕은 조금 놀랐다. 우리? 혼자가 아니란 말인가? 두 사람 모두 한동안 말이 없었다. 남자가 신경질적으로 뒷머리를 긁어댔다. 장근덕이 쭈뼛거리는 모습에 짜증이 난 모양이었다.

“일단은 들어가서 얘기합시다. 날도 춥고. 여기 서 있으니까 누가 들을까 봐 겁이 나요.”

“안에까지 들어오시는 건 좀……. 지금은 곤란합니다.”

“젠장, 이럴 시간이 없다고요. 그냥 이 문부터 좀 열면 안 돼요?”

남자가 벌컥 성을 냈다. 한겨울인데도 그는 땀을 뻘뻘 흘리고 있었다. 오줌이 마려운지 몸을 비비 꼬아대면서. 장근덕은 어쩔 도리가 없다고 생각했다.

제 구실을 못하는 녹슨 체인을 풀고 문을 열었다. 복도에서 불어온 찬바람이 방 안의 눅눅하고 더운 공기를 휘저었다. 피비린내가 거슬렸는지 남자는 방에 발을 들이기도 전에 코부터 틀어막았다. 세면대 위에는 여자의 잘린 머리가 수건에 둘둘 말린 채 방치되어 있었다. 하얀 수건 위로 붉은 얼룩이 번져 나왔다.

“오줌을 누고 싶은데, 안은 지금 난장판이겠죠? 아, 여기선 도저히 못 쌀 것 같아.”

남자는 겁이 나는 듯 고개를 돌려 여자의 훼손된 시신을 외면했다. 그러면서도 손으로는 바지춤을 끄르고 화장실 배수구에 오줌을 갈겼다. 꽤나 오래 참았던 모양이다. 거대한 물줄기가 타일 바닥을 치며 익숙한 파찰음을 냈다.

“도서관이나 서점에서 책을 고를 때 오줌이 마려웠던 적 있죠? 그게 일종의 심리적인 현상이래요. 뭔가를 선택하고 결정해야 하는 순간에는 항상 오줌이 마렵다고 하더군요.”

남자가 민망한 듯 중얼거렸다. 장근덕은 몸이 달았다.

“우리가 같은 편이라는 게 무슨 뜻인지 말해주세요.”

“자세한 건 몰라도 돼요. 결론부터 말하자면 나도 누구한테 부탁을 좀 받은 셈이죠. 어쨌거나 이제 우리는 저 여자를 옮길 겁니다.”

“어디로 말입니까?”

“그쪽이 생각해 둔 장소가 있는 거 아니었어요?”

“아직 그 단계까진 생각 안 해봤는데요.”

“설마 아무 계획도 없이 일부터 벌인 거예요?”

남자는 황당하다는 얼굴로 장근덕과 화장실 바닥의 시신을 번갈아 쳐다보았다. 한쪽 다리와 머리가 떨어져 나온 여자의 몸통이 화장실 타일 위에 대각선으로 누워 있었다.

장근덕은 그제야 사태의 심각성을 깨달았다. 여자를 여행 가방에 담은 뒤엔 어쩔 셈이었을까? 그걸 끌고 얼마나 멀리 갈 생각이었을까? 장근덕은 발끝을 내려다보며 자신의 어리석음을 질책했다. 고개를 든 장근덕은 어느새 이 남자가 해답을 제시해 주기를 간절히 바라는 마음이 되었다.

“이제 어쩌죠?”

장근덕이 물었다. 그 질문을 기다리고 있었다는 듯, 남자의 입에서 명령이 떨어졌다.

“우선 시체를 가방에 담읍시다.”

"그러려면 한쪽 다리를 마저 잘라야 하는데……"

"그럼 자릅시다."

장근덕은 따로 토 달지 않았다. 엎드려 있는 여자의 남은 다리를 자르기 위해 톱을 들고 하던 일을 계속 했다. 남자가 도와준 덕분에 전보다 빨리 해치울 수 있었다.

장근덕은 책상 밑에 보관하던 바퀴 달린 대형 이민가방을 끄집어냈다. 이 집으로 이사 온 이래 근 십 년은 쓸 일이 없었던 터라 가방은 뽀얀 먼지를 뒤집어쓰고 있었다.

가방 바닥에 타월을 몇 장 깔았다. 물이 뚝뚝 떨어지는 여자의 시신을 먼저 대형 쓰레기봉투에 담은 뒤 여행가방에 욱여넣었다. 먼저 팔만 남은 토르소를 눕히고, 그 위에 두 다리를 얹었다. 여자의 꽃무늬 원피스도 함께 쑤셔 넣었다. 마지막으로 정수리가 위를 향하게끔, 수건으로 싸맨 머리를 집어넣었다. 가방 속 공간은 생각보다 빠듯해서 도무지 지퍼가 잠기질 않았다. 장근덕은 체중으로 여자의 시신을 누르며 억지로 가방 입구를 여몄다.

그가 땀을 뻘뻘 흘리며 가방을 꾸리는 동안 남자는 클러치 백을 집어 슬그머니 옷 속으로 밀어 넣었다. 허리춤에 백을 넣고 셔츠로 위를 덮었다. 겉옷 지퍼를 여미니 감쪽같았다. 장근덕은 아무것도 눈치채지 못했다.

"다 됐으면 갑시다."

남자는 앞장서서 집을 나섰다. 가방은 생각보다 무거웠다. 장근덕은 끙끙대며 계단을 올랐다. 찬바람을 쐬자 장근덕은 비로소 자기 몸에서 어떤 냄새가 나고 있는지 깨달을 수 있었다. 역겨운 술 냄새와 피비린내, 시큼한 땀 냄새가 뒤섞여 견디기 힘든 악취를 풍기고 있었다.

뭐가 됐든 이제 시체 따윈 잊어버리고 뜨거운 물에 샤워나 하고 싶은 심정이었다. 일단 지금으로썬 정체불명의 남자를 믿고 따라가는 수밖엔 없었다.

'당신도 그 여자 시체를 없애고 싶잖아요. 우리도 마찬가지예요.' 남자가 했던 말을 곱씹어보았다. 우리도 마찬가지예요. 우리. 다시 생각해도 껄끄러웠다. 뭔가 불길한 일이 벌어질 것만 같아 장근덕은 자기도 모르게 어깨를 움츠렸다.

오동구가 장근덕을 설득하는 동안 최준은 창가에 엎드려 방 안을 감시하고 있었다. 그는 장근덕이 빗장을 건 채 오동구와 대화를 나누는 모습을 초조하게 지켜보았다. 오동구에게는 놈이 공격적으로 나올 경우 뛰어 들어가 돕겠다고 약속했다. 그러나 실제로 그런 상황이 닥쳤을 때 그렇게 행동할 용기가 있을지는 스스로도 의문이었다.

다행히 우려했던 일은 일어나지 않았다. 무슨 수로 구슬렸는지 몰라도 장근덕은 순순히 문을 열었다. 이윽고 그가 이민가방을 꺼내 여자의 시신을 담기 시작했다. 그동안 오동구는 미셸의 클러치 백을 바지춤에 숨겼다.

"생각보다 제법인데."

일은 순탄하게 풀리고 있었다. 몸을 일으킨 최준은 차 트렁크를 열고 오동구가 돌아오길 기다렸다. 오동구는 물이라도 뒤집어쓴 사람처럼 땀을 흘리고 있었다. 오동구는 셔츠 밑에서 클러치 백을 꺼내 조수석 창문으로 던져 넣었다.

"잘 해결됐다."

"수고했어. 빨리 가자."

최준이 그를 재촉했다.

"잠깐만. 동행이 있어."

오동구의 등 뒤로 버스럭거리는 나일론 추리닝에 형광색 등산패딩을 걸친 남자가 나타났다. 장근덕이었다. 낑낑대며 묵직한 여행 가방을 끌고 올라오는 중이었다. 무슨 짐을 챙겨왔는지 등에는 귀퉁이가 해진 보라색 나일론 백팩까지 메고 있었다. 패딩 주머니에는 누가 봐도 수상해 보이는 새파란 플라스틱 물병이 들어 있었다.

"저 새끼는 왜 따라나오는 거야?"

"우리랑 같이 가야지."

오동구가 태연스레 대답했다.

"멍청아. 우리 얼굴 팔려서 좋을 게 뭐 있다고? 클러치만 챙겨서 혼자 나왔어야지!"

최준이 목소리를 낮추며 다그쳤다. 급히 주위를 둘러보았지만 몸을 숨기기엔 너무 늦었다. 오동구의 어깨너머로 형광 패딩 차림의 장근덕과 눈을 마주쳤다. 요란스런 패딩 파카는 어둠 속에도 그 존재감이 대단했다. 그게 얼마나 따뜻할지는 몰라도 야밤에 시체 파묻기에 적절하지 않은 복장인 것만큼은 틀림없었다.

장근덕은 눈치도 없이 자꾸만 최준의 얼굴을 바라보았다. 최준은 무의식적으로 고개를 돌려 그의 시선을 피했다. 여러모로 낭패였다. 자신의 존재를 들킨 이상 혼자서 빠져나갈 가능성도 물거품이 된 셈이다. 노심초사하는 최준에게 오동구가 무심하게 쏘아붙였다.

"뭐 어떠냐. 우린 어차피 한배를 탔는데. 너도 이제 머리 좀 그만 굴려라."

"누가 머리를 굴렸다는 거야?"

최준은 불에 데인 것처럼 두 뺨이 화끈거리는 것을 느꼈다. 오동구가 냉소했다.

"이제 너만 쏙 빠져나가는 길은 없어. 죽으면 다 같이 죽는 거고, 성공하면 너는 돈 버는 거야. 나는 미셸에게로 돌아가고. 그 정도면 아쉬울 거 없지?"

최준이 뭐라고 대답하기도 전에 오동구는 몸을 돌려 장근덕에게 다가갔다. 두 사람은 각각 가방의 양끝을 받쳐 들고 트렁크에 실었다. 최준은 어깨를 떨며 멍하니 그 광경을 지켜보았다. 오동구가 생각했던 것만큼 멍청하지 않다는 사실은 꽤나 충격적이었다.

어쩌면 그동안 오동구를 너무 얕잡아본 게 아닐까? 그런 생각을 하니 기분이 나빠졌다. 화끈거리는 얼굴과는 별개로 살갗에 소름이 돋았다. 만약 이 모든 게 함정이라면?

'젠장, 나는 안 좋은 쪽으로는 촉이 좋다고.'

최준은 서늘한 기운에 몸을 떨었다. 그는 고개를 가로저으며 나쁜 생각들을 털어내려 했다.

'별거 아닌 일이야. 어차피 내일이면 다 잊혀질 일. 잔심부름해주고 한 번 크게 먹는 거지 뭐.'

최준은 조수석에 앉아 안전벨트를 맸다. 오동구가 힘차게 트렁크를 닫으며 쾌활한 목소리로 말했다.

"자, 얼른 탑시다. 갈 길이 멀어요."

장근덕도 씩씩하게 뒷좌석에 올라탔다. 그의 몸에선 참을 수 없을 만큼 역한 냄새가 났다. 최준은 못마땅한 얼굴로 코를 틀어막았다.

"어디로 가는 겁니까?"

장근덕이 물었다.

"영동고속도로를 탈 겁니다. 여주 지나서 1시간만 더 가면 돼요."

"저, 질문 있습니다."

장근덕이 오른손을 번쩍 들며 말했다.

"지금 대체 무슨 일이 벌어지고 있는 겁니까? 자꾸 물어봐서 죄송합니다만……."

"질문이 이상하네. 그걸 왜 우리한테 물어요? 일 벌여놓은 건 당신인데?"

최준이 쏘아붙였다. 장근덕은 그의 퉁명스런 태도에 당황한 기색이었다.

"제가 노파심에 드리는 말씀인데요. 제가 그 여자분한테 그런 짓을 한 건 절대로 아니거든요. 혹시 뭔가 오해를 하시는가 싶어서…… 여러분이 누구신지는 모르겠지만 대체 왜 저를 도와주려고 하시는 건지 저는 솔직히 잘 이해가 안 갑니다."

쭈뼛대는 장근덕의 태도에 오동구와 최준은 서로의 얼굴을 마주 보았다. 잠깐 동안 눈빛으로 많은 대화가 오갔다. 오동구의 의도를 알아챈 최준이 총대를 메기로 했다.

"우리는 삼합회 행동대원입니다."

일단 말을 뱉은 최준이 곁눈질로 오동구의 눈치를 살폈다. 오동구의 눈이 주먹만 해졌다. 오동구는 거짓말에 서툴렀다. 기왕 던지는 거 최준은 조금 더 막 나가기로 했다. 뺑을 칠 거면 차라리 확실한 게 좋다.

"아저씨 방에서 죽은 그 여자는 우리 조직의 윗선과 관계가 있어요. 내연관계였던 모양인데 자세한 건 우리 같은 피라미들이 알 수 있는 게 아니고. 아무튼 더 자세히 알아봐야 좋을 것 없습니다. 우리야 저 여자가 누구든 위에서 시키는 대로 처리만 하면 되는 거니까."

"삼합회는 중국 조직 아닌가요? 둘 다 중국 분이셨습니까?"

예상 밖의 질문에 최준이 머뭇거리는 사이 오동구가 재빨리 대답했다.

"조선족입니다."

"아, 그렇군요. 전혀 몰랐습니다. 억양만 들어서는 서울사람이라고 해도 믿겠는데요? 다들 발음이 너무 좋으셔서……."

장근덕은 놀랍다는 듯 부지런히 눈알을 굴렸다. 최준은 장근덕이 멍청한 놈이라 다행이라고 생각했다. 잠시 생각에 잠겨 있던 장근덕이 불쑥 질문을 던졌다.

"근데 왜 하필 저희 집이죠?"

최준과 오동구는 잠시 서로를 마주 보았다. 최준이 장근덕에게 되물었다.

"그게 뭔 소리예요?"

"삼합회의 높으신 분들이 왜 굳이 제 집에서 그 여자를 죽여야 했던 걸까요? 제가 잘 이해가 안 가서……."

차 안에는 다시 무거운 침묵이 흘렀다. 문득 최준에게도 한 가지 의문이 떠올랐다. 대관절 미셸은 이 남자와 무슨 관계일까? 미셸은 분명 자신이 사람을 죽였고, 그 사실을 아무도 모른다고 말했다. 장근덕을 돌아보며 최준이 물었다.

"당신 이름이 뭡니까?"

"장근덕입니다."

처음 듣는 이름이다.

"뭐 하는 사람이에요? 그 집에는 언제부터 살았는데요?"

"이사 온 지는 10년쯤 됐고, 지금은 그냥 편돌입니다."

"편돌이?"

"편의점 알바를 하고 있습니다."

"혹시 그 여자랑은 알던 사이?"

최준이 묻자 장근덕은 펄쩍 뛰며 손사래를 쳤다.

"저는 정말 모르는 사람입니다. 자고 일어나 보니까 웬 여자가 죽어 있더라니깐요."

"당신이 데려온 여자는 아니고?"

"당치도 않은 말씀입니다. 제가 무슨 재주로 그런 여자를 데려오겠어요?"

장근덕은 비굴해 보일 정도로 머리를 조아렸다. 이마에서 흘러내린 굵은 땀방울이 콧잔등을 타고 내려왔다. 안경에는 온통 뿌옇게 김이 서린 채였다. 그는 겁에 질려 있었다.

장근덕은 두 사람을 진짜 조직폭력배로 믿고 있는 눈치였다. 비록 물렁살이긴 했지만 100킬로그램에 육박하는 오동구의 덩치도 한몫했음이 틀림없다. 자신감을 얻은 최준은 조금 더 공격적인 질문을 던졌다.

"구라치다 걸리면 혼날 각오 해요. 당신이 모르는 사람이었으면 저 여자는 어떻게 당신 집에 들어갔는데? 현관문을 열어놓고 다니시나?”

“그러니까 저도, 저도 정말 미치겠다니깐요. 야간알바 끝나고 새벽에 들어왔는데 자고 일어나니까 저 여자가 누워 있잖아요 글쎄.”

“죽은 채로?”

오동구가 물었다. 장근덕은 다급하게 고개를 끄덕였다.

“네. 이미 죽어 있었어요.”

“그럼 더 이상하잖아요? 새벽에 들어올 땐 뭔가 이상하다는 걸 눈치채지 못했다는 얘긴데, 그게 말이 돼요?”

“그땐 제가 술에 취한 상태였거든요. 정말로 불도 안 켜고 바로 침대에 쓰러져 잠이 들었습니다. 그땐 완전히 필름이 끊겨가지고……”

“말이야 지어내기 나름이지. 당신이 자는 동안 저 여자가 혼자서 잠긴 문을 열고 들어와 자살이라도 했다 치면, 그것참 납득이 가는 상황이군. 안 그래요?”

“그건 참 설명하기 곤란한 부분이긴 합니다.”

“어쩌면 당신이 죽였는지도 모르죠. 단지 술에 취해 기억이 안 날 뿐이지.”

“제가 진짜, 진짜 솔직하게 말씀드리는 건데요. 저는 진짜 아무 짓도 안 했습니다.”

장근덕은 연신 소매로 얼굴을 문질렀다. 땀을 닦는 건지 눈물을 닦는 건지 알 길이 없었다.

“그럼 누가 범인이란 말입니까? 일종의 밀실 살인 같은 건가?”

비아냥거리던 최준은 오동구를 향해 몰래 윙크를 했다. 그 모습을 본 오동구도 대충은 감을 잡았다. 최준은 의도적으로 장근덕을 궁지에 몰고 있었다. 딴마음을 품지 못하게 하려는 의도였다. 자신이 범인으로 몰리는 느낌을 받으면 장근덕도 섣부른 행동을 하지 못할 것이다.

"밀실이라뇨. 절대로 밀실이 아닙니다. 집주인한테도 마스터키가 있다고요."

장근덕은 풍선껌과의 불쾌했던 조우를 떠올리며 다급하게 말했다. 그는 초조한 듯 목덜미의 아토피 흉터를 벅벅 긁었다. 벗겨진 흉터에서 진물과 피가 흘렀다. 최준이 조금만 더 짓궂게 굴면 장근덕은 금방이라도 울음을 터뜨릴 것 같았다. 물론 최준도, 오동구도 장근덕이 여자를 죽였을 리 없다는 사실을 잘 알고 있었다. 그녀를 죽인 건 미셸이었으니까.

하지만 미셸이 어떻게 장근덕 몰래 시체를 그 방에 유기했는지는 누구도 설명할 수 없었다. 최준은 단순하게 생각하기로 했다. 나중에 미셸에게 물어보면 될 일이다.

"뭐 그런 셈 칩시다. 우리야 시신만 처리하고 각자 갈 길 가면 되는 거니까."

"그럼. 우리가 짭새도 아닌데 굳이 여기서 캐물을 필요 없지."

오동구가 곁에서 거들었다. 장근덕은 안경을 벗고 손등으로 땀을 훔쳤다. 끙, 하며 신음을 삼키는 소리가 조수석까지 들렸다. 최준은 라디오를 켜고 볼륨을 높였다. 아이돌 그룹의 흥겨운 댄스음악이 흘러나왔다.

"어쨌거나. 이렇게 된 이상 너무 긴장할 필요 없습니다. 이제부터 우리는 같은 편이니까. 저 시신만 잘 처리하고 헤어지면 그만이잖습니까."

오동구가 장근덕을 다독였다. 최준은 라디오에서 흘러나오는 멜로디를 따라 콧노래를 흥얼거렸다. 그제야 장근덕도 기분이 좀 나아진 듯했다.

"그 패딩 주머니에 든 건 뭐예요?"

최준이 물었다.

"별거 아닙니다. 공업용 메틸알코올이에요. 석유 랜턴에 불붙일 때 쓰는 겁니다."

"랜턴도 가져왔어요?"

"백팩 안에 이것저것 좀 많이 챙겼습니다."

장근덕은 헤헤거리며 바보 같은 웃음을 지어 보였다. 최준의 마음에 들기 위해 부단히도 애쓰는 듯했다.

'이놈도 광대 같은 놈이로군.'

최준은 여전히 장근덕이 마음에 들지 않았지만 준비성이 투철해서 나쁠 건 없었다. 랜턴을 가져온 건 좋은 생각이었다. 오동구의 차에는 손전등이 하나밖에 없었다. 그러나 최준은 굳이 장근덕을 추켜세우지 않았다. 그는 이 연극이 끝나는 순간까지 철저한 악역으로 남을 작정이었다.

차는 뻥 뚫린 올림픽대로를 막힘없이 질주했다. 오동구의 운전솜씨는 다소 거칠었지만 나름대로 능숙한 편이었다. 이대로라면 해가 뜨기 전에 일을 마칠 수 있을 것 같았다. 그래도 밤은 짧고 길은 멀다.

정적을 깨며 최준이 물었다.

"혼자 살아요?"

"네. 혼자 살고 있습니다. 지금은요."

"가족들은 고향에 있고?"

"가족은 없어요. 옛날에는 할머니랑 조카랑 셋이서 살았죠."

장근덕의 가정사는 복잡하고 기구했다. 요약하자면 전형적인 콩가루 집안이었다. 장근덕은 할머니 손에 자랐다. 중학교를 졸업한 이후에는 학교에 가는 대신 이런저런 알바를 했다. 할머니는 주로 리어카를 끌며 폐지를 주웠다.

그가 스무 살쯤 되었을 때 젖먹이 아이가 식구로 들어왔다. 외사촌 누나가 맡긴 아이였다. 할머니는 그 아이를 키워주는 대가로 매달 월세와 생활비를 받았다.

"누나한테는 비밀이 하나 있거든요. 저희 사촌 누나가요, 사실은 예전에 사귀던 남자와 갈 데까지 가버린 거죠. 대학 졸업하고 사생아를 낳았어요."

"낳은 걸 보면 키울 생각은 있었던 모양이네?"

"뭐, 그렇다기보다는. 낙태를 하기엔 이미 너무 늦어버렸던 거 아닐까요?"

장근덕은 한 번 입이 트이자 부쩍 수다스러워졌다. 최준은 그가 혼자서 떠들도록 내버려두었다. 그에게서 미셸과의 연결고리를 발견할 수 있을지도 모른다는 생각 때문이었다.

장근덕은 그 집에 십 년을 살았다. 형편이 좋지 않아 알바를 전전하며 근근이 먹고 살았다. 이렇게라도 사는 데 지장이 없는 이유는 전적으로 외사촌 누나의 주거비 지원 덕분이다.

"할머니와 애는 지금 어디에 있죠?"

최준이 물었다.

"시골 내려간 지 몇 년 됐습니다. 도시에 있어봐야 폐지 줍는 거 말고는 할 일도 없잖아요. 그럴 바에야 텃밭에서 농사짓는 게 훨씬 낫죠.”

“장근덕 씨는 왜 같이 안 가시고?”

“저는 서울에서 직장이라도 구해볼까 하고……. 하루 종일 할머니랑 애 키우면서 사는 게 답답하고 좀이 쑤셔서요.”

장근덕이 말했다. 최준은 룸미러로 장근덕의 얼굴을 살폈다. 장근덕의 누런 얼굴은 피로에 찌들어 있었다. 제 말로는 서른 살쯤 되었다고 했지만 그보다 훨씬 늙어보였다.

하긴, 세상으로부터 버림받은 저런 인간에게 어떤 희망이 있겠는가. 그가 비루한 삶을 이어가는 이유도 어쩌면 그저 극단적인 선택을 하기엔 너무 게으르기 때문 아닐까? 권태와 타성에 길들여진 짐승처럼. 암울한 생각들이 최준의 머릿속을 부유했다.

전부 쓸데없는 생각이었다. 오늘 밤이 지나면 이 남자를 다시 만날 일은 없을 것이다. 제 몸 하나 챙기기도 고된 세상이다. 직업을 구하고, 밥벌이를 하고, 인간답게 먹고 사는 일이 녹록지 않았다. 최준은 장근덕에 대해선 더 이상 생각하지 않기로 했다.

생각을 멈추자 다시금 원초적인 의문이 떠올랐다.

‘미셸은 도대체 그 여자를 왜 죽인 거야?’

"도대체 누구냐. 너희들 중에."

이진수는 용의선상에서 벗어난 두 사람의 명함을 뒷좌석에 아무렇게나 던져버렸다. 용의자 다섯 중 둘은 나이가 너무 많았다. 카페 여자의 증언대로라면 도미옥이 만난 남자는 30대 초중반이었다. 제아무리 동안이라 해도 마흔을 넘진 않았을 것이다. 이진수는 명함에 적힌 사무실을 일일이 찾아다니며 확인 작업을 했다.

이진수가 처음 찾아간 곳은 시 외곽의 자그마한 출판사였다. 첫 번째 명함의 주인공은 누가 봐도 은퇴를 앞둔 반백의 장년이었다. 이진수는 곧바로 그의 이름을 리스트에서 지웠다.

다음 목적지는 다 쓰러져가는 2층 상가건물이었다. 명함 속 인물은 개량한복을 입은 시민활동가였다. 직업 때문인지 7인승 국산 승합차를 끌고 다녔다. 나이가 많을뿐더러 쇄골까지 내려오는 수염도 이진수가 찾는 인물과는 거리가 멀었다.

세 번째는 김규식이었다. 명함을 검색해 본 결과 이진수가 찾는 인물과 가장 비슷했다. 김규식은 제법 규모가 큰 골프용품 수입업체를 운영했다. 회사 홈페이지에 대문짝만 하게 자기 사진을 걸어놓았는데, 젊고 호감이 가는 인상이었다.

그의 사무실은 신시가지 고층빌딩 밀집지역에 위치해 있었다. 이진수는 하늘을 향해 삿대질이라도 하듯 맹렬히 뻗어 올라간 고층 건물들을 올려다보았다. 저런 고층 사무실에서 일하는 건 대체 어떤 기분일까. 이진수는 어쩐지 자신이 어울리지 않는 장소에 던져진 것 같아 낯설고 어색했다. 깐깐한 경비가 차 빼라고 유세 부리던 낡은 아파트가 오히려 그리울 지경이었다.

막연한 반발심과 철없는 시기심. 유치한 감정이라는 건 그 스스로도 잘 알고 있었다. 하지만 제 손으로는 쥘 수 없는 것을 가진 놈들만 보면 이진수는 의지와 무관하게 속이 베베 꼬여왔다. 이진수는 새삼 자신이 속물이라는 사실이 슬펐다. 세상에 가난한 속물만큼 비참한 존재는 없을 테니까.

대낮의 유흥가는 촌스럽고 황량했다. 스크린 골프장과 가요주점, 도우미가 나오는 노래방 간판들. 매연에 찌든 간판들이 말라 죽은 담쟁이처럼 건물 외벽을 뒤덮고 있었다. 불 꺼진 네온사인도 기괴하기만 했다.

이진수는 가까운 주차장에 차를 세우고 김규식의 사무실이 있는 빌딩까지 걸어갔다. 지은 지 얼마 안 된 40층짜리 빌딩은 외부인의 접근을 철저히 통제했다. 입구가 온통 유리로 막혀 있어서 접촉식 아이디카드 없이는 로비에 앉을 수도 없었다. 이진수는 근처 편의점에서 맥주 한 캔을 사서 무작정 기다려보기로 했다.

신시가지는 밤이 되자 옷을 갈아입었다. 유흥가는 화려한 불빛을 번쩍이며 저속한 본색을 드러냈다. 네온 간판 속의 여자는 두 손을 바닥에 짚고 가랑이를 벌렸다 오므리길 반복했다. 한 뼘짜리 미니스커트를 입은 여자들이 전단지를 돌리며 손님을 끌었다. 음탕한 찌라시가 융단처럼 보도를 덮었다.

이 도시의 유흥가는 어지간해선 불황을 타지 않았다. 손님은 인근 공단과 사무실 밀집지역으로부터 끊임없이 유입되었다. 영하를 넘나드는 혹한이었지만 거리는 인파로 붐볐다. 퇴폐 안마시술소 간판이 무지갯빛으로 점멸하는 것을 바라보며 이진수는 맥주 한 캔을 깨끗이 비웠다. 그리고 김규식이 나타나기를 기다렸다.

일곱 시가 조금 지나자 고급스러운 진회색 정장에 검은 캐시미어 코트를 걸친 남자가 모습을 드러냈다.

김규식은 사진에서 본 것보다 훤칠한 미남이었다. 번쩍거리는 갈색 윙팁 가죽구두, 길이 잘 든 소가죽 서류가방, 알이 굵은 스위스제 오토매틱 시계. 키도 크고 호리호리했다.

이진수는 반쯤 타버린 담배꽁초를 벽에 비벼 껐다. 스무 발짝 뒤에서 김규식의 뒤를 쫓았다. 김규식은 멀리 가지 않았다. 사거리에서 길을 건너더니 이제 막 영업을 시작한 술집으로 향했다. 일행은 먼저 와서 기다리고 있는 모양이었다. 지루한 기다림이 계속되었다.

김규식은 2차, 3차로 옮겨가며 고주망태가 되도록 술을 마셨다. 만취상태로 노래방 아가씨들의 부축을 받으며 가게를 나섰을 때 시간은 이미 새벽 2시를 넘겼다. 김규식은 대리운전기사를 불렀다.

그가 흰색 제네시스 뒷좌석에 몸을 누이는 모습을 보며 이진수는 재빨리 자신의 차로 돌아갔다.

"외제 차 좋아하시네."

이진수는 카페 여자를 생각하며 투덜댔다. 확실히 엠블럼이 날개 모양이긴 했다. 이진수는 너무 바짝 붙지 않도록 조심하면서 김규식의 제네시스를 뒤쫓았다.

제네시스는 고가도로 밑에서 좌회전하더니 경부고속도로를 타고 올라갔다. 30분 정도를 그렇게 달렸다. 이윽고 김규식의 차가 멈춘 곳은 서초구의 고급 아파트단지 지하주차장이었다. 입구에는 차단기가 설치되어 있어 입주자가 아니면 차를 댈 수가 없었다. 이진수는 하는 수 없이 갓길에 차를 세웠다.

이진수는 뛰어서 김규식의 차를 뒤쫓았다. 마지막으로 뛰어 본 게 언제인지 기억도 나지 않았다. 다리가 저리고 폐에서는 피 맛이 올라왔다. 이진수는 애꿎은 담배 탓을 했다. 멀리 김규식의 모습이 보였다.

이진수는 그에게 전화를 걸었다. 명함에 적혀 있는 번호였다.

"여보세요?"

"김규식 사장님 되십니까?"

"네. 제가 김규식입니다."

잔뜩 꼬부라진 혀로 웅얼거리는 목소리는 알아듣기 어려울 정도였다.

"중요한 얘기가 있는데 잠깐 말씀 좀 나눌까요?"

호흡을 가다듬으며 이진수는 김규식의 동태를 살폈다. 그는 몸을 제대로 가누지도 못하고 있었다.

"시간이 너무 늦은 것 같은데요. 누구시죠?"

"잠깐이면 됩니다. 그리고 아주 중요한 얘기입니다."

"중요한 얘기?"

"당신 인생이 걸려 있습니다. 무시하셨다가는 크게 후회하실 겁니다."

이진수의 말에 김규식은 다소 충격을 받은 듯했다. 얼빠진 듯 서 있다가 다리에 힘이 풀렸는지 바닥에 쪼그려 앉았다. 값비싼 캐시미어 코트 자락이 더러운 주차장 바닥에 닿았다. 이진수는 조용히 그의 대답을 기다렸다. 몇 차례 마른침 삼키는 소리가 들렸다. 마침내 김규식이 말했다.

"언제 만날까요?"

이진수는 대답 대신 가볍게 휘파람을 불었다. 그가 기둥 옆에서 모습을 드러내자 김규식은 놀란 얼굴로 고개를 돌렸다. 김규식이 비틀거리며 몸을 일으켰다.

"당신 누굽니까?"

"타서 얘기합시다."

이진수가 턱짓으로 김규식의 차를 가리켰다. 김규식은 얼굴을 일그러뜨리며 이진수를 쏘아보았다.

"내 차를?"

"난 차를 안 끌고 왔으니까."

"당신 뭔데?"

"사장님 입장을 고려해서 말씀드리는 겁니다. 밖에서 얘기하다간 누가 들어요."

"나한테는 엉뚱한 수작 안 통합니다."

김규식은 손을 내저으며 단호하게 말했다. 어딜 보나 마음에 들지 않는 놈이었다. 이진수가 짜증스런 표정을 지으며 말했다.

"그냥 타시죠. 중요한 얘기라니깐. 날도 더럽게 추운데."

"미친놈."

김규식은 이진수에게 등을 돌렸다. 이진수가 그의 팔꿈치를 붙잡았다. 김규식의 몸이 휘청거렸다. 이진수가 재빨리 그의 겨드랑이 밑으로 손을 넣어 부축했다.

"당신 뭐야?"

김규식이 윽박질렀다. 이진수는 그의 면전에 경찰 명함을 들이밀었다.

"경찰입니다. 몇 가지 확인하고 싶은 게 있어서."

"당신이 경찰이면 나는 대통령이게? 그따위 명함은 인쇄소 가면 열 통도 뽑을 수 있어. 날 그렇게 만만히 봤다면 크게 실수한 거야."

"좋을 대로 생각하시죠. 이 사람 누군지 알아보시겠습니까?"

이진수는 지갑에서 도미옥의 사진을 꺼냈다. 김규식의 얼굴이 하얗게 변하는 걸 보니 기분이 좋아졌다. 김규식은 한동안 말이 없었다. 이진수는 곁눈질로 김규식의 약지에 끼워진 백금 반지를 보았다. 드디어 뭔가가 그물에 걸렸다는 생각이 들었다. 그에게 잠시 생각할 시간을 준 뒤 다시 물었다.

"두 분은 무슨 관계입니까? 듣자하니 이 여자분과 꽤나 친밀한 사이라 하더군요. 김 사장님은 유부남으로 알고 있는데요."

"내가 불륜이라도 저질렀다는 말입니까?"

"그런 말은 안 했습니다."

"도대체 나한테 왜 이러는 겁니까? 그 여자를 찾아서 뭐하게요?"

“타서 얘기합시다. 오래는 안 걸릴 테니.”

김규식은 의심스럽다는 듯 이진수를 훑어보았다. 격앙된 말투와 달리 그는 잔뜩 주눅이 들어 있었다. 도미옥의 사진을 보고 술이 깼는지 말투도 또렷해져서 아까보다 알아듣기가 쉬웠다.

김규식이 먼저 운전석에 올라탔다. 이진수가 조수석에 따라 올랐다.

“따뜻해서 좋군요.”

“나한테 원하는 게 뭐요?”

“사람을 찾고 있습니다. 이 여자 지금 어디 있는지 아십니까?”

“말할 수 없다면?”

“제가 사장님을 도울 수 없게 되겠죠. 조만간 좋지 않은 소식이 사모님 귀에 들어갈 수도 있습니다.”

“날 미행했군.”

김규식이 말했다. 이진수는 대시보드를 쓰다듬으며 딴청을 피웠다.

“주무시기 전에 오늘 어디에 다녀오셨는지, 이 아가씨는 누군지 변명거리를 잘 생각해 두는 게 좋을 겁니다.”

“지금 날 협박하는 겁니까? 내가 그렇게 만만하게 보여요?”

“그저 사장님 도움이 좀 필요할 뿐입니다. 이 여자가 지금 어디에 머물고 있는지만 말해주세요. 그럼 나는 아무것도 묻지 않고 당신 인생에서 사라질 겁니다. 여자는 지금 어디 있습니까?”

“당신, 도미애가 보냈지? 흥신소 직원인가? 아니면 그 여자 애인이야?”

김규식의 입에서 도미애의 이름이 튀어나오자 이진수는 내심 놀랐다. 현역시절의 직감이 꾸물대며 일어나 기지개를 켰다. 어디선가 더러운 냄새가 나고 있었다.

김규식은 콧방귀를 뀌며 혼잣말을 지껄였다.

"천하의 도미애가 고작 자기 동생 주소 하나 알아내자고 경찰에 줄을 댔을 리 없고. 당신 경찰 아니지? 도미애가 부리는 싸구려 심부름꾼이지?"

이진수는 김규식의 넥타이를 움켜잡았다. 목이 졸린 김규식이 컥컥 대는 소리를 냈다. 어차피 칼자루를 쥔 사람은 이진수였다. 지금은 김규식도 그걸 알아야 했다.

"주소나 불러요."

이진수가 으르렁거렸다.

"말하지. 전부 말할게요."

김규식이 켁켁거렸다. 쥐새끼 같은 놈이었다. 이진수는 그가 편하게 얘기할 수 있도록 손아귀의 힘을 느슨하게 했다.

"도대체 지금 그 여자를 만나는 게 무슨 소용입니까? 만나서 뭘 어쩌겠다는 건데요?"

"소용이 있고 없고는 내가 판단합니다."

목소리를 조금 낮췄을 뿐인데 위협조로 들렸다.

김규식은 그녀의 집주소를 모른다고 했다. 대신 김규식은 가양시 청삼동에 있는 한 피트니스 클럽의 상호를 적어줬다. 겁에 질린 탓인지 손을 심하게 떨었다.

"여기 가서 물어보면 그 여자를 찾을 수 있을 거예요."

"한 가지 더."

"뭐요?"

"당신이 도미애를 어떻게 알지?"

"내가 도미애의 남자친구였으니까. 몰랐어요? 그것도 모르면서 날 찾아왔다고?"

넥타이를 그러쥔 이진수의 손아귀에 힘이 들어갔다. 김규식의 얼굴이 파랗게 질렸다.

"잠깐만. 다 말해줄게요. 하도 오래전의 일이라 가물가물하지만. 우리는 대학시절 내내 사귀다가 졸업이 임박할 무렵 결혼 얘기가 나오면서 헤어졌어요. 솔직히 별문제가 없었다면 난 그 여자랑 결혼했을 거예요. 문제는 그 여자 집안 형편이 찢어지게 가난했다는 거지. 결혼 얘기가 나왔을 때 우리 집에선 심하게 반대를 했고 도미애는 거기에 상처를 받았어요. 누구한테 지거나 무시당하는 걸 죽기보다 싫어하는 여자였으니까."

이진수는 학창시절의 도미애를 떠올렸다. 도미애는 멀쩡하게 잘 차려입고 다녔다. 옷차림이 수수하긴 했지만 낡거나 해진 옷은 없었다. 집이 가난했다는 얘기는 처음 듣는 소리다.

게다가, 동생을 찾으려는 이유도 부모님의 유산 때문이라고 하지 않았던가? 거기까지 생각이 미치자 이진수는 도미애가 자신에게 거짓말을 한 건 아닌지 의심이 들기 시작했다. 아니면 김규식이 처음부터 도미애라는 사람을 잘못 알고 있었거나.

"이제는 다 지난 일이죠. 뭐, 나는 아쉽거나 서운한 감정 전혀 없어요. 도미애에게 그 말을 꼭 전해 주세요."

김규식이 황급히 덧붙였다.

"도미옥은 왜 만났죠? 당신들 둘이 만나고 있다는 걸 도미애도 알고 있습니까?"

"이봐요. 자꾸 우리 관계를 이상한 쪽으로 몰아가는 것 같은데. 우린 그렇고 그런 사이 아닙니다. 젠장, 도미옥이랑 나는 그냥……동료예요. 일종의 비즈니스 관계일 뿐이라고요. 직접 만난 적은 딱 한 번밖에 없어요."

"당신들 비즈니스란 게 대체 뭔데?"

"그건 좀 얘기하기 곤란한데."

이진수는 김규식의 넥타이를 휙 잡아당겼다. 김규식의 머리가 앞뒤로 휘청거렸다. 그의 얼굴은 온통 땀으로 젖어 있었다.

이진수가 목소리를 낮췄다.

"난 당신을 얌전히 보내 줄 수 있어. 당신이 협조적으로만 나온다면 기꺼이 그렇게 할 거야. 그러나 수틀리는 날엔 정말 못되게 굴 수도 있어. 당신 가족, 당신 사업, 당신의 모든 평판에다가 똥칠을 할 거라고. 그게 내 직업이거든. 똥 묻은 손으로 남의 얼굴 뭉개는 거."

"제발 그러지 마세요."

"당신한테 달렸어. 도미옥이랑 둘이서 무슨 작당을 하고 있는 거지?"

"그냥 도미애를 좀 골려줄 생각이었어요. 처음에는 그냥 장난처럼 시작한 일이었다고요."

"장난?"

"협박편지 말입니다."

김규식이 대답했다. 이진수는 한 방 얻어맞은 기분이었다.

"당신이 도미옥과 짜고 도미애에게 편지를 보낸 건가? 도미애를 협박하려고?"

"그래요. 도미옥은 자기 언니를 혐오해요. 이해는 가는 게, 도미애는 가끔씩 사람을 벌레 보듯 대할 때가 있거든요. 그 여자도 알고 보면 웃기는 여자예요. 배신의 상처가 어쩌니 하면서 평생 독신으로 살 것처럼 굴더니만, 돈 많은 노인네를 홀려서 또 금방 결혼을 하지 뭡니까?"

김규식이 나불대는 동안 이진수는 조용히 듣고 있었다. 도미애의 집이 찢어지게 가난했다고? 도미애와 도미옥의 사이가 나빴다고? 이진수가 알고 있는 한 그것은 사실이 아니었다. 도미애의 의뢰와 김규식의 증언 사이에 모순이 존재했다. 둘 중 한 사람은 거짓말을 하고 있는 것이다.

이진수의 마음에 도미애에 대한 의심이 싹트기 시작했다. 비약적인 상상이 기분 나쁜 벌레처럼 꿈틀거렸다. 어쩌면 도미애 쪽에서 먼저 김규식과 헤어지고 싶었던 건 아닐까? 팔자에도 없던 늙고 부유한 남자가 나타나자 그를 잡고 싶어 김규식을 버린 건지도 모른다.

그래서 김규식이 결혼 얘기를 꺼내자 일부러 부모님의 반대를 유도했을지도. 허황된 상상일 뿐이었지만 이진수가 기억하는 도미애는 기회가 찾아왔을 때 망설일 사람이 아니었다.

"아무튼 지금은 남편 덕분에 편하게 사는 모양이더라고요. 타이밍도 좋게 그런 남자를 어디서 낚았는지. 소문으로는 남편 재산을 불려서 대단한 부자가 되었다고 하던데요. 하긴, 돈이 없었을 뿐이지 돈 굴리는 재주만큼은 특출한 데가 있었으니까. 방학 때 모은 과외비를 이리저리 굴려서 일 년 치 등록금을 벌던 여자예요. 솔직히 말해 우리 집도 그렇게까지 부유한 편은 아니었습니다. 전형적인 중산층이었을 뿐인데도 나는 그때 우리 집이 잘 사는 줄 알았어요. 결국엔 나도 지금의 아내를 만나게 돼서 도미애 손가락질할 입장은 아니지만."

김규식은 이진수와 비슷한 연배였는데 벌써부터 고급 세단을 끌며 돈을 뿌리고 다녔다. 평범한 샐러리맨이었던 20대의 커리어와 비교했을 때 쉽게 납득이 가지 않는 신분상승이었다. '새파랗게 젊은 나이에 회사 대표가 된 데는 다 이유가 있었군.' 이진수는 속으로 이죽거렸다. 김규식은 차분히 말을 이어나갔다.

"그런데 몇 달 전에 갑자기 도미옥에게 연락이 왔어요. 솔직히 난 그 여자 잘 몰라요. 옛날에 도미애랑 사귈 때 몇 번 같이 본 게 전부라서. 근 10년 만에 연락이 오니까 뭔가 이상하다는 생각이 들긴 했죠. 내 연락처는 또 어떻게 알아냈나 물었더니 자꾸 말을 돌리더군요. 눈치를 보아하니 오래전부터 나를 지켜보고 있었던 것 같긴 한데. 처음엔 이유라도 들어보자는 생각에 만났습니다. 그런데 대뜸 나랑 도미애 사이에 애가 있다고 하더군요. 처음엔 협박인 줄 알았습니다. 사생아라니. 진짜 생각도 못했어요. 십 년이나 지나서 대체 그 얘길 왜 꺼내는 건지. 더 황당한 건 도미애가 아무도 모르게 그 아이를 키우고 있었다는 거예요. 그러니까 나보고……"

사생아 대목에 이르자 김규식은 갑자기 말을 멈추고 이진수의 눈치를 살피기 시작했다. 술김에 해선 안 될 말을 흘린 것이 분명했다. 이진수가 김규식을 다그쳤다.

"도미옥이 당신을 끌어들여 뭔가 일을 꾸미려 했군요?"

"분명히 해둬야 할 점은, 그 여자가 나에게 먼저 제안을 했단 사실입니다. 나는 그저 한순간 욕심에 혹해서 실수를 한 거고. 사람은 누구나 실수를 하잖아요?"

"도미옥의 제안에 대해 말 해봐요. 나만 알고 있을 테니까."

"도미애는 지난 십 년 동안 남편 자본으로 엄청난 돈을 벌었어요. 물론 본인 명의로 빼돌린 것도 상당할 겁니다. 도미옥은 그 돈이 탐났던 거예요. 언니에게 돈을 뜯어내려고 협박편지를 보냈던 건데……"

"편지의 내용은?"

"아이가 있었다는 걸 남편에게 알리겠다고……"

이진수는 마침내 사건의 전체적인 윤곽을 볼 수 있었다. 도미옥이 도미애를 협박하려던 계획의 파트너가 바로 김규식이었던 것이다.

"듣다보니 한 가지 의문이 생기네요. 이런 고급아파트에 살면서 좋은 차를 몰고 다니는 당신이 뭐가 아쉬워서 도미옥의 공범이 된 거죠?"

이진수는 의도적으로 '공범'이라는 말을 강조했다. 김규식의 이마가 땀으로 번들거렸다. 그는 훤칠한 키가 안쓰럽게 느껴질 정도로 어깨를 움츠리고 있었다.

김규식은 코트 안주머니에서 장지갑을 꺼냈다. 지갑 안에는 빳빳한 오만 원권 지폐가 빼곡히 들어차 있었다. 김규식은 되는대로 돈을 집어 이진수에게 건넸다.

"그냥 이걸로 덮읍시다. 그건 내 개인적인 문제니까. 시시콜콜한 이유를 알아봐야 당신한테 무슨 도움이 됩니까? 아까 분명히 비밀로 해주겠다 그랬죠?"

이진수는 기꺼이 돈을 받아 챙겼다.

"난 일개 고용인일 뿐입니다. 당신과 주변 사람들에게는 피해 없도록 하겠습니다."

"다행이군요. 고맙습니다."

"하지만 어물쩡 넘어갈 수도 없습니다. 무슨 일이 벌어지고 있는지 나도 알아야 하니까. 위에서 캐묻기 시작하면 나도 방법이 없어요. 당신을 보호하기 위해 거짓말을 지어내는 수밖에. 나도 뭘 알아야 둘러델 것 아닙니까?"

이진수의 말에 김규식은 대답하지 않았다. 그는 갈등하는 것처럼 보였다. 한참 동안 입술만 달싹거릴 뿐 말이 없었다. 이진수가 재촉했다.

"그냥 궁금해서 물어보는 겁니다. 아쉬울 거 하나 없는 분이 대체 왜 그런 겁니까?"

"모르는 소리 그만 해요. 당신이 보기엔 내가 그렇게 대단해 보입니까?"

김규식은 돌연 주먹으로 핸들을 내려쳤다. 이내 두 손으로 얼굴을 감싸고 흐느끼기 시작했다.

"나도 돈이 필요해요. 아파트는 아내 명의예요. 차는 결혼할 때 장인어른이 뽑아줬고. 내가 가진 것들 중에 내 손으로 이룬 건 아무것도 없다고요. 이 잘난 명함조차도."

김규식은 명함지갑을 거칠게 뒤집었다. 몇 장 없는 명함을 꺼내서 박박 찢어버렸다. 곧 김규식은 이진수를 붙잡고 애걸하기 시작했다.

"도미애를 협박한 건 내 잘못이 아닙니다. 제가 잠깐 정신이 나갔나 봅니다. 한 번만 봐주십쇼. 앞으로는 입 다물고 죽은 듯이 살겠습니다. 도미애에게 꼭 그렇게 전해주세요. 사업이 여의치 않다 보니 급하게 돈이 필요해서 그랬어요. 제가 잠시 욕심에 눈이 멀었습니다."

"장인어른에게 부탁해 보지 그랬어요?"

"더 이상 처가에 손 벌렸다간 쫓겨날 겁니다. 이번 일이 아내 귀에 들어가면 난 끝장이에요."

김규식이 애원했다. 그러거나 말거나. 속으로 비웃으며, 이진수는 그를 다독였다.

"돈은 어떻게 나누기로 했죠?"

"십억을 받을 계획이었어요. 분배는 반반. 큰돈은 절대 아니에요. 도미애 같은 사람들한테는 별거 아니라고요."

"그래도 그건 경우가 아니지."

"언젠가는 꼭 갚을 생각이었습니다. 사업이 잘 풀리면 다 갚을 생각이었다고요. 잠깐 빌리는 것뿐이라니까요? 듣자하니 도미애가 먹여 살리는 친척들도 한둘이 아니던데요? 아무 일도 하지 않으면서 생활비만 받아 쓰는 인간들 말입니다. 아무렴 그런 놈들보다야 제가 낫지 않습니까? 돌려받을 기약도 없는 곳에 헛돈 쓰느니 나한테 투자하면 되잖아요? 어차피 다 갚을 건데."

"사생아 얘기나 좀 더 들려주시죠."

"도미애에게는 할머니와 함께 살던 사촌 동생이 하나 있어요. 약간 모자란 사람이라고만 들었는데. 도미애는 아이를 키워주는 대가로 할머니와 사촌 동생한테 반지하 방 하나를 얻어줬어요. 아이도 아마 거기서 키우고 있을 겁니다."

"그 집이 어디인지 압니까?"

"도미애는 보통이 아닙니다. 당신도 그 여자랑 엮여서 좋을 일 없을 겁니다."

"그건 당신이 신경 쓸 일이 아니죠."

"그냥 하는 얘깁니다. 어쩌면 당신도 그 여자한테 놀아나고 있는 건지 모르니까. 내가 아까 말했죠? 도미애가 할머니에게 방을 얻어 줬다고. 명목상 도미애는 매달 그 방의 월세를 대신 내줍니다."

"명목상?"

이진수가 물었다. 김규식은 기분 나쁜 미소를 지었다.

"도미애가 방 얻어줬다는 그 건물이 누구 건지 알아요? 도미애 남편 거예요. 월세도 결국엔 자기 주머니로 돌아오겠죠. 그 건물 완전 쓰레기예요. 철거 직전이나 다름없어서 공실률이 반 넘을 겁니다. 세를 내놔봐야 누가 그런 곳에 살겠어요? 푼돈으로 골칫거리 하나 처리한 거죠."

김규식은 메모지를 한 장 더 찢어 이진수에게 건넸다. 글씨가 엉망이라 집중력을 발휘해야 겨우 알아볼 수 있었다. 가양시 청삼동 성환 연립. 도미애의 사생아가 할머니와 함께 살고 있는 곳이었다.

"마지막으로 하나만 더. 카페 슈네블루메 기억하죠? 당신이 도미옥을 만났던 카페. 거기서 둘이 또 무슨 얘기를 했어요?"

도미옥과 김규식이 슈네블루메에서 만났던 건 계획을 점검하기 위해서였다. 그곳에서 협박편지에 쓸 내용과 뜯어낼 액수 등을 모의했다. 이후에는 김규식이 그녀를 집 근처까지 태워다줬다. 그게 전부였다.

이진수는 김규식에게 손을 내밀었다.

"협조 감사합니다."

이진수가 악수를 하며 말했다. 김규식의 손바닥은 뜨겁고 축축했다. 김규식은 손수건으로 땀을 닦으며 집으로 올라갔다. 이진수는 크롬을 씌운 김규식의 자동차 뒷바퀴에 가래침을 뱉었다.

이진수는 날이 밝자마자 청삼동으로 향했다. 김규식의 진술을 확인하고 싶어서였다. 성환 연립은 성의없이 덧칠한 페인트 가시랭이가 각질처럼 터져 있는 5층짜리 연립주택이었다. 철거 직전의 건물이라는 말은 사실이었다.

그는 먼저 건물의 우편함과 도시가스 계량기를 살폈다. 도시가스를 거의 쓰지 않는 세대가 많았다. 비어 있을 가능성이 높다는 얘기다.

이진수는 계단을 천천히 걸어 올라갔다. 건물은 관리상태가 엉망이었다. 곳곳에 페인트가 벗겨져 있었고 난간에는 하얗게 먼지가 쌓여 있었다. 오래된 신문 더미가 수북하게 쌓인 집들도 더러 있었다.

관리인은 맨 위층에 살았다. 5층 복도에는 빈 소주병들이 검정 비닐봉지에 담겨 아무렇게나 버려져 있었다. 복도 창틀에는 얼어 죽은 난초 화분이 늘어서 있었다. 한쪽 구석엔 쓰다 남은 난초용 농약 병이 굴러다녔다. 농약까지 쳤던 걸 보면 한때는 제법 정성 들여 기르던 화초였을 것이다.

이진수는 관리인의 집 앞에서 초인종을 누르고 기다렸다. 한참이 지나서야 늙수그레한 남자가 고개를 내밀었다.

"누구세요?"

관리인은 목이 잠겨 있었다. 헛기침을 할 때마다 가래 끓는 소리가 났다. 자다가 깬 모양이었다.

"여쭤볼 게 있는데요. 이 건물 101호에 할머니 한 분이랑 아이 한 명 살지 않았나요?"

이진수가 물었다.

"할머니요? 몇 년 전에 이사 갔는데."

"어디로 가셨는데요?"

"오산이었나, 평택이었나."

오산과 평택은 남북으로 20킬로미터나 떨어져 있다. 이진수는 짜증을 참으며 다음 질문을 했다.

"그럼 지금은 누가 살아요?"

"손자 혼자 살고 있어요. 무슨 일 때문에 오셨는데?"

"할머니한테 전해 드릴 물건이 있어서 왔습니다. 꼭 전달해야 할 물건이라서요."

관리인은 별다른 의심을 하지 않는 것 같았다.

"내가 대신 받아 드릴까?"

"아니요. 할머니 가족한테 직접 전해야 됩니다. 꼭 그렇게 해달라는 부탁을 받았거든요. 아무래도 손자한테 맡기는 수밖에 없겠군요."

"아이고, 그러시오."

"왜요? 안 좋은 생각일까요?"

"그런 건 아닌데. 그냥 그 사람 상태가 좀 안 좋아. 맡긴다고 뭘 제대로 전해주려나 모르겠구먼."

"여기가 좀 모자란 모양이죠?"

이진수는 검지를 관자놀이 언저리에서 빙빙 돌렸다. 관리인이 그 모습을 보고 웃었다. 남 얘기를 좋아하는 사람 같았다.

"심한 건 아닌데 그냥 말도 좀 더듬고. 가끔 보면 영 사람 구실을 못하는 것 같아. 천성이 게을러서 그런가 분리수거도 제대로 안 하고 관리비도 맨날 밀리는데 뭐. 나도 부탁받은 게 있어서 가만히 놔두는 거지 맘 같아선 내보내고 다른 사람을 받고 싶다고."

"부탁이요?"

"우리 회장 사모님께서 신신당부를 하시더라고. 101호는 되도록이면 신경 쓰지 말라고 말이야. 무슨 사연인지 모르지만 나야 거기까지는 알 필요 없지. 건물이야 어차피 회장님 거니까."

회장 사모님이라면 도미애를 말하는 게 분명했다. 이진수는 다른 쪽으로 이야기를 돌려보았다.

"여기 빈방은 있습니까? 월세는 얼마나 돼요?"

"왜요? 들어오시게?"

"마음에 들면 그럴 수도 있죠."

"방은 다 찼어요. 꼴은 이래도 월세가 싸서 인기가 많아."

관리인의 말에 이진수의 직감이 반짝거렸다. 뻔한 거짓말을 당당하게 하는 것이 이상했다. 이진수가 다시 물었다.

"올라오면서 보니까 빈집이 많은 것 같던데요?"

"아. 거긴 안 쓰는 집이에요. 아예 세를 내놓질 않았다고."

"일부러 비워놓는 이유라도 있나요?"

"난들 아나? 뭐, 가끔 누군가 드나드는 것 같긴 하던데. 사모님이 신경 끄라고 하시니 그런가 보다 해야지 어쩌겠소. 자기들 사정이 있는 모양이지."

"방이라도 좀 볼 수 있을까요?"

"보여주고 싶어도 그럴 수가 없어. 빈집 마스터키는 사모님만 가지고 계시니까. 아무튼 거긴 문 걸어놓고 관리 안 한 지 한참 돼서 사람 살 곳이 못 돼요. 이래저래 지금은 내놓은 집이 없습니다. 2층 사는 남자가 곧 이사를 나가긴 하는데 금방 또 들어오겠다는 사람이 생기더라고."

"이 방에도 사람 살아요?"

이진수는 어깨너머로 503호를 가리키며 말했다. 503호만 유일하게 디지털 도어락이 달려 있었다. 관리인이 고개를 흔들었다.

"거기도 비워두는 방이에요."

"다른 집과는 다르게 깔끔하네요."

"가끔 사모님이 사무실 겸 서재로 쓰시거든."

관리인이 말했다. 이진수는 조용히 고개를 끄덕였다. 도미애에겐 음주벽이 있다. 복도의 빈 소주병들을 누가 내놓았는지는 안 봐도 뻔하다.

"취미가 고상하신 사모님이군요. 난도 많이 키우시고."

"난은 내가 기르던 거야. 농약을 잘못 쳐서 그런가 금방 말라 죽더라고."

"번거롭게 굴어서 죄송했습니다. 아무튼 101호는 제가 직접 연락해 보겠습니다. 혹시 할머니 연락처 아세요?"

관리인은 전화번호가 적힌 메모지를 들고 나왔다. 이진수는 고맙다는 인사를 건네고 건물 밖으로 나왔다. 기묘한 예감이 들었다. 이진수는 날이 밝는 대로 건축물 관리대장을 열람해 봐야겠다고 생각했다. 어디서든 한탕 크게 해 먹을 기회가 생기면 절대로 놓치지 않을 생각이었다. 비록 그것이 의뢰인을 배신하는 행위일지라도.

누구에게나 양심은 있다. 다만 절박한 현실이 그것을 억누르고 있을 뿐이다. 양심이 짓눌리는 건 때때로 고통스러웠지만 익숙해지면 대수롭지 않게 참아 넘길 수 있다. 이진수는 그 방면으론 인내심이 뛰어난 편이었다.

도미애는 아담한 벤틀리를 타고 왔다. 커다란 라디에이터 그릴 옆에 네 개의 동그란 눈이 박혀 있는 하얀 차였다. 적당히 더러워진 뒤범퍼엔 자잘한 흠집들이 군데군데 눈에 띄었다. 딱히 도미애가 자기 차를 애지중지하는 것 같지는 않았다. 그런 건 고급 외제차를 재산목록에 집어넣는 사람들이나 하는 짓이다.

그녀는 지난번과 마찬가지로 단정한 정장 차림이었다. 곧게 뻗은 검은 바지 덕분에 길쭉한 그녀의 다리가 도드라졌다. 그녀가 즐겨 입는 하얀 블라우스와 고급스러운 검정 캐시미어 코트가 뚜렷한 대비를 이루고 있었다. 상류층의 장례식에서나 볼 법한 옷차림. 목에 건 진주 목걸이도 여전했다. 여전히 기품 있고 아름다운 모습 그대로였다.

그러나 예전처럼 손이 닿지 않는 곳에서 밝게 빛나는 존재는 아니었다. 섬뜩하리만치 깊고 검은 눈동자와 짙어지기 시작한 눈가의 잔주름. 잘 매만진 풍성한 단발머리도 어쩐지 정수리가 희끗희끗해 보였다. 전에는 좀처럼 눈에 들어오지 않던 것들이다. 그녀는 더 이상 범접할 수 없는 다른 세상의 사람이 아닌, 이진수와 마찬가지로 땅 위에 발을 딛고 사는 존재일 뿐이었다. 이진수는 이미 그녀의 밑바닥을 봤다.

"약속대로 도미옥을 찾았어."

이진수는 그동안의 경과를 보고서 형식으로 정리해 도미애에게 넘겼다. 그녀는 평온한 얼굴로 이진수의 보고서를 받아 찬찬히 살펴보았다. 어느 순간 그녀의 입 꼬리가 둥글어졌다.

이진수는 미소 짓는 그녀의 모습이 기이하다는 생각을 했다. 더불어 당연한 의문이 떠올랐다. 그녀는 왜 하필 자신에게 일을 맡기려 했던 걸까? 왜 처음부터 협박편지에 대해 솔직하게 털어놓지 않았을까? 도미애의 낮고 아련한 목소리가 생각에 잠겨 있던 이진수를 불렀다.

"솜씨가 훌륭한데? 기대 이상이야. 솔직히 이렇게 빨리 찾아낼 줄은 몰랐어."

"일이 빨라야 입금도 빠를 거 아냐."

이진수의 노골적인 재촉에도 도미애는 싫은 티를 내지 않았다. 그녀는 가죽 케이스를 씌운 자신의 스마트폰을 꺼내어 잠시 분주히 화면을 두드렸다.

"입금했어."

이진수는 자신의 핸드폰으로 예금계좌를 조회했다. 0이 줄줄이 달린 긴 숫자들이 낯설었다.

"약속했던 것보다 액수가 많은데?"

"네가 빨리 잘 처리해 줬으니까. 내 쪽에서도 성의를 보여야지. 보너스라고 생각하고 부담 없이 받아줬으면 좋겠어."

이진수는 왠지 머쓱한 기분이 들었다. 임무를 완수한 기분은 생각만큼 개운하지 않았다. 무엇보다도 이진수는 돈을 벌었다는 실감이 나질 않았다. 아껴 쓰면 얼마나 버틸 수 있으려나? 다음 직업을 찾기 전에 이 돈이 떨어지면 큰일인데. 이 돈은 과연 도미애에게 얼마만큼의 가치가 있을까?

이진수는 테이블 위에 놓인 도미애의 가죽 장갑을 멍하니 바라보았다. 윤이 반지르르한 장갑은 구입한 지 얼마 안 된 새 제품이었다. 어쩌면 그녀는 구멍 나면 버리는 양말처럼 철마다 새 장갑을 사는지도 모른다. 혹은 드레스룸 구석에 짝 잃은 가죽 장갑들이 잔뜩 굴러다니고 있을지도. 누군가는 하룻밤 술값으로 오백을 긁는다. 누군가는 오백이 없어서 스스로 목숨을 끊는다.

이진수는 고민했다. 김규식에게 들은 얘기를 해야 할까? 얘기를 꺼내는 순간 돌이킬 수 없다는 걸 그는 잘 알고 있었다. 하지만 다른 길은 없다. 기회를 잡아야 했다. 이진수는 불편한 정적을 감수할 충분한 각오가 되어 있었다.

"도미애. 너 나한테 뭐 할 말 없냐?"

"할 말? 딱히 없는데?"

"도미옥은 널 협박했어. 넌 나에게 그 사실을 숨겼지만."

이진수가 말했다. 도미애의 얼굴에서 미소가 사라졌다. 그녀는 꽤나 당황한 기색이었다. 그녀의 얼굴은 가끔 보이는 이지러진 미소를 빼면 대부분 무표정이었다. 그 노곤한 수면 아래 가라앉아 있던 불안과 짜증을 이진수가 휘저어놓은 것이다. 도미애의 나른하고 매혹적인 얼굴에 분노가 드러났다.

"그게 무슨 소리야?"

그녀가 물었다.

"도미옥은 김규식과 한패야. 김규식을 모른단 얘기는 하지 마. 넌 처음부터 나에게 거짓말을 했어."

이진수는 도전적으로 도미애를 쏘아보았다. 그녀의 눈은 끝을 알 수 없는 우물의 밑바닥 같았다. 그 진득한 어둠 속에 모종의 증오가 꿈틀대고 있었다. 그것은 결코 즉흥적으로 생겨난 감정이 아니었다. 오랜 세월 퇴적을 거듭해 온 두껍고 단단한 것임을 이진수는 본능적으로 알아볼 수 있었다.

"어디까지 들었어?"

도미애가 다시 물었다.

"어지간한 건 다."

"미옥이를 만났어?"

"아직. 하지만 필요한 만큼은 알아낼 수 있었지."

"너한테 거짓말을 한 건 사실이야. 네가 굳이 알 필요 없다고 생각했어. 미옥이가 날 협박했다는 얘기를 숨기긴 했지만 넌 훌륭하게 임무를 완수했잖아?"

"나 지금 널 탓하자는 게 아니야. 도미옥이 널 협박했디 든기, 네

146

가 김규식의 아이를 키우고 있었다든가, 그런 일에는 전혀 관심 없어. 그저 상황이 좀 달라졌다는 말을 하고 싶을 뿐이지."

"이젠 네가 날 협박하고 싶어진 거야?"

"협박이라니. 난 무리한 요구할 생각 없어. 나도 양심은 있는 사람이라고. 말이 나온 김에 뭐 좀 물어보자. 왜 하필 나였냐? 도미옥은 찾아서 뭐 하게? 정말로 돌아가신 부모님 유산 나눠주려고 했던 거야?"

도미애는 이진수의 질문에 대답하는 대신 팔짱을 끼고 가만히 창밖을 내다보았다. 잠시 드러났던 당혹과 분노의 감정은 어느새 그녀의 수면 아래로 깊이 가라앉아 있었다. 그녀의 얼굴은 다시금 몽롱한 무표정으로 돌아와 있었다. 인간성이 마모된 듯 밋밋한 얼굴.

"익명의 협박을 받은 건 사실이야. 미옥이가 배후라고는 짐작하고 있었지만 거기에 김규식까지 엮여 있을 줄은 나도 몰랐어. 참 오래간만에 듣는 이름이네. 그래, 네 말이 맞아. 나한테는 김규식의 사생아가 있고 그 아이는 지금 외할머니가 키우고 있어. 만든 것도 실수고 낳은 것도 실수였지만 그때는 선택의 여지가 없었어."

"지금 남편과 좋은 조건으로 결혼해야 했을 테니까."

"맞아. 하나쯤 굽힌 셈이지. 일평생 푼돈에 자존심 팔면서 살고 싶진 않았거든."

도미애가 뾰족하게 되받았다.

"그래서 도미옥을 찾은 다음엔 어쩔 셈이었지?"

"나도 몰라."

도미애는 피곤한 듯 의자 깊숙이 몸을 묻었다.

"그냥 불안해서 그랬어. 사람이라면 누구나 숨기고 싶은 비밀 하나쯤 있게 마련이잖아? 미옥이는 그걸 쥐고 날 흔들고 있는데 나는 걔가 어디서 뭘 하고 사는지도 모른다는 게 싫었어."

"청부살해라도 할 작정이었냐? 아니면 날 시켜서 흠씬 두들겨 패기라도 하려고?"

도미애는 이진수의 눈을 응시했다. 그녀의 얼굴에서 오로지 두 개의 눈동자만이 유일하게 살아있는 생물처럼 번뜩이고 있었다. 그 안에서 요동치는 분노와 모멸의 감정들. 그것들이 이진수를 향하지 않으리라 장담할 수 있을까?

"내가 어떤 협박을 받았는지는 궁금하지 않아?"

도미애가 물었다. 그녀의 질문에 대한 답을 이진수는 이미 알고 있었다. 사람이 악의를 품는 이유는 보통 두 가지다. 사랑 아니면 돈.

"돈이겠지."

"맞아. 미옥이야 원래 그런 애니까 놀랍지도 않더라고. 방법이 다를 뿐 요구하는 건 언제나 똑같거든."

"전에도 도미옥에게 돈을 준 거야?"

"변변한 직업도 없는 걔가 무슨 수로 생활비를 충당하겠어? 그동안 내가 뒤를 봐주고 있었던 거야. 그런데 이번엔 좀 거슬리더라. 액수가 크니까 왠지 더 건방져 보이는 거 있지. 협박편지라니, 귀여운 구석이라곤 하나도 없지 않아? 차라리 무릎 꿇고 부탁하면 모를까. 말도 안 되는 소리란 생각에 봉투째 찢어버렸지. 그때 편지에 이게 동봉되어 있는 걸 알았어."

도미애는 자신의 에르메스 핸드백에서 사진 한 장을 꺼냈다. 이제 막 초등학교에 들어갔을 법한 남자아이 사진이었다. 그 아이가 도미애의 사생아라는 건 굳이 묻지 않아도 알 수 있었다. 누가 어디서 찍었는지는 몰라도 사진이 전달하려는 메시지만큼은 분명했다.

"애는 얼마나 자주 봐?"

아이의 사진을 바라보며 이진수가 물었다.

"안 봐. 내 애라는 생각이 안 들어서."

"그래도 네가 낳았잖아. 애가 보고 싶지는 않아?"

"내가 왜 그래야 하는데? 애만 싸질러 낳으면 저절로 모성애가 생긴다니? 남자들이 이렇다니까. 아비 구실을 못할 거면 처음부터 만들지를 말았어야지. 개 키우느라 한 달에 얼마를 쓰는지 알아? 그 정도면 나도 신경 끄고 살 자격이 있어."

"외할머니에게도 매달 돈을 부치는 모양이군. 네가 도미옥에게 생활비를 대주던 것처럼."

이진수는 능청스럽게 중얼거렸다. 도미애는 이진수가 들고 있던 사진을 낚아챘다.

"많이 크긴 했더라."

도미애는 무표정한 얼굴로 한참 동안 사진을 들여다보았다. 그녀가 다시 입을 열기까지 몇 분은 걸린 것 같았다.

"나한테는 챙겨야 할 사람이 많아. 좋든 싫든 말이야."

"개천에서 용 나기는 힘든 세상이니까. 조금은 너그러워지는 게 어때? 다들 널 질투하고 미워해서 괴롭히는 것 같겠지만, 그거 사실 부러워서 그러는 거야. 너처럼 될 수만 있다면 그 사람들은 더한 짓도 할걸?"

이진수가 노골적으로 비아냥댔다. 지금 도미애를 자극해 봐야 득될 것도 없었지만 이진수는 그렇게까지 생각이 깊은 사람이 아니었다. 그저 늘 그래 왔듯 배알이 꼴리기 때문에 한 번 찔러본 것뿐이다.

도미애는 마치 재미있는 농담이라도 들은 양 깔깔대며 웃기 시작했다.

"뭘 알고 하는 얘기야? 아니면 날 도발하려고 아무렇게나 넘겨짚은 거야? 내가 무슨 짓을 꾸미는지 네가 어떻게 알고? 표정을 보니 너, 아직 내가 어떤 사람인지 잘 모르는구나. 설마 내가 돈 많은 늙은이랑 사는 걸 부끄러워할 줄 알았어?"

도미애가 그렇게 말하니 이진수도 딱히 할 말이 없었다. 유치한 말싸움을 걸어봤지만 통하지 않았다는 생각이 들자 어쩐지 분했다.

"다른 뜻으로 한 말 아니야. 어쨌거나 넌 이 밑바닥을 탈출하는 데 성공했잖아."

이진수가 한 발 물러서며 말했다. 도미애는 그를 향해 빙긋 웃어 보였다.

"나는 외할머니한테 다달이 돈을 부쳐. 외할머니는 그걸 쪼개서 서른 다 되도록 놀고 있는 사촌한테 보내주지. 그래도 우리 외할머니는 내 돈을 받을 자격이 있어. 내 애를 키워주니까. 문제는 내가 돈을 준다는 사실을 일가친척들이 모두 알고 있다는 거야. 그 인간들이 내게 돈을 요구하는 이유는 하나뿐이야. 나한테 돈이 많기 때문이지. 참 뻔뻔하지 않아?"

"이해해. 부자도 자기 돈 아까운 건 마찬가지일 테니까."

"다행이네. 네가 이번 일로 날 몰아세우지는 않으리라 믿을게. 지금보다 일을 키우고 싶진 않거든."

도미애가 말했다. 이진수는 그녀에 대해 눈곱만큼의 동정심도 들지 않았다. 지난 십 년 동안 친척들에게 얼마나 많은 돈을 뿌렸는지는 몰라도 도미애는 여전히 부유했다. 새 부모에게 물려받은 유산에, 남편 재산까지. 지금 이 순간에도 그녀의 자산은 꾸준히 늘어가고 있을 터였다.

이진수는 도미애가 미웠다. 그녀가 별다른 수고도 없이 누리고 있는 과분한 부와 권태를 시기했다. 그녀의 과거를, 끝을 알 수 없는 어둠을 혐오했다. 그러나 한편으로 이진수는 도미애의 마음을 이해할 수 있었다. 그들은 본질적으로 같은 부류였다.

도미애의 말이 맞다. 사람은 욕심 앞에서 한없이 뻔뻔해진다. 이진수는 새삼 미안해할 필요 없다고 생각하며 천천히 본론으로 넘어갔다.

"난 도미옥과는 달라. 널 협박하고 싶은 마음은 없다. 하지만 돈이 궁한 것도 사실이야. 너도 알다시피 내가 요즘 형편이 어렵잖아."

"진수야, 사람은 욕심이 커질수록 시야가 좁아져. 그러다 보면 눈가리개를 씌운 경주마처럼 앞만 보고 달리게 된다고. 자기가 벼랑 위에 있는 줄도 모르고 냅다 달린다니까?"

"널 뜯어먹으려는 게 아니야. 난 그냥 부탁을 하고 있는 거라고."

"무슨 부탁?"

"날 고용해 줘. 내가 일을 제법 잘한다는 걸 알잖아."

"넌 이미 한 번 나를 배신했어. 그런데도 내가 너를 믿어야 돼?"

"그럼 나도 어쩔 수 없지. 돈이 급하니까 말이야. 벼랑이고 나발이고 당장 내 발등에 불이 붙었는데 달리지 않으면 어째?"

이진수가 말했다. 그는 편안한 마음으로 꾹 다문 도미애의 입술을 바라보았다. 이미 배수의 진을 쳤다. 필요한 건 약간의 인내심뿐이다. 도미애는 셈이 빠른 여자니까. 이윽고 그녀가 결단을 내렸다.

"좋아. 김규식과 미옥이 뒤를 좀 더 캐봐. 걔들이 더는 까불지 못하게 찍어 누를 수 있는 증거를 찾아서 가져와."

"보수는?"

"그쪽 업계에선 어떤 식으로 받는지 잘 모르겠는데."

"네가 성의껏 챙겨줘."

"개당 천으로 하자. 영수증 끊어오면 경비도 지급할게. 너무 후한가?"

"금방 좋은 소식 가져다줄게."

이진수는 미련 없이 자리에서 일어났다. 좋게 보면 둘 다 이기는 거래였다. 그가 도미애에게 도미옥과 김규식의 약점을 가져다 바친다면 그녀도 더 이상 불안해하지 않을 것이다.

그녀는 다시 예전처럼 부동산을 보러 다니고 주식이나 굴리면서 가벼운 마음으로 주말 라운딩을 즐기게 될 거다. 그게 바로 도미애가 원하는 바였다. 평화로운 옛날로 돌아가는 것.

이진수가 자리에서 일어났을 때 도미애가 그를 불러 세웠다.

"진수 너. 경찰을 관둔 진짜 이유가 뭐야?"

이진수는 노골적으로 불쾌한 기색을 드러냈다. 도미애는 태연하게 그를 올려다보았다. 그 어떤 두려움도, 악의도 없는 표정이었다. 지독한 여자라고 생각하며, 이진수는 마지못해 대답했다.

"그게 그렇게 중요해?"

"중요하지 않아. 사실 별로 관심도 없어. 그렇지만 너도 알다시피 나는 일방적인 관계를 견디지 못하는 사람이야. 내가 불리한 식으로는 더더욱."

"우리 관계를 똑바로 짚고 넘어가자. 너는 도미옥이 네 비밀을 알고 있다는 게 싫었어. 그래서 그녀의 약점을 캐오라며 푼돈에 날 샀고. 우리 거래는 거기까지야."

"그건 불공평하지. 너도 내 비밀을 알고 있잖아. 그러니까 네 것도 하나 까보라고."

"……."

"이진수. 네 말대로 나는 너를 샀어. 그 푼돈을 구걸한 게 너라는 사실도 잊지 마. 난 너에 대해 아는 게 별로 없어. 이리 와서 앉아봐. 앉아서 네가 왜 옷을 벗게 되었는지 말해봐."

도미애가 말했다. 이진수는 굳이 적의를 숨기지 않았다. 그는 한참 동안 도미애를 노려보았고, 결국엔 자리로 돌아와 앉았다. 그가 엉덩이를 붙이자 철제 의자에서 삐걱대는 소리가 났다.

"불미스러운 사건이 있었어. 집회 때 채증을 나갔던 적이 있지. 채증이 뭔지 알아? 혹시라도 무슨 일이 벌어질까 봐 비디오카메라로 하루 종일 시위대를 찍는 거야. 사복차림으로 그러고 있으니까 몇 놈이 나를 프락치로 여기더라고. 나한테 다가와서 다짜고짜 따지기 시작하는 거야. 경찰 배지를 보여줘도 막무가내였어. 그 인간들 호들갑과 욕설에 잘못했다간 내가 무슨 일이라도 벌일 것만 같더라고. 그래서 카메라를 주머니에 집어넣었지. 일단은 물러나려는 생각이었어."

"의외로 신중한 사람이네."

"그 와중에 흥분한 누군가가 내 카메라를 빼앗으려 하더라. 내 주머니로 손을 뻗는 순간 그놈 손가락을 부러뜨려버렸지."

이진수는 굳은살이 잔뜩 박인 무쇠다리미 같은 손을 보여주었다. 도미애는 거기에 꽤나 깊은 인상을 받은 듯했다. 그녀의 놀란 표정이 진짜 그녀의 감정을 드러낸 것인지, 아니면 에둘러 조롱하고 있는 것인지. 판단하기 애매했다.

"고작 그런 일 때문에 경찰을 그만뒀다고?"

"기사가 자극적으로 나갔어. 그 후 몇 달 동안 평생 먹을 욕은 다 먹었지. 결국에는 무죄판결을 받긴 했는데 그땐 이미 모든 게 정상이 아니었어. 정신적인 압박감을 견디기 어렵더라. 아내도 그 일 때문에 일자리를 잃었고. 부부관계도 엉망이 됐어. 그래서 그만뒀어. 경찰 일도, 누군가의 남편으로 사는 일도."

이진수가 덧붙였다. 갑자기 도미애가 웃음을 터뜨렸다. 당황한 건 이진수였다.

"내 얘기가 웃겨?"

"손가락을 부러뜨렸다고? 되게 터프하시네. 남자다워."

도미애는 한참 동안 웃음을 멈추지 못했다. 노골적으로 조롱하는 투였다. 이진수는 화가 치밀어 올랐다. 그가 쏘아붙였다.

"나도 뭐 하나 물어보자. 부모님 장례식은 잘 치른 거 맞아? 네 여동생도 그걸 알긴 해?"

"무슨 장례식? 내 친부모는 나 초등학교 때 돌아가셨어. 가족끼리 놀러 갔다 돌아오는 길에 교통사고가 나서 일가족이 몽땅 죽을 뻔했거든. 이번에 돌아가신 건 새 부모야. 걔가 그 노인네들이랑 의절한 지 몇 년인데 장례식에 오겠니?"

도미애가 코웃음을 쳤다. 그녀는 늘씬한 다리를 우아하게 꼰 채 허리를 곧게 펴고 앉아 있었다. 몸에 밴 우아함을 뽐내며 처음과 마찬가지로 미동도 없이 이진수를 바라보고 있었다. 마치 검은 뱀 한 마리가 똬리를 틀고 있는 것 같았다.

불필요한 말을 너무 많이 지껄였다는 생각이 들었다. 그럴 가치가 없는 사람이었음에도. 이진수는 대꾸하는 대신 조용히 자리에서 일어났다. 그도 그 정도 사리분별은 할 수 있는 사람이었다. 도미옥의 뒤를 밟아서, 어떻게든 도미애의 돈을 뜯어내는 게 그가 할 일이었다.

"그만 일어나. 다 왔어."

오동구가 최준의 어깨를 흔들어 깨웠다. 그는 조수석에서 설핏 잠이 들었던 것이다. 차 안 공기가 덥고 눅눅한 탓이었다. 최준은 기지개를 켜다 문득 뒷좌석을 바라보았다. 장근덕은 아예 뒷좌석에 드러누워 코를 골고 있었다. 꼴사나운 형광색 파카는 벗어서 백팩 위에 개켜둔 채였다.

장근덕은 싸구려 후드를 걸치고 있었다. 시장에서 천 원짜리 몇 장에 주워온 물건처럼 보였다. 너무 오래 입은 탓에 소매의 시보리가 너덜너덜했다. 보풀이 일어난 목덜미는 마지막으로 빤 게 언제인지 짐작이 안 갈 정도로 때가 꼬질했다. 장근덕의 늘어진 뱃살이 짜리몽땅한 웃옷 아래로 고스란히 모습을 드러내고 있었다.

오동구가 안쓰럽다는 듯 혀를 찼다.

"피곤하겠지. 하루 종일 톱질하며 씨름했으니."

"여긴 어디야?"

"다 왔어. 바로 저 산자락이야. 마을 하나만 지나면 된다."

"동네 이름이 뭐야?"

"이름까진 나도 몰라. 이 근처 복숭아가 유명하다던데. 돌아갈 때 한 박스 사가자."

오동구가 낄낄대며 웃었다. 입을 나불대고는 있었지만 내심 긴장이 되는지 식은땀을 줄줄 흘리고 있었다.

최준이 보기에 오동구는 그다지 장점이 없는 사람이지만 드물게 잘하는 건 몇 개 있었다. 그 중 하나가 바로 길 찾는 재주였다.

언젠가 최준은 번잡한 서울 시내 한복판에서 잘못된 방향으로 버스를 탄 일이 있었다. 엉뚱한 버스를 탔다는 걸 모른 채 잠이 들어버린 것이다. 눈을 떠보니 그는 생전 처음 보는 낯선 동네를 지나고 있었다.

오동구에게 전화를 걸자 그는 대뜸 정류장 이름을 물어보았다. 최준이 정류장 이름과 번호를 대자 곧바로 집으로 돌아오는 길을 안내해 주었다. 그때는 스마트폰도, 지도 애플리케이션도 없던 시절이었다.

버스건 지하철이건, 오동구는 모르는 게 없었다. 주말마다 대중교통을 갈아타며 최단거리 환승 루트를 연구하던 그다. 스마트폰 지도와 내비게이션 앱이 대중화되면서 효용가치가 만료되긴 했지만, 오동구 자신도 자부심을 가지는 신통한 재주였다. 그런 오동구가 물색한 장소라면 믿을 만하다고, 최준은 생각했다. 그가 모르는 동네라면 다른 사람들도 모른다.

"저 인간 깨워야겠어."

최준은 뒷좌석을 돌아보며 손끝으로 장근덕의 허벅지를 찔렀다. 장근덕의 몸에서는 악취가 풍겼고 겨드랑이는 땀으로 흠뻑 젖어 있었다. 최준은 내키지 않는다는 듯 표정을 구기며 장근덕의 몸을 흔들었다.

"그만 자고 일어나요. 도착했으니까."

장근덕은 부스스 일어나 눈을 비볐다. 입가에 말라붙은 침 자국이 선명했다.

"여긴 어디죠?"

"어딘지는 알 것 없고. 아무튼 다 왔으니 일어나요."

목적지인 폐가는 오동구의 설명대로였다. 버려진 지 십수 년은 된 집이었다. 이 빠진 슬레이트 지붕은 색이 바래서 애초에 무슨 색이었는지도 짐작하기 어려웠다. 시멘트 블록으로 대충 쌓아올린 벽체는 반쯤 허물어져 있었다. 그나마 온전한 부분도 넘어질 듯 삐딱하게 기울어가는 중이었다.

벽에 뚫린 구멍으로 허리가 썩어 내려앉은 대들보가 보였다. 이름도 알 수 없는 잡풀들이 집 안을 가득 채우고 있었다. 떨어져 나간 나무문짝들은 마당 한편에 차곡차곡 쌓여 있었고, 창문은 처음부터 유리가 없던 것처럼 테두리만 남은 채 삭아가는 중이었다. 마치 거인이 어금니로 씹다 뱉은 집 같았다.

신기하면서도 다행스러웠던 건 다 쓰러져가는 집이 담장만큼은 여전히 견고하다는 점이었다. 담쟁이와 이끼가 무성한 담장은 튼튼하고 높았다.

대문은 더없이 촌스러운 초록색이었다. 그나마도 대부분은 페인트가 벗겨져서 시뻘겋게 녹슨 부분이 휑하게 드러나 있었다.

녹을 뒤집어쓴 문 손잡이에는 비교적 새것처럼 보이는 쇠사슬과 자물쇠가 걸려 있었다. 오동구가 주머니를 뒤져 열쇠 한 뭉치를 꺼냈다. 맞는 열쇠를 찾는 데 애를 먹는 듯했다.

"자물쇠 어지간히도 튼튼한 걸 골랐구나. 이걸 자르느니 문짝을 차서 부수는 게 빠르겠어."

"그치? 철물점에서 제일 크고 단단한 놈을 달라고 했거든."

"난 지금 자물쇠를 칭찬하려는 게 아니야. 이 썩은 대문짝을 흠잡으려던 거지."

최준이 발끝으로 대문을 툭 걷어찼다. 삐그덕 소리가 마치 비명처럼 들렸다. 최준은 고개를 돌려 자신들이 지나온 엉망진창의 흙길을 돌아보았다. 마을 쪽에서 희미한 불빛이 번져 나왔다.

장근덕은 팔짱을 낀 채 운동화로 흙바닥을 뒤집었다.

"땅이 얼어서 쉽지 않겠는데요."

"일단 짐부터 내립시다. 마당으로 옮겨요."

최준의 명령에 오동구와 장근덕은 군말 없이 따랐다.

최준은 진입로의 구불구불한 흙길을 내려다보았다. 폐가는 마을을 등진 외딴곳에 있었다. 전봇대 개수를 세어보니, 가장 가까운 집조차 200미터 이상은 떨어진 듯싶었다.

마을은 2차선 국도를 빠져나와 샛길로 2~3분은 차를 몰아야 하는 거리였다. 국도와 마을을 잇는 길은 조금만 한눈을 팔아도 도랑으로 굴러 떨어질 듯 비좁았다.

'장소 하나만큼은 기가 막히게 골랐군. 아무도 여길 찾아낼 순 없을 거야.'

그렇게 생각하니 마음이 좀 놓였다. 제아무리 지독한 우연으로도 이렇게 외진 곳까지 기어들어와 시신을 찾아낼 사람은 없을 것이다.

오동구와 장근덕은 여자의 시신이 담긴 이민가방을 마당으로 끄집어냈다. 최준은 마당 한쪽 구석에 대형 방수포를 펼쳤다. 그 위에 오동구가 챙겨온 연장들을 늘어놓았다. 삽 두 개. 그리고 쓸모없는 공구통 하나.

"삽이 둘뿐이니까 두 사람씩 교대하는 걸로 하자."

"어디를 파지?"

오동구가 물었다. 그는 의욕이 충만해서 벌써부터 삽 한 자루를 챙겨 들고 있었다. 최준도 삽을 들고 적당히 후미진 곳의 흙을 한 삽 떴다.

"여기에 묻자."

"거긴 너무 개활지 아닙니까?"

쭈뼛대던 장근덕이 물었다. 최준은 그가 개활지란 말의 뜻을 모른다고 생각했다. 폐가 앞마당은 아무리 넓게 잡아도 배드민턴 코트 하나 빠듯하게 들어갈 정도였다.

"차라리 담벼락 밑에다 묻어버리는 게 안전하지 않을까요?"

"그러다가 시체가 썩으면? 그래서 담벼락이 무너지기라도 하면 어쩔 겁니까? TV에서 싱크홀 생기는 거 못 봤어요?"

"맞아요. 괜히 남들 눈에 띄어봐야 좋을 것 없다고. 담장이 무너지면 밑을 파보려는 게 사람 심리니까."

오동구가 낄낄거렸다. 전매특허나 다름없는 하나 마나 한 소리. 최준은 새삼 자기가 바보들과 한패라는 사실을 떠올렸다. 시간이 많지 않았다. 동이 트기 전에는 일을 마무리 짓고 돌아가야 한다.

장근덕의 랜턴은 구형 가압식 석유 랜턴이었다. 불을 붙이기 위해선 먼저 알코올로 예열해야 했다. 장근덕은 메틸알코올 세 컵 정도를 주입구에 부어 넣고 불을 붙였다. 그는 멍청한 첫인상과 달리 랜턴 다루는 솜씨가 제법 능숙했다. 몸에 익을 만큼 많이 해본 솜씨임이 틀림없었다.

압력 조절나사를 잠그고 펌프질을 하자 맨틀에 불이 들어왔다. 랜턴 속 허공에 떠오른 불길은 마치 조용한 춤을 추는 듯했다. 은은한 불빛이 마당을 환하게 비추었다. 작업하기에 무리가 없는 조명이었다.

세 사람은 폐가의 녹슨 대문을 닫아걸고, 랜턴 불빛에 의지해 교대로 땅을 파기 시작했다. 두 사람씩 돌아가며 파다가 나중에는 삼교대로 전환했다. 여러 사람이 한 구덩이에 들어가 흙을 퍼내는 건 생각만큼 효율적이지 못했기 때문이다.

얼마 지나지 않아 세 사람은 모두 땀범벅이 되었다. 체력은 초장부터 바닥을 드러냈다. 최준은 꽁꽁 얼어붙은 흙구덩이에서 자존심이 허락하는 한계까지 삽을 펐다. 도저히 견디지 못할 만큼 허리가 아파지자 구덩이 밖으로 삽을 내던지고 기어올라 왔다. 장근덕은 구덩이 옆에 쪼그려 앉아 덜덜 떨고 있었다.

"당신 차례예요. 땀을 좀 흘리면 따뜻해질 겁니다."

최준이 삽을 건네자 장근덕의 얼굴이 하얗게 질렸다. 최준은 썩은 마룻장 위에 퍼져 있는 오동구 곁으로 다가가 무너지듯 주저앉았다.

"야."

"응? 벌써 교대야?"

오동구는 선잠이 들었던 모양이다. 엄지로 눈곱을 떼어내며 단 춧구멍 같은 눈을 끔뻑거렸다. 최준은 벽에 기대어 오동구를 내려다보았다.

"솔직하게 털어놔."

"뭘?"

"미셸의 진짜 정체가 뭐냐?"

"진짜 정체 같은 건 없어. 그냥 너와 내가 알던 미셸이야."

"어젯밤 걔한테 무슨 일이 있었던 거야? 갑자기 사람은 왜 죽인 건데?"

"나도 몰라."

"미셸한테 전화를 받은 건 너잖아."

"맞아. 하지만 자세한 얘기는 해주지 않았어. 나도 캐묻지 않았고."

"무슨 일이 일어났는지 궁금하지도 않냐?"

"궁금하지. 미셸이 왜 그랬는지……. 사실은 걔가 저지른 일이 맞는지조차 의심스러워. 이 세상 누구보다도 내가 제일 궁금해. 하지만 그날 밤 미셸은 많이 놀라고 당황한 상태였어. 미셸은 내 여자야. 나한테는 내 여자를 챙기는 게 최우선이었다고. 자세한 사정 같은 건 나중에 물어도 늦지 않아."

오동구는 별 이상한 걸 다 묻는다는 듯 최준을 흘겨보았다. 최준과 눈이 마주치자 오동구가 그의 팔을 붙잡았다. 무엇에라도 의지하고 싶어 하는 사람처럼. 최준은 오동구의 손이 심하게 떨리는 것을 느낄 수 있었다.

"준아. 너도 알잖아? 미셸이 누굴 해칠 만한 사람이냐?"

오동구가 코를 훌쩍였다. 물기 어린 눈빛이 간절해 보였다. 마치 이 모든 게 사실이 아니라고 말해달라는 듯이. 최준은 천천히 고개를 가로저었다.

"난 모르겠다."

"모르겠다고? 걔가 정말 사람을 죽였을 거라 생각해? 너 미쳤어? 걔가 어떤 사람인지는 너도 잘 알잖아."

"아까 삽질하면서 곰곰이 생각해 봤는데. 이제 보니까 내가 미셸에 대해 아는 거라곤 술을 좋아한다는 것밖에 없는 것 같아. 난 그 여자에 대해서 아무것도 몰라."

"미셸은 그냥 미셸이야. 착하고 이해심 많은 여자라고. 걔는 날 따뜻하게 대해줬어. 나는 미셸을 사랑하고 그녀도 날 사랑해."

"뭐 하는 여잔데? 직업이 뭐야?"

"우리 아버지 헬스장에서 일해. 1년쯤 됐어."

오동구가 말했다. 그러곤 다시 침묵. 최준은 인내심을 가지고 오동구를 내려다보았지만 그는 한참 동안 말이 없었다.

최준이 물었다.

"그게 다야?"

"응."

"너 진짜 내 손에 죽고 싶냐?"

오동구는 벌떡 일어나 으르렁대는 최준의 어깨를 움켜잡았다.

"준이 너, 진짜로 내 얘기가 궁금하냐?"

"아니. 난 초등학교 때부터 너를 지켜보며 자랐어. 난 누구보다 너를 잘 알아. 미셸은 널 사랑하지 않아. 걔는 단 한 번도 널 사랑했던 적이 없어."

"아니야. 넌 나에 대해 아무것도 몰라."

"웃기지 마. 미셸이 널 사랑한다는 건 너 혼자만의 착각이겠지. 넌 그냥 호구였을 뿐이라고. 자기한테 다달이 월급 주는 사장님 아들이고, 때 되면 꼬박꼬박 선물 챙겨주는 남자인데 마다할 여자가 세상에 어디 있어? 걔는 널 이용해 먹은 거야."

최준이 오동구를 밀쳤다. 오동구는 넋이 나간 표정을 짓다가, 이내 얼굴을 일그러뜨렸다.

"멋대로 지껄이지 마."

"너야말로 꿈 깨. 우리가 지금 여기서 뭘 하고 있는지 똑똑히 보라고."

최준이 오동구의 멱살을 잡고 턱짓으로 마당을 가리켰다. 엉망으로 헤집어진 마당에서 장근덕이 어설픈 삽질로 구덩이의 흙을 퍼 올리고 있었다.

"우린 지금 그 여자한테 이용당하고 있는 거야."

"준아. 우리끼리 싸우지 말자. 미셸이 어떤 여자인지 궁금해? 그럼 내 얘기를 좀 들어봐. 너는 여태껏 내 얘기를 진지하게 들어준 적이 한 번도 없잖아."

"해봐."

"옛날에 우리 헬스장에서 사건이 있었어. 안 좋은 일이었지만 마냥 안 좋다고는 할 수 없겠지. 어쨌거나 그 사건 때문에 지금 미셸도 만난 거고 내 인생도 달라졌으니까. 사실 난 단 한 번도 누군가의 사랑을 받아본 적이 없었거든. 가족끼리의 사랑 같은 걸 말하는 게 아니야. 그러니까…… 나도 항상 소위 말하는 연애감정이란 걸 느껴보고 싶었단 말이지."

"나도 알아. 그거 네가 술만 먹으면 하는 얘기잖아."

"그래. 그런데 지금부터 하는 얘기는 너나 우리 동네 친구들은 전혀 모르는 얘기야. 사실 우리 아버지는 꽤 자수성가한 분이셔. 남동생도 명문대를 나와서 지금은 번듯한 대기업을 다니고 있고. 한마디로 난 우리 집의 돌연변이인 셈이지. 이 나이 먹도록 변변한 졸업장이나 직업도 없이 방구석에서 컴퓨터 게임이나 하고 있으니까.

난 우리 집안에서 몇 안 되는 낙오자야. 그러니까 우리 가족들이 나를 대하는 태도는 사실 사랑이라기보단 동정에 가까워.

이야기가 좀 새는 것 같긴 하지만. 우리 아버지가 나한테 헬스장을 맡긴 것도 아마 그래서였을 거야. 내가 전에 말 안 했나? 가양시 신시가지 입구 사거리에 있는 건물. 그거 우리 아버지 거야. 거기 2층에 내가 맡아서 운영하는 헬스장이 있어. 아버지는 내가 그거라도 하면서 먹고 살길 바라신 거지. 아버지는 날 믿지 않으니까."

최준은 오래전 오동구를 신학대학에 보내려 했던 그의 부모님을 떠올렸다. 독실한 가톨릭 신자이기도 했지만 무엇보다 두 분은 아들이 평생 밥벌이를 하지 못할까 봐 걱정했던 것이다. 신부가 되면 최소한 먹고 사는 문제로부터는 자유로울 수 있었다. 물론 사람 구실 못하는 아들을 바라보는 삐딱한 시선으로부터도 도망칠 수 있었을 테고.

그러나 누구도 오동구가 고된 수련을 참아내고 신부가 될 수 있으리라고는 믿지 않았다. 그는 게을렀고 끈기가 없었다. 뭔가를 이루고자 하는 열의라고는 도무지 없는 사람이었다. 무엇보다 오동구는 늘 원초적 욕망에 굶주려 있었다.

　문득 최준은 오래전에 들었던 우스갯소리를 떠올렸다. 한 신학대학에 열정적인 신학도가 있었다. 그는 성직자가 되기 위해 누구보다 열심히 공부했다. 그러나 끓어오르는 성욕만큼은 어떻게 할 방도가 없었다. 고민 끝에 그는 스스로 성기를 거세했다. 그는 신부님을 찾아가 자랑스레 그 사실을 밝혔다.

　"욕망을 통제할 수 없어서 거세를 했습니다. 신학에 대한 저의 열정이 이 정도입니다."

　결국 그 사건으로 인해 학생은 신학대학에서 제적을 당했다고 한다. 욕망을 다루는 방법이 잘못되었다는 이유 때문이었다. 신앙을 지키기 위해 신앙을 배신했기 때문이다.

　오동구라면 어땠을까? 그는 애당초 거세를 시도할 정도로 신실한 위인이 아니다. 그 정도로 독한 마음이 있었다면 지금처럼 되지도 않았을 것이다.

　그러나 오동구의 집안이 그렇게 부유하다는 사실은 처음 듣는 얘기였다. 신시가지의 빌딩이라면 못해도 수십억은 넘을 게 분명했다. 어렸을 때부터 친구였지만 오동구의 집이 그렇게 유복한 줄은 전혀 모르고 있었다. 그러고 보면 오동구는 실없는 소리만 할 줄 알았지 한 번도 자기 얘기를 들려준 적이 없었다.

　"학교는 왜 관둔 건데? 그때 우리한테는 그냥 여행이나 다니고 싶다면서 자퇴했잖아."

　"응. 자퇴하려는 걸 너희가 뜯어말렸지. 그래도 결국 그만두기는 했지만. 사실은 불미스러운 일이 좀 있었어."

　"우리한테는 숨기고 있었던 거냐?"

　최준이 물었다. 오동구는 가만히 고개를 끄덕였다. 불미스러운 일이라고? 최준은 오래전의 기억을 더듬었다. 아무것도 떠오르지 않았다.

오동구는 손가락으로 흙바닥을 뒤적이며 기나긴 고백을 이어나갔다.

"희선이라는 여자애가 있었어. 학교 다닐 때 걔랑 스캔들이 좀 있었거든. 아무튼 그때 나는 도저히 학교를 계속 다닐 수 있는 상황이 아니었어. 모두들 나를 오해하고 있었으니까. 차라리 학교를 그만두는 게 덜 외로울 것 같더라고. 내가 전에 얘기 안 했나? 희선이는 원래 나랑 되게 가까웠던 여자야. 컴공과 후배였는데, 우리 동네에 살았어. 그래서 수업 끝나면 자연스럽게 집에도 같이 가고……."

"알아. 네가 일 년 내내 그 여자 뒤꽁무니를 쫓아다녔잖아."

"아니야. 우리는 절대 그런 관계가 아니었어."

오동구가 말했다. 최준은 속으로 비웃었다. 불미스러운 일이라는 게 결국 그런 거였군. 대학시절 오동구는 전형적으로 여자들이 싫어하는 타입이었지만 집요하게 여자들을 쫓아다녔다.

"희선이는 지금 컴공과 박사 과정에 다니고 있어. 머리는 참 좋은 친구인데, 사실 이 친구가 프로그래밍을 잘 못해. 컴공과 박사 과정에는 반드시 이수해야 되는 과정이 있는데 걔는 그 과목을 벌써 세 번째 수강하고 있단 말이야. 얼른 학위를 따고 나가야 하는데 발목이 잡혀 있는 상황인 거지."

"요점을 말해. 그게 미셸이랑 무슨 상관이야?"

"희선이를 다시 만난 건 아버지한테 헬스장을 넘겨받고 난 뒤였어. 어쩌다보니 걔가 우리 헬스장에 회원등록을 했더라고. 그동안 희선이랑은 소원해졌다고 생각했는데 다시 만나니까 의외로 반가워하더라. 아마 오랜 시간이 흘러서 그랬겠지? 나를 잊은 거겠지? 그럼 나에 대한 안 좋은 기억들도 잊었을 거 아냐? 그래서 다시 만난 이후로 난 희선이의 공부를 도와주기 시작했어. 사실 희선이는 학부 때부터 쭉 내 도움을 받아왔으니까 어쩌면 우리 둘 다 그게 자연스러웠는지도 몰라. 그래도 난 진지했다. 걔를 진짜 사랑하고 있었으니까. 학부 시절부터 쭉."

"정신 차려. 너는 그저 누구든지 사랑할 사람이 필요했던 거야. 너 자신에게 속은 거라고."

"나도 알아. 그 친구는 나를 만난 이유가 단지 프로그래밍 때문이었는데 도와주다 보니까 나 혼자 정이 들어버렸던 거지. 그게 오래되다 보니 난 희선이를 진심으로 좋아하게 됐어. 그런데 걔는 절대 싫다고……"

"싫다고? 뭐가?"

최준이 끼어들자 오동구의 표정이 어두워졌다. 떠올리기 싫은 기억에 부딪힌 모양이었다. 망설이던 오동구가 기어들어가는 목소리로 대답했다.

"사실은 학부 때 내가 걔한테 고백을 했거든. 그때는 걔한테 남자친구가 있어서 차이긴 했지만. 나는 스토커 취급을 받으며 교내에서 매장을 당했고, 그래서 자퇴했던 거야. 너희들한테는 남미 일주 여행을 간다고 얘기했지만 사실은 1년 내내 방구석에만 처박혀 있었어. 아, 이번에 고백했을 때는 정말 잘 될 줄 알았는데."

"이번에? 설마 그때 이후로 또 고백을 한 거냐?"

"뭐, 사실 몇 년 만에 이렇게 다시 만나게 된 게 그냥 우연은 아널 거라 생각했지. 인연이라는 게 다 그런 거잖아? 몇 년간이나 연락이 끊겼던 사람과 다시 만난다는 게 어디 흔한 일이냐? 난 이게 운명인 줄 알았어. 내 나름대로는 뭔가 계시를 받은 느낌이었달까. 맞아. 나 걔한테 다시 고백했어. 근데 희선이가 옛날에 사귀던 남자와 약혼까지 한 줄은 몰랐어."

오동구는 이 대목을 최대한 빨리 넘어가고 싶어 하는 것 같았다.

"아무튼 희선이가 내 도움은 계속 받아야겠고, 그래서 우린 잘못된 인연으로 계속 연락을 하게 된 거야. 난 여전히 걔가 좋았으니까. 내 존재를 희선이에게 인정받고 싶었어. 그래서 물어봤지. 너는 나를 인간으로 생각하긴 하느냐고. 그런데 걔는 나를 남자로 느낀 적이 단 한 번도 없다더라. 처음부터 만나선 안 되는 인연이었어. 너무 힘들어서 그 친구 앞에서 울기도 많이 울었는데. 나는 자꾸 정이 가고 그래서 정을 주는 건데. 그쪽은 그, 인간끼리 나누는 정 따위는 아랑곳없이 말이야. 나를 도구처럼 여기니까 그게 너무 슬펐어. 결국 내 인생에 가까이 다가왔던 여자들 중에 나를 진짜로 좋아해 준 사람은 아무도 없었단 말이야."

네가 말하는 그 정이라는 게 혹시 섹스를 의미하는 건가? 네가 원하던 인간다운 대접이라는 게 고작 그런 거야? 최준은 그렇게 묻고 싶었다. 묻지 않은 건 필요 이상으로 잔인해지고 싶지 않았기 때문이었다.

"미셸은 널 사랑해 줬어?"

최준이 물었다. 오동구는 넋이 나간 사람처럼 고개를 끄덕였다. 최준은 화가 치밀어 오르는 걸 느꼈다. '너는 거짓말쟁이다. 오동구, 넌 지금 거짓말을 하고 있는 거야.' 최준은 그 사실을 몇 번이고 마음에 되새겼다.

만약 미셸이 오동구와 잤다면? 그럴 리가 없다. 하지만 자신 있게 아니라고 말할 수도 없다. 최준은 그녀에 대해 아는 게 없었다. 미셸은 미셸이다. 누구와 잘지는 그녀가 결정한다. 최준은 뒤꿈치로 썩어가는 마룻바닥을 걷어찼다. 그는 인정할 수 없었다. 자신이 미셸을 사랑하고 있었다는 사실을.

"동구 너는 병신이야."

"갑자기 왜 나한테 화를 내?"

"너 때문에 우리가 곤경에 처했잖아. 너는 언제나 그랬어. 멍청한 놈. 입만 열면 거짓말이나 하고."

"난 거짓말한 적 없어."

"입 닥쳐."

"알았어. 알았다고."

오동구가 말했다. 최준이 흥분하는 모습에 당황한 것 같았다. 최준은 가까스로 마음을 가라앉혔다. 처음이었다. 오동구의 인생이 궁금했던 적은.

"계속 얘기해 봐."

"결국 희선이와 나 사이는 돌이킬 수 없게 되었어. 게다가 어쩌다 보니 다시 안 좋은 소문이 퍼지게 돼서."

'네가 먼저 경솔하게 떠벌리고 다녔겠지.' 최준은 생각했다. 오동구는 늘 그런 식이었다. 좋아하는 사람이 생기면 자기 속내를 감추지 못했다. 미셸과 처음으로 손을 잡던 날도 오동구는 친구들에게 그걸 자랑하지 않았던가? 아마 오동구가 미셸과 섹스를 했다면 누구보다 먼저 떠벌리고 다녔을 것이다.

'역시 미셸은 오동구와 자지 않은 게 분명해.'

최준은 그렇게 믿기로 했다. 그러자 묘하게도 안도감이 들었다.

"희선이는 이미 약혼자가 있었으니까…… 그래서 그런 오해가 상당히 불쾌했었나 봐. 나를 무슨 헛소문이나 퍼뜨리고 다니는 스토커로 취급하고 말이야. 내가 여자를 밝히는 남자라서 자기한테 집적거렸다는 식으로.

난 그저 인간으로 인정받고 싶었을 뿐이야. 그 사람이 나에게 가까이 온 이유가 단지 학교 공부 때문만은 아닐 거라고 믿었어. 나는 희선이를 그렇게 비정한 여자로 만들기 싫었던 거야. 그런데 내가 아무리 그런 얘기를 해도 걔는 알아듣지 못하더라고. 나더러 자기는 남자친구를 사랑하고 있으니 본인한테 접근하지 말라지 뭐야. 나는 또다시 스토커가 돼서 일방적으로 쫓아다니다가 차인 꼴이 됐지.

그 뒤로는 뭐, 헬스장에서 여자 회원들이 줄줄이 떨어져 나갔지. 아버지도 나에게 실망하셨어. 나는 물려받은 사업조차 제대로 관리하지 못하는 무능한 놈이니까. 가까운 사람들조차도 내가 이상한 놈이라고 생각하는데 내가 도대체 뭘 할 수 있겠어? 난 너무 외로웠어. 그 뒤로 한참을 외톨이로 지내다 보니까 누구든 만나긴 만나야겠더라고."

오동구는 주먹을 쥔 채 소매로 눈물을 훔쳤다. 버릇이 된 자기연민과 한 푼 값어치도 없는 눈물. 최준은 오동구가 내뱉은 모든 말들이 이기적인 인간의 찌질한 변명일 뿐이라고 생각했다. 그가 말한 모든 게 궤변이었다. 최준은 더더욱 오동구를 경멸하게 되었다.

"궁해서 만난 게 미셸이었냐?"

"분명히 말하지만 난 여자가 궁해서 아무나 만나고 싶었던 게 아니야. 그래, 결국엔 미셸을 만나긴 했지. 그 무렵 우리 헬스장에 요가 클래스를 도입했거든. 새로 고용한 요가 강사가 바로 미셸이었어. 편견이 없고 서글서글한 사람이더라. 미셸은 내 얘기를 정말 잘 들어줬거든.

언젠가 내가 처한 상황에 대해서 털어놓은 일이 있었어. 그때 그 사람이 그러더라. 그동안 외롭지 않았느냐고. 그때 나는 미셸이 이해심이 많은 여자라는 걸 알아챘어. 며칠 뒤에 미셸이 나에게 전화를 하더라. 다짜고짜 지금 당장 헬스장으로 나오라 하더라고.

난 사실 희선이와 갈등이 있은 뒤로는 헬스장에 나가질 않았거든. 혹시라도 아는 사람을 마주칠까 봐 몸을 사렸던 거야. 그런데 미셸이 날 부른 데는 다른 이유가 있었어. 가보니까 희선이가 미셸한테 요가를 배우고 있지 뭐야?

그런데 미셸이 갑자기 내게 다가와서는 엄청 친밀하게 대하는 거야. 내 눈을 보며 미소 짓고, 손을 잡고. 내가 보고 싶어서 기다렸다더라고. 꼭 남들 들으라는 것처럼 말이야.

난 정말 깜짝 놀랐어. 정신이 다 멍하더라니까. 생각해 보니까 이 사람은 희선이 때문에 내가 상처받았다는 걸 알고 일부러 그랬던 것 같아. 내가 걔를 쫓아다닌 게 아닌데도 오해를 받고 있으니 그걸 모면하게 해주고 싶었던 거겠지. 그때부터 미셸이 다르게 보였어. 이 여자가 나를 정말 마음속 깊이 배려하고 있다는 걸 느꼈어."

"그렇게 만나다 보니 사귀게 된 거구나. 같이 술도 마시러 다니고?"

처준이 물었다. 오동구가 고개를 끄덕였다.

"맞아. 나는 미셸에게 고백을 했어. 우리 아버지가 가진 게 이 헬스장뿐만이 아니라는 것도 얘기했지. 나는 한심한 인간이지만 물려받은 건 많아. 그걸 모두 그녀에게 주겠다고 했어. 그녀가 내 곁에 머물러 있는 한."

"미셸이 일부러 너에게 접근했다는 생각은 안 해봤어?"

최준이 냉소했다. 확신에 찬 목소리로 오동구가 대답했다.

"그럴 리가 없어. 누구보다 마음이 예쁜 여자야. 얼굴도 정말 예쁘지만."

오동구의 말도 절반은 옳다. 미셸은 예뻤다. 그녀가 냉소하는 방식, 세상을 조롱하는 듯한 말투, 끝내주는 허리와 골반. 최준도 그녀를 사랑한다. 하지만 그녀는 오동구가 믿고 있는 대로 마냥 순진한 사람은 아니었다.

그래서 최준은 절망했다. 그는 평범한 직장인이다. 보잘것없는 회사에서 변변찮은 일을 한다. 그에겐 헬스장과 빌딩을 물려줄 아버지가 없다. 그런 그를 미셸이 사랑해 줄까? 최준에겐 그녀를 가질 수 있는 수단이 없었다.

최준은 마침내 자신의 내면에서 들끓고 있는 분노와 질투심의 정체를 깨달았다. 그는 어느새 오동구를 이해하고 있었던 것이다. 지금 최준이 느끼는 것은, 아마도 언젠가 오동구가 희선의 약혼자에게 느꼈던 것과 똑같은 감정일 것이다.

그는 난생처음 자신이 오동구의 눈높이로 세상을 바라보고 있다는 사실을 깨달았다. 언제나 얕잡아보고 무시했던 오동구와 동등한 위치에서. 최준은 그것이 못 견디게 화가 났다.

"그 뒤로 우린 9개월을 만났어. 나도 많이 안정돼서 사람들을 다시 만나기 시작했고. 다시 말하지만 나를 인간으로서 대해준 건 미셸 하나뿐이었어.”

“끔찍하네.”

최준이 중얼거렸다. 오동구가 그를 올려다보며 물었다.

“뭐가?”

‘모든 게. 너도, 미셸도, 가방 속의 저 여자도.’ 최준은 입을 꾹 다물고 목구멍으로 그 모든 말들을 씹어 삼켰다.

언니가 매달 보내주는 돈을 받기 시작하면서부터 일이 꼬이기 시작했다. 말하자면 스스로 족쇄를 차게 된 셈이랄까?

몇 년 전 우연찮게 언니의 비밀을 알게 된 이후 도미옥은 필사적으로 김규식을 찾아냈다. 하지만 섣불리 김규식에게 접근한 것은 아니었다. 도미옥은 황금 알을 낳는 거위의 배를 가를 만큼 어리석지는 않았다. 그녀는 오히려 도미애에게 전화를 걸었다.

"오래간만이네. 그동안 잘 지냈어?"

몇 년 만에 듣는 도미애의 목소리에는 전혀 달라진 구석이 없었다. 도미애의 태도는 마치 엊그제 통화했던 사람을 대하듯 너무나 자연스럽고 편안했다. 그 점이 오히려 도미옥을 불편하게 만들었다.

"나야 그럭저럭 지냈지. 언니는 좀 어때?"

"나도 잘 지내. 참, 나 얼마 전에 결혼했어."

"알아. 친구한테 들었어."

"청첩장이라도 보냈어야 했는데 너한테 연락이 닿질 않았어."

'당연하지. 내가 언니 연락처를 차단했으니까.' 도미옥이 냉소했다.

"그래서 말인데, 나 다시 돌아가려고."

"돌아가다니? 집으로 말이야?"

"그럴 수 없다는 거 언니도 알잖아."

"그래. 잘 생각했어. 그렇잖아도 엄마 아빠 두 분 다 편찮으셔. 이제는 연세도 있으니까 갑작스레 충격이라도 받으면 건강에 안 좋을 거야."

도미애는 얄미울 정도로 차분했다. *언니는 평생 나를 용서하지 않을 거라고 생각했는데.* 그녀가 틀렸다. 도미애는 그녀를 용서하지 않은 게 아니라, 아예 잊어버렸다. 처음부터 도미옥이라는 사람은 존재하지 않았던 것처럼.

도미애에게 전화를 걸 때만 해도 도미옥은 언니에게 미안한 마음이 조금은 남아 있었다. 막상 언니와 대화를 나누고 난 뒤에야 도미옥은 자신이 어리석었음을 깨달았다. 그동안 언니가 어떤 사람이었는지를 잊고 살았던 것이다. 도미옥은 차라리 잘됐다고 생각했다. 거추장스러운 죄책감이나 연민을 느낄 필요가 없었으니까.

"이달 말쯤 서울 올라갈 거야."

"잘됐네. 서울에 직장을 구한 거야?"

"아니. 그래서 말인데, 언니가 좀 도와줘야겠어."

도미옥이 말했다. 수화기 반대편에서는 한동안 아무 소리도 들리지 않았다. 조바심을 느낀 도미옥이 뭐라고 부연설명을 하려던 찰나, 도미애가 대답했다.

“내가 도울 수 있는 일이라면 당연히 도와야지. 뭘 어떻게 도와줄까?”

“아파트를 하나 구해줘. 생활비도 좀 필요해. 다달이 부쳐주면 좋을 것 같은데.”

“뭐야 너. 그거 요즘 유행하는 농담이니?”

도미애가 깔깔 웃었다.

“농담 아니야. 언니가 나를 도와주지 않으면 나도 언니를 도울 수가 없어.”

“무슨 소리야?”

“규식 오빠 기억나? 언니 예전 남자친구였잖아. 둘 사이에 애도 있었잖아. 나 이거 형부한테 전부 다 말해버릴 거야.”

도미옥은 정면으로 치고 들어간 뒤 도미애의 반응을 기다렸다. 흥정의 가능성을 염두에 두고 요구조건을 조금 부풀려 제시했다. 아파트까지는 어렵다 해도 다달이 생활비 정도는 얻어낼 생각이었다. 물론 어느 쪽이든 도미애로서는 받아들이기 어려운 조건일 테지만. 도미옥은 도미애가 쩔쩔매는 모습을 상상하며 미소 지었다.

한동안 정적이 흘렀다. 그러나 도미애의 침묵은 그녀가 예상했던 것만큼 길지 않았다.

“그래. 네가 정착할 때까지 내가 도와줄게.”

“정말이야?”

“아파트는 서울 근교에 적당한 곳으로 찾아볼게.”

도미애의 목소리에서 어떠한 감정의 동요도 느끼기 어려웠기에 도미옥은 오히려 당황했다. 언니의 도움으로 도미옥은 가양시의 한 아파트에 정착할 수 있었다. 도미애는 약속대로 도미옥에게 다달이 생활비를 보내왔다. 덕분에 도미옥은 일을 하지 않고도 예전보다 풍요롭게 살 수 있었다.

도미옥은 행복했다. 그때는, 어쩌면 그 모든 호의가 언니의 함정일 수 있다는 생각을 미처 하지 못했다.

몇 년이 흐르자 도미옥은 영영 자립할 수 있는 기회를 잃고 말았다. 그녀도 어느새 서른이었다. 경력도, 학위도 없는 그녀는 더 이상 도미애의 도움 없이는 생활을 할 수 없게 된 것이다. 게다가 도미애의 금전적 지원 덕분에 삶에 대한 도미옥의 기대치 또한 전과 비교할 수 없이 높아져 있었다. 이제 와서 울산에서의 생활을 다시 시작하라면, 그녀는 솔직히 되돌아갈 자신이 없었다.

겉으로는 어떻게 보일지 몰라도 결국엔 돈 쓰는 자가 갑이다. 도미옥이 그 사실을 깨달았을 때쯤 도미애의 반격이 시작되었다. 도미애는 서서히 그녀의 삶에 영향력을 행사하기 시작했다.

"이번 달은 절반만 입금했어. 요즘 급하게 현금 쓸 일이 생겨서 말이야."

도미애는 매번 그녀가 쓰는 만큼만 돈을 부쳐줬다. 도미옥으로선 따로 저축을 할 여유가 없었기 때문에 도미애 쪽에서 보내는 돈을 줄이면 타격이 컸다. 도미애는 종종 그런 식으로 그녀를 길들였다.

도미애의 방법이 도미옥을 통제하는 데 있어 매우 효과적이었다는 사실은 도미옥 스스로가 잘 알고 있었다. 이제 와서 그녀가 언니의 비밀을 폭로한다면 그녀 역시 큰 손해를 감수해야 했다. 안락한 주거지와 다달이 들어오는 불로소득을 하루아침에 포기하는 것은 쉽지 않은 선택이었다. 도미옥에게로 기울어 있던 무게추가 어느새 팽팽한 균형을 이루게 된 셈이다.

도미애가 흔쾌히 제안을 받아들인 데에는 처음부터 이런 계산이 깔려 있었던 걸까? 언니는 그때 이미 여기까지 내다봤던 걸까? 도미옥은 언니가 두렵고 혐오스러웠다. 마땅히 대응할 수단이 없었기에 나약한 자신이 한없이 원망스러웠다.

도미옥은 뒤늦게 일자리를 구하기 위해 발품을 팔았다. 그녀가 할 수 있는 일은 많지 않았다. 그동안 심취해 있던 요가가 유일한 희망이었다. 도미옥에게는 요가강사 자격증이 있었기 때문에, 그녀는 가양시의 한 헬스장에서 일을 시작했다. 직업이라기보다는 알바에 가까운 박봉이었다.

도미옥은 나태하게 안주해 있었던 자신을 질책했다. 아마 도미애는 지난 몇 년간 자신의 명의로 많은 재산을 모아두었을 것이다. 지금 상황에서 도미옥이 언니의 사생아를 폭로한다 해도 언니가 큰 타격을 받을 것 같지는 않았다. 기껏해야 지금 남편과 이혼하는 게 고작일 것이다.

처음 도미애와 흥정을 하던 때와 달리 잃을 게 많아진 쪽은 오히려 도미옥이었다. 지금이야 무게추가 간신히 평형을 유지하고 있지만 그 균형이 오래 유지되지는 않을 것이다. 시간은 도미애의 편이었고, 도미애도 그 사실을 아는 게 분명했다.

반격이 필요했다. 형세를 뒤집을 결정적인 한방이.

그 무렵 새 부모가 돌아가셨다. 예상했던 대로 유산은 전부 도미애에게 물려준다는 유언을 남긴 채. 그때만 해도 도미옥은 법에 대해 무지했고, 자신은 한 푼도 물려받지 못하게 되리라 지레짐작하고 있었다. 그런 생각을 하면 할수록 도미옥은 언니가 미웠다.

그녀에게 도미애는 더 이상 황금알을 낳는 거위가 아니었다. 도미옥은 이제야말로 거위의 배를 갈라야 할 때가 왔다고 생각했다. 유산을 받을 수 없다면, 도미애가 스스로 내놓도록 만들 작정이었다.

그녀는 오래된 다이어리에서 김규식의 연락처를 찾아냈다. 그를 설득하는 일은 생각만큼 어렵지 않았다. 김규식의 사업은 나날이 기울어가고 있었다. 지금의 그라면 도미옥과 같은 편에 설 이유가 충분했다.

김규식과 함께 도미애에게 협박편지를 보낸 뒤, 도미옥은 잠적했다. 몇 달 안에 도미애로부터 답이 올 것이다. 도미옥은 이것이 언니에게 목돈을 뜯어낼 수 있는 처음이자 마지막 기회라는 사실을 잘 알고 있었다.

도미옥은 처음 가양시에 도착했을 때처럼 여행가방 하나만 챙겨서 언니가 마련해 준 아파트를 빠져나왔다. 묘한 두려움과 기대감에 가슴이 두근거렸다. 그것은 처음 집을 나와 울산으로 내려가던 날 느꼈던 것과 비슷한 감정이었다.

이진수는 김규식이 알려준 피트니스클럽 근처에서 도미옥을 찾아냈다. 운동복에 두툼한 돕바를 걸친 채 길을 나서는 그녀를 발견하고 뒤를 밟았다. 그녀는 주변을 경계하는 타입이 아니었기 때문에, 이진수는 수월하게 그녀의 집 주소를 알아낼 수 있었다.

도미옥이 은거한 곳은 낡은 빌라였다. 이 동네도 사는 게 다들 거기서 거기였다. 쩍쩍 금이 간 벽에는 하얀 페인트를 몇 번이고 덧칠해 놓았다. 툭 튀어나온 덧칠 자국이 꼭 하지정맥류 환자의 다리 같았다. 복도의 리노륨 바닥은 주민들 발길에 닳아 반질반질했다.

경비실 옆 계단에는 기분 나쁘게 생긴 대머리가 쪼그려 앉아 구형 피처폰 버튼을 누르고 있었다. 흙먼지 묻은 작업복과 안전화가 영락없는 일용직 노동자 차림새였다.

'아직도 저런 폰을 쓰는 사람이 있나?' 이진수는 그렇게 생각하며 남자를 지나쳤다. 대머리가 곁눈질로 이진수의 얼굴을 흘끔거렸다. 이진수는 그제야 자신이 아직 불붙은 담배를 물고 있다는 사실을 깨달았다. 황급히 구둣발을 복도에 비벼 담배를 껐다.

이진수는 계단실 모퉁이에서 살짝 고개를 내밀어 복도를 살펴보았다. 아무도 없었다. 발소리를 죽이고 조심스레 걸었다.

도미옥은 복도 맨 끝 집에 살았다.

복도 쪽 창문에는 하얀 창살이 달려 있다. 간유리와 블라인드 때문에 안을 들여다볼 수가 없었다. 옅은 벽돌색 대문에는 신문을 던져 넣을 수 있도록 손바닥만 한 구멍이 뚫려 있었다. 방범 목적인 듯, 구멍은 플라스틱 커버로 단단히 막혀 있었다. 그밖에는 특별할 게 없었다. 복도에는 꼬챙이처럼 바싹 마른 화분 두 개가 전부였다.

이진수는 문 앞에 서서 가만히 귀를 기울여보았다. 아무 소리도 들리지 않았다. 이진수는 구두끈을 고쳐 매듯 무릎을 꿇었다.

대문 아래 경첩에는 그가 어젯밤에 꽂아놓은 샤프심이 그대로 남아 있었다. 그건 어제 이후로 아무도 이 문을 열지 않았다는 뜻이다. 누군가 드나들었다면 샤프심이 부러져 있었을 테니까. 이진수는 도미옥이 아직 집 안에 있다는 걸 확인한 뒤 빌라를 빠져나왔다.

이진수는 도미옥과 마주치지 않을 시간대를 골라 피트니스클럽을 찾아갔다. 피트니스클럽은 신시가지 외곽의 5층 건물에 위치해 있었다. 이진수는 호화로운 매장 입구에서부터 싸늘하고 이질적인 감각을 느꼈다. 오직 그만이 느낄 수 있는 오래된 열등감.

직업을 잃고 이혼을 당하기 전까지만 해도 이진수는 그런 감각에 전적으로 둔감한 사람이었다. 그는 이제 부유해서 한가한 사람들만 보면 묘하게 신경이 날카로워졌다.

노출 콘크리트와 에폭시로 매끈하게 다듬은 로비는 마치 카페를 연상케 했다. 들여온 지 얼마 되지 않아 보이는 각종 운동기구들이 주황색 알전구 불빛을 받아 화사하게 반짝거렸다. 피트니스클럽이라기보다는 호텔 라운지 같았다. 집장사가 마구잡이로 쌓아올린 볼품없는 건물과는 대조적인 공간이었다.

한쪽 벽을 가득 채운 통유리창 너머로 신시가지의 신기루 같은 스카이라인이 펼쳐졌다. 이른 시각이라 사람은 별로 없었다. 티브이를 보며 러닝머신 위를 걷는 아줌마들이 전부였다. 이진수를 발견한 트레이너가 다가와 반갑게 맞이했다. 짧은 머리를 바짝 세운 인상 좋은 청년이었다.

"어서 오세요."

"운동 좀 알아보려고 왔는데요."

이진수는 두리번거리며 피트니스클럽 안을 훑어보았다. 카운터 안쪽에선 웬 뚱뚱한 남자가 게걸스레 짜장면을 먹고 있었다. 까무잡잡한 피부에 보통 키. 딱 봐도 100킬로그램은 될 것 같은 육중한 풍채. 살집에 비해 좁고 빈약한 어깨를 보니 트레이너는 아닌 듯했다. 남자는 드나드는 회원들에겐 눈길도 주지 않은 채 죽은 사람 같은 얼굴로 티브이에 몰두해 있었다. 케이블 방송에서 틀어주는 철 지난 할리우드 영화였다.

이진수의 시선을 의식했는지, 트레이너는 이맛살을 찌푸리며 커튼을 쳤다. 그 뚱땡이가 마치 들켜서는 안 될 비밀이라도 되는 것처럼. 저런 녀석이 주인이랍시고 카운터에 앉아 있는 게 헬스장 영업에 도움이 될 리 없다. 보아하니 붙임성이 좋은 사람 같지도 않았다.

"몸이 상당히 좋으신데요?"

트레이너가 이진수의 떡 벌어진 상체를 보며 감탄했다. 물론 반쯤은 영업성 멘트였을 것이다. 그래도 이진수는 트레이너의 칭찬이 싫지 않았다. 쉬는 동안 살집이 좀 붙긴 했지만 그의 몸은 여전히 단단했다.

이진수는 트레이너에게 길에서 주운 전단지를 내밀었다. 전단지 속 트레이너는 벌거벗은 상반신을 고스란히 드러낸 채 조각 같은 몸을 과시하고 있었다. 하얀 조명을 뒤집어쓴 우람한 가슴 근육과 8조각으로 쪼개진 복부의 굴곡. 전단지 밑에는 일주일 무료 체험 쿠폰이 붙어 있었다.

"오늘부터 다닐까 생각 중인데요."

"그러세요. 처음 일주일은 무료체험기간이니까요. 오늘은 느긋하게 한 번 둘러보시고 궁금한 점 있으시면 언제든지 말씀해주세요."

트레이너는 친화력이 뛰어난 사람이었다. 그러나 무료로 체험하러 온 사람에게까지 신경 써줄 만큼 다정하지는 않은 듯싶었다. 그는 이진수에게 탈의실 위치를 알려주고는 카운터 커튼 뒤로 모습을 감췄다.

잠시 후 뚱땡이가 거뭇거뭇한 입가를 닦으며 나왔다. 한소리 듣고 쫓겨나온 모양이다. 뚱땡이는 늘어진 뱃살을 바지춤 안으로 밀어 넣으며 나가버렸다. 이래저래 직원들에게 괄시받는다는 인상을 지울 수 없었다.

한쪽 벽면에 자리 잡은 게시판이 이진수의 눈길을 사로잡았다

요가클래스 시간표 옆에는 낯익은 인물의 사진이 붙어 있었다. 동그란 얼굴과 오뚝한 코, 시원시원한 눈매가 매력적인 미셸이라는 이름의 요가강사.

사진 속 요가강사는 분명히 도미애의 여동생, 도미옥이었다.

"요가 등록하시게요?"

붙임성 좋은 트레이너가 다시 다가와 말을 걸었다.

"그냥 좀 보는 겁니다."

"요즘은 남성분들도 요가 많이 배우시거든요. 또 우리 강사님 미모가 출중하잖아요."

트레이너가 게시판에 붙은 포스터를 가리키며 말했다. 포스터의 도미옥은 물구나무를 선 채 요염하게 허리를 구부리고 있었다. 역광을 받은 그녀의 윤곽은 도자기처럼 매끈했다. 늘씬하고 유연한 허리라인이 비현실적으로 느껴질 만큼 아름다웠다. 아슬아슬하게 드러난 골반은 남자들의 성적인 상상력을 자극하기에 충분했다. 물론 이진수에게만큼은 예외였지만.

"그런데 강사님 이름이 미셸이네요? 외국인인가요?"

이진수가 묻자 트레이너는 호탕하게 웃었다.

"토종 한국인입니다. 그냥 예명 같은 거라고 보시면 돼요."

트레이너는 유쾌한 미소를 지으며 검지로 자신의 왼쪽 가슴팍에 달린 명찰을 톡톡 두드렸다. 명찰에는 고딕체 한글폰트로 '스티븐'이라고 적혀 있었다.

"제 본명이 선태거든요. 선태랑 스티븐이랑 발음 비슷하지 않아요?"

"요가 선생님 본명도 예명이랑 비슷할까요?"

"글쎄요. 본명은 저도 잘 모르겠네요. 'M'으로 시작하니까, 미선이나 미숙이?"

트레이너는 가지런한 치아를 드러내며 활짝 웃었다. 이진수도 그를 따라 웃었다.

'미옥. 이 여자 이름은 도미옥이야.' 이진수는 매력적인 웃음을 짓고 있는 트레이너를 바라보며 생각했다.

이진수는 밤이 깊어서야 집으로 돌아왔다. 아파트 지하주차장에 차를 대고 내렸다. 양손을 주머니에 찔러 넣고 계단을 향해 걸었다. 그때 삑삑대는 소음과 함께 낡은 소나타 한 대가 주차장으로 들어왔다. 전조등을 켠 소나타는 이진수를 향해 다가오는가 싶더니 이내 방향을 돌려 사라졌다.

이진수는 무의식중에 눈앞으로 손을 들어 전조등 불빛을 가렸다. 갑작스러운 조명에 눈이 시큰거렸다.

"주차장에서 하이빔을 켜고 지랄이야."

이진수는 소나타를 향해 나지막이 욕을 했다. 순간 불길한 예감이 들었다. 조수석에 타고 있던 대머리 남자. 어디선가 본 적이 있다. 분명히 오늘 오전 도미옥의 빌라 입구에서 마주쳤던 피처폰 사내다. 설명할 수 없는 불안감이 들었다.

이진수는 엘리베이터를 타는 대신 계단으로 갔다. 집까지는 걸어 올라갈 생각이었다. 평소의 동선대로 움직이기가 꺼림칙했기 때문이다. 별생각 없이 문고리를 당긴 이진수는 순간 자신의 불길한 직감이 옳았음을 깨달았다. 비록 방향이 틀리기는 했지만. 카키색 항공잠바를 입은 중년 남자가 계단에서 한 발짝 떨어진 곳에 버티고

서서 그를 기다리고 있었다.

"이진수 씨?"

항공잠바가 물었다. 이진수가 얼떨결에 고개를 끄덕였다. 그와 동시에 항공잠바의 등 뒤에서 뾰족한 쇠붙이가 튀어나왔다. 넋 놓고 있다가 꼬치가 될 뻔했다. 이진수는 엉덩이를 뒤로 빼며 빠르게 문을 닫았다. 기세 좋게 찔러 들어오던 항공잠바의 손목이 문틈에 끼어 부러졌다. 회칼은 이진수의 명치 앞에서 멈췄다.

이진수는 재빨리 문을 열어젖히고는 항공잠바의 가슴을 발로 걷어찼다. 항공잠바가 뒤로 나자빠졌다. 이진수는 항공잠바가 떨어뜨린 회칼을 발로 멀찍이 걷어찼다. 칼은 아래쪽 층계참에 떨어지며 땡강 소리를 냈다.

"이 새끼!"

항공잠바가 부러지지 않은 왼손으로 이진수의 명치를 후려쳤다. 싸움질에 이골이 난 놈인지 자세는 오른손잡이였는데도 주먹이 매웠다. 이진수가 맞받아쳤다. 놈이 상체를 뒤로 젖혔다. 이진수의 펀치가 놈의 코끝을 스치고 허공을 갈랐다. 이진수가 몸을 날려 놈의 몸통을 싸잡아 안았다.

항공잠바는 허릿심이 대단했다. 이진수의 육탄공격을 버텨낸 항공잠바가 단단한 양팔로 이진수의 겨드랑이 밑을 파더니 그대로 공중으로 뽑아들었다. 이진수는 팔을 뻗어 난간을 붙잡았다. 덕분에 바닥에 메쳐지기 전에 충격을 완화할 수 있었다.

이진수는 바닥에 등을 댄 채 양손으로 놈의 항공잠바 깃을 틀어잡았다. 그대로 잡아당기며 왼발로 놈의 골반을 밀었다. 이진수의 몸 위로 타고 올라오려던 항공잠바의 무게중심이 무너졌다. 두 사람이 한데 뒤엉켜 계단 아래로 굴러 떨어졌다.

모서리에 허리를 몇 번 찧은 탓에 눈앞이 캄캄해지고 호흡이 가빠졌다. 이진수의 등이 먼저 아래층 바닥에 닿았다. 이진수는 재빨리 양다리로 항공잠바의 허리를 감았다. 놈의 목 뒤로 손을 깊숙이 찔러 넣어 뒷덜미 깃을 잡았다. 동시에 반대쪽 손을 교차해 놈의 앞깃을 잡고 유도식 깃조르기를 시도했다. 동맥이 졸린 항공잠바가 발버둥을 쳤다.

놈의 관자놀이에 시퍼런 핏줄이 꿈틀거렸다. 항공잠바는 엉덩이를 위로 바짝 치켜든 채 몸을 세워 빠져나오려고 안간힘을 썼다. 버둥대던 놈의 손이 떨어뜨린 칼에 닿았다. 놈의 칼끝이 이진수의 옆구리를 찔렀다. 몸 안으로 불덩이가 비집고 들어오는 기분이었다.

이진수의 손에서 힘이 빠지자 조르기를 벗어난 항공잠바가 그의 눈을 향해 칼을 내리찍었다. 이진수는 고개를 돌려 피하며 항공잠바의 가슴팍에 머리를 묻었다.

땅.

금속성 소음과 함께 칼은 계단실 바닥에 긴 흉터를 만들었다.

이진수는 바닥에 등을 댄 상태로 놈의 왼팔을 단단히 싸잡은 채, 놈의 머리를 밀며 반대 방향으로 자신의 몸을 회전시켰다. 이진수의 오른다리 오금이 놈의 어깨관절을 휘감아 잠갔다. 이진수가 상체를 일으키며 놈의 허리띠를 잡아 자신의 옆구리에 붙들어두었다. 기분 나쁜 소리와 함께 항공잠바의 어깨가 탈구되었다. 그림 같은 삼각 팔 꺾기였다.

항공잠바는 앞으로 몸을 굴리며 교착상태를 빠져나왔다. 상처를 입은 이진수는 제대로 힘을 쓸 수 없는 상태였다. 칼에 찔린 부분으로 기운이 줄줄 새어나가는 기분이었다. 만신창이가 된 건 항공잠바도 마찬가지였다. 놈은 양팔이 모두 부러졌다.

이진수는 마지막 힘을 짜내어 놈에게 달려들었다. 놈의 옷깃을 잡고 이마로 인중을 들이받았다. 스파크가 튀면서 눈앞이 까맣게 흐려졌다. 일격을 당한 항공잠바가 아래층으로 굴러 떨어졌다.

이진수는 벽을 짚고 힘겹게 몸을 일으켜 세웠다. 아드레날린 때문에 온몸이 벌벌 떨렸다. 내려다보니 입고 있던 옷은 이미 피범벅이었다. 콧잔등이 축축했다. 손등으로 이마를 훔치니 놈의 부러진 이빨 하나가 거기에 박혀 있었다. 어이가 없어서 웃음이 나왔다. 하드보일드 소설의 터프가이가 된 기분이었다.

항공잠바는 절룩거리며 도망쳤다. 계단 아래에 그가 뱉어놓은 이빨 몇 개가 떨어져 있었다. 이진수는 바닥에 주저앉았다. 벽에 기댄 채 자신의 웃옷을 들춰보았다. 칼날은 오른쪽 옆구리를 스치며 긴 상처를 만들어 놓았다. 다행히 내장을 다치지는 않은 듯했다.

이진수는 급한 대로 지혈을 하고 주차장으로 내려갔다. 이진수는 주차장에 세워진 차량들 틈에 몸을 숨기고 은밀히 한 바퀴 돌아보았다. 소나타가 거기 있었다. 조수석에는 낯익은 대머리가 타고 있었다. 도미옥의 빌라 앞을 서성이던 일용직 노동자.

멀찍이서 항공잠바가 탈구된 어깨를 늘어뜨린 채 나타났다. 오른손목이 부러진 탓에, 자기 힘으로는 빠진 왼쪽어깨를 끼우지도 못하는 상태였다. 대머리의 놀란 얼굴이 제법 볼만했다.

이진수는 소나타를 향해 달려들었다. 이진수의 주먹이 소나타 조수석 유리를 깨고 대머리의 코를 박살 냈다. 운전석의 똘마니가 있는 힘껏 가속페달을 밟았다. 급발진한 소나타가 느릿느릿 걸어오던 항공잠바를 거의 칠 뻔했다. 놈은 엉거주춤 선 채로 넋이 나가 있었다.

이진수는 겁에 질린 항공잠바의 눈을 바라보며 천천히 놈들에게 다가가기 시작했다. 허세에 가까운 행동이었지만 효과는 충분했다. 항공잠바는 부러진 팔로 허둥지둥 소나타 뒷문을 열었다. 동료를 태운 소나타는 비명소리 같은 타이어 마찰음을 내며 도망쳤다.

힘겹게 자기 차에 올라탄 이진수는 경찰에 신고를 하고 응급실에서 팔십 바늘을 꿰맸다. 치료를 받는 동안 그는 생각했다. 자신에게 원한을 가질 만한 사람은 둘밖에 없다. 헤어진 아내와 김규식. 아내는 영리한 사람이다. 죽이고 싶을 정도의 원한이었으면 갈라서기 전에 밥에다 독을 탔을 것이다.

"김규식."

이진수가 중얼거렸다. 병원 접수원이 잠깐 그를 바라보았다. 김규식의 애원하던 눈빛이 떠올랐다. 기생오라비처럼 매끈하게 차려입은 옷차림도. 그는 교활한 작자인데다 동기도 충분했다. 이진수가 그의 약점을 쥐고 있으니.

김규식은 던힐 장지갑에 현금다발을 넣고 다닌다. 아마 장지갑을 고집하는 이유도 두둑한 현금 때문에 반지갑이 접히지 않기 때문일 것이다. 사업이 뜻대로 되지 않는다고 했지만 그가 찔러주었던 지폐뭉치를 생각하면 당장 청부업자 고용할 돈이 없을 것 같진 않았다.

이진수는 병원을 나서자마자 싸고 편한 옷을 사서 갈아입었다. 그러고는 곧 강남으로 차를 몰았다. 김규식을 만나 대놓고 싸움을 걸어볼 작정이었다.

김규식의 아파트는 밤이 되니 더욱 위풍당당했다. 서울의 단일 아파트 단지로썬 최대 규모라고 했다. 이곳에선 30평 아파트도 전세가가 15억이다. 아파트 단지의 외곽에는 자체적인 순환도로가 조성되어 있었다. 순환도로 내측에는 대리석으로 마감된 담장이 성곽처럼 둘러쳐 있어 외부세계와의 경계를 확실히 하고 있었다.

단지에는 학교와 슈퍼마켓, 동사무소와 교회, 자그마한 상가와 피트니스센터가 모두 갖춰져 있었다. 원한다면 아파트 단지 밖을 나가지 않아도 생활에 지장이 없을 것 같았다. 잘 꾸며진 벚꽃나무 조경과 인공폭포. 카타콤처럼 광대한 지하주차장. 이곳은 마치 그들만의 작은 도시공동체 같았다.

김규식의 아파트에 도착한 이진수는 당황했다. 아파트 입구 어귀에는 노란 띠 같은 게 둘러쳐져 있었다. 다가가서 보니 폴리스라인이었다. 이진수는 직감적으로 뭔가 잘못되었음을 알아차렸다. 만약 항공잠바가 이진수가 아니라 김규식을 공격했다면, 그 기생오라비가 살아서 빠져나갈 수 있었을까? 절대 그럴 리 없다. 이진수는 경비실로 뛰어갔다.

"여기 무슨 일 있었나요?"

때가 타서 귀가 반질반질해진 사무용 의자에 파묻혀 라디오를 듣고 있던 나이 든 경비원이 이진수를 올려다보더니 몸을 벌떡 일으켰다. 마치 누군가 와서 물어봐 주길 기다리기라도 한 것 같았다.

"오늘 낮에 사고가 있어가지고. 아주 난리도 아니었어요."

"누가요? 이 아파트 살던 사람이요?"

"그렇다니까. 여기 아파트에서 쭉 살다가 오늘 자살했어요."

경비는 본격적으로 수다를 떨 작정인지 아예 경비실 문을 열고 나왔다. 그는 시신을 맨 처음 발견한 게 바로 자신이라고 했다.

"15층 사는 남자인데 가끔 오며 가며 인사했죠. 무슨 회사 사장이라고 하던데 젊고 싹싹했어요."

"혹시 키가 180 넘고 곱슬머리 아니었어요? 길쭉한 얼굴에 제네시스를 타고……"

"얼레? 어떻게 알았대? 아는 사람이에요?"

경비원의 얼굴에 묘하게 여우 같은 표정이 떠올랐다. 어쩌면 간만에 일어난 사건을 꽤나 재미있어하는 건지도 모른다는 생각이 들었다.

김규식이 죽었다면 이진수가 여기 온 이유도 사라진다. 이진수는 곁눈질로 경비실 내부를 살펴보았다. 모니터에는 9등분 된 감시카메라 영상이 녹화 중이었다.

"감시카메라 영상 좀 돌려봐도 되겠습니까?"

이진수가 물었다. 그는 자신의 경찰 명함을 반으로 접은 오만 원짜리 지폐에 끼워 건넸다. 경비원은 흔쾌히 경비실 문을 열어주었다. 그는 쉴 새 없이 수다를 떨었다. 이진수가 영상을 돌려보는 동안에도 김규식이 어떤 사람이었는지를 미주알고주알 일러바쳤다.

김규식은 요즘 들어 부쩍 술에 취해 귀가하는 일이 많았다고 했다. 모르긴 해도 사업이 어려운 것 같다고도 했다. 어린이집에 다니는 두 딸이 있다는 얘기도 했다. 이진수는 한 귀로 흘려들었다. 김규식은 더 이상 이진수의 관심사가 아니었다. 복도 영상에 비상계단으로 향하는 그의 모습이 찍혀 있었다.

"저 사람이에요. 저리로 올라가더니 창문으로 뛰어내렸다니까. 젊은 사람이 떡 해."

경비원이 조잘댔다.

"창문이라니, 옥상 아니고요?"

"옥상 가는 문은 내가 늘 잠가 놓으니까."

김규식이 살던 고급 아파트에는 한 층에 두 집이 있었고 엘리베이터도 두 개였다. 복도에는 감시카메라 두 대가 설치되어 있었는데, 각각 현관문과 엘리베이터를 동시에 비추고 있었다. 비상계단에만 카메라가 없었다. 이진수는 항공잠바가 자신을 습격한 장소 역시 비상계단이었음을 상기했다.

이진수는 영상을 두 번이나 더 돌려보았다. 김규식은 한 손으로 전화를 받으며 급히 집을 나선 뒤, 엘리베이터를 타는 대신 계단으로 향했다. 그가 누구에게 무슨 전화를 받았는지 알 길은 없지만 짐작은 할 수 있었다. 놈들은 프로다. 아마 무슨 수를 써서든 김규식을 비상계단으로 유인했을 것이다.

"저 계단은 어느 쪽으로 나 있습니까?"

이진수가 물었다. 경비원은 따라나오라고 손짓을 했다.

"저기요."

이진수는 경비원이 가리키는 곳을 올려다보았다. 15층 계단실 창문은 열려 있었다. 그 아래 노란 장방형의 폴리스라인이 쳐져 있었고 정중앙에는 마치 표적지를 표시해 둔 것처럼 붉은 핏자국이 번져 있었다.

"골치 아프게 됐군."

이진수가 중얼거렸다. 청부업자를 고용한 건 김규식이 아니다. 물론 이혼한 아내도 아닐 거다. 그렇다면 떠올릴 수 있는 자는 단 한 사람뿐이었다. 도미애의 어둡고 공허한 눈동자가 이진수를 조롱하고 있었다.

제대로 한 방 먹었다는 생각이 들자 머리가 멍했다. 한편으로는 다른 생각도 들었다. 도미애가 가장 증오하는 사람은 누구일까? 이 모든 사건의 원흉은? 치졸한 협박편지로 도미애를 자극한 사람은? 미셸. 아니, 도미옥이다. 그렇다면 도미애의 다음 타깃은 그녀가 될 터였다.

김규식과 도미옥이 죽으면 도미애가 이진수에게 돈을 지불할 이유도 사라진다. 아니, 도미애는 이진수마저 죽이려고 했다. 그녀는 처음부터 이진수에게 돈을 줄 생각이 없었던 것이다.

이진수는 화를 억누르기 위해 이를 악물었다. 어금니가 저릿저릿했다. 모든 것이 엉망이 된 매듭처럼 꼬여 있었다. 자신이 그 매듭의 어디쯤에 묶여 있는지도 가늠할 수 없었다.

계약은 이미 깨졌다는 사실을 알아차리자 전직형사의 직감이 되살아나 번뜩이기 시작했다.

도미애의 약점은 도미옥이다. 도미옥이 이 세상에서 사라진다면 이진수로선 더 이상 도미애를 압박할 수단이 없어지는 셈이었다. 그러므로 도미옥을 지켜야 했다. 문득 그녀의 빌라 주변을 서성거리던 대머리가 떠올랐다.

대머리는 사냥개고 항공잠바는 사냥꾼이다. 표적이 도망가지 못하도록 대머리가 세팅을 하면, 항공잠바가 와서 숨을 끊는다. 나쁘지 않은 조합이었다. 어쩌면 이미 늦었을지도.

이진수는 재빨리 자신의 차에 올라탔다. 도미옥의 빌라를 향해 밟았다. 놈들이 도미옥의 빌라에서부터 자신을 미행했기만을 바랄 수밖에 없었다. 그랬다면 도미옥이 아직 살아있을 가능성이 조금은 높아지는 셈이니까.

김규식의 아파트에서 모퉁이만 돌면 바로 경부선이다. 고속버스 터미널과 두 개의 지하철역, 인천공항 가는 버스정류장과 서울 어디로든 가는 시내버스 정류장이 각각 하나씩. 이 모든 것들이 김규식의 25억짜리 아파트에서는 걸어서 10분 거리였다. 이 더럽게 비싼 아파트는 공공재마저도 자기 겨드랑이 밑에 끼고 있다.

이진수는 차창 밖으로 걸쭉하게 가래침을 뱉었다. 어쩐지 여기만 오게 되면 목이 깔깔해졌다.

장근덕은 흙더미 위에 자꾸만 침을 뱉었다. 흙먼지가 입에 들어가서 어금니에 씹히는 느낌이 좋지 않았다.

"내가 지금 뭘 하고 있는 거지? 재수 더럽네."

장근덕은 투덜대면서도 삽질을 멈추지 않았다.

그는 이따금 절대자의 존재를 상상하곤 했다. 특정 종교의 신을 믿는 건 아니었지만 그래도 이 세상을 움직이는 어떠한 법칙 같은 것은 존재한다고 믿었다. 예컨대 운의 총량은 보존된다거나.

말하자면 이런 식이다. 사람은 누구나 태어날 때부터 자신이 평생 사용할 운을 가지고 태어난다. 자신이 가진 운을 인생 초년에 다 써버린다면 남은 삶은 불운하게 살아야 할 것이다.

반면에 운을 아껴 쓴다면 초년에 조금 고생을 하더라도 나중에는 행운으로 가득한 노후를 보낼 수 있는 것이다. 어떤 의미에서는 희망적인 공상이었다. 장근덕 자신은 줄곧 운이 없는 편이었으므로. 자의든 타의든 어쨌거나 운을 저축하고 있을 뿐이라는 생각이었다.

그러나 사람마다 가지고 태어나는 운의 총량은 다르기 때문에 처음부터 운이 넘치는 사람은 아무리 펑펑 써도 마르지 않는다. 반면에 날 때부터 불운했던 사람은 남은 운을 밑바닥까지 긁어모아도 결국 불운할 것이다. 그게 장근덕이 생각하는 세상의 이치였다.

만약에 세상이 그런 식으로 작동한다면 장근덕이 운세 덕을 볼 일은 영영 없을 것이다. 요는 운의 총량이 보존된다는 것일 뿐 없던 운이 생기는 것은 아니기 때문이다. 그렇다면 정말 큰일이었다.

장근덕은 내키지 않는 삽질을 하면서 곁눈질로 최준과 오동구를 훔쳐보았다. 교대시간이 한참 지났는데도 두 사람은 폐가 마루에서 떠날 기색이 없었다. 가끔씩 언성이 높아지는 게 뭔가 말다툼을 벌이는 것 같았다. 주로 얘기하는 사람은 오동구였다.

'둘 사이에도 계급이 있다면 바닥에 앉아 있는 덩치가 보스일 거야. 저 성질 더러운 말라깽이는 아까부터 옆에 서서 듣고만 있잖아.'

장근덕의 3만 원짜리 카시오 전자시계에서 30분이 지났음을 알리는 알람이 울렸다.

다음 순번은 마루 위에서 쉴 새 없이 입을 놀리고 있는 오동구였다. 알람을 들은 체도 안 하는 걸 보니 뭔가 중요한 얘기에 열중해 있는 것 같았다. 어쩌면 일부러 외면하는 건지도 모른다. 그렇다면 그들은 벌써 장근덕이 어떤 인간인지를 간파한 거다. 나약한 겁쟁이이자 싫은 소리 못하는 호구.

장근덕은 들으란 듯이 몇 차례 헛기침을 했다. 오동구는 여전히 삽을 건네받을 생각이 없는 것 같았다.

"개새끼들."

장근덕이 소곤댔다. 혼자만 알아들을 수 있을 정도로 작은 목소리였다. 그로서는 대단한 용기를 낸 셈이었다. 장근덕은 어쩐지 기분이 좋아졌다. 애꿎은 흙더미에다 거칠게 삽을 내리꽂으며 화풀이를 했다.

'아무리 생각해도 내가 제일 고생하는 것 같아. 하루 종일 낑낑대며 시신을 절단한 것도, 그걸 트렁크에 실은 것도 결국 나잖아.'

장근덕이 투덜댔다. 하다 하다 이제는 땅까지 혼자 파고 있다. 심지어 시신을 담은 가방조차 장근덕의 것이다. 가방이라곤 이거 하나밖에 없는데.

'씨발놈들. 이만큼이나 성의를 보였으면 지들도 알아서 배려를 해야 할 것 아니야? 호의가 계속되면 권리인 줄 안다더니. 밥 처먹고 돈 한 푼 안 낼 새끼들.'

장근덕은 폐가 쪽을 곁눈질로 돌아보았다. 혼잣말을 한다고 저기까지 들릴 것 같지는 않았다. 장근덕은 좀 더 용기를 내보기로 했다.

"개⋯⋯. 개새끼."

아까보다 조금 크게 중얼거렸다. 몇 발자국만 더 가까웠다면 놈들에게 들렸을지도 모른다. 그만큼 스스로 생각하기에 위험천만한 행동이었다. 장근덕은 자신이 대견하다고 생각했다.

'그래. 예전의 내가 아니야. 난 죽은 사람을 만져봤다고. 톱으로 사람 다리도 잘라봤어. 이젠 정말 뭐라도 할 수 있을 것 같아.' 그렇게 생각하자 마음속 깊은 곳에서 뜨거운 분노가 끓어올랐다.

그러나 분노를 외부로 표출해선 절대 안 된다는 사실을 장근덕은 누구보다 잘 알고 있었다. 얻어터지면서 몸으로 배운 교훈이랄까? 장근덕은 매번 부당한 일을 겪을 때면 차라리 공상에 잠기는 편을 택했다. 혼자만의 세계로 달아나버리면 아무도 그를 괴롭힐 수 없었으니까.

장근덕은 자조적으로 낄낄 웃었다. 그러고는 화들짝 놀라 주변을 살폈다. 혹시 누군가 자기 말을 엿듣고 있지는 않을까 싶어서였다. 사실은 그도 알고 있었다. 사람들은 보통 그에게 관심이 없었다.

장근덕은 여자의 시신이 들어 있는 가방을 돌아보았다. 장근덕이 실제로 여자의 나신을 본 것은 그녀가 처음이었다. 여자는 꽤나 예뻤다. 몸은 유선형으로 잘 깎아 놓은 매끈한 대리석 같았다. 표백이라도 한 듯 뽀얀 살결은 어두침침한 반지하 방에서 야광처럼 빛이 났다. 소녀처럼 봉긋한 그녀의 가슴을 떠올리며, 장근덕은 다시 한 번 사타구니로 피가 몰리는 것을 느꼈다.

살아있는 여자는 감촉이 다를까? 글쎄. 어쩌면 좀 더 따뜻하고 부드러울지도 모른다. 게다가, 그녀의 목에 걸린 진주 목걸이는 어쩐지 값나가는 물건처럼 보였다. 덩달아 여자 역시 세련된 부유층이 아닐까 추측해 보았다. 장근덕처럼 밑바닥 인생을 사는 남자들은 그런 여자와 말을 섞어볼 일도 별로 없었다.

꼬리를 물고 이어지는 공상. 죄책감을 동반하는 불경하고 음란한 상상. 그런 유혹은 짓궂으리만큼 자주 그를 충동질했다. 하지만, 나쁜 생각을 하는 것이 과연 나쁜 걸까?

'생각은 그 자체만으론 누구에게도 해를 끼치지 않잖아? 그래도 병신 같은 생각을 하는 건 역시 병신 같은 일이야. 어차피 넌 병신

인데 뭐 어때. 새삼스레 너에게 실망할 사람은 없을 거야.'

익숙한 목소리가 그의 내면에 달콤하고도 잔인한 말들을 속삭였다. 피학적 쾌감이 그의 마음을 고통스럽고 편안하게 만들었다.

여자가 없는 삶이라도 욕망은 멈출 수 없다. 쾌락은 힘이 세니까. 욕망에 탐닉하는 게 나쁜 일이라면 결과적으로 장근덕은 세상 누구보다 선한 사람일 것이다. 그에게는 욕망을 실현할 수단이 없었다. 여자들이 그를 피하기 전에 그가 먼저 여자들을 피해 다녔다.

나쁜 사람이 벌을 받는 게 세상의 이치라면 하늘이 보기에 그는 다소 애매했던 게 틀림없다. 벌을 받을 만큼의 악인은 아니지만 상을 줄 만큼 착하진 않은. 그래서 확신이 설 때까지 판결을 유예하고 방치해 두다가, 마침내 잊어버렸으리라.

장근덕은 정규교육과정을 마치지 못했다. 다시 학교로 돌아가고 싶은 마음도 없었다. 학교에서 그가 경험한 것이라곤 악의적인 관심 아니면 철저한 무관심이었다. 어느 게 더 괴로웠느냐고 묻는다면 선뜻 대답하기 어려웠다.

나이가 들면서 장근덕은 차츰 혼자가 되는 편을 택했다. 혼자 사는 것은 그가 스스로 결정할 수 있는 몇 안 되는 선택지 중 하나였다. 그는 낚시와 캠핑을 즐겼다. 야외로 나가면 간혹 친절하게 말을 걸어주는 사람들이 있었다. 장근덕은 그런 고마운 사람들을 실망시키고 싶지 않았다. 그래서 그는 몇 마디 말을 섞다가 곧 자리를 옮기곤 했다.

사교성 없는 뚱보와 대화하는 건 누구에게라도 고역일 거라고 장근덕은 생각했다. 장근덕은 그들에게 불쾌감을 주고 싶지 않았다. 어쨌거나 그들은 호의를 보여준 사람들이 아닌가? 착한 사람들은 상을 받아야 한다. 그들은 좀 더 즐겁고 행복한 시간을 보낼 권리가 있다.

어쩌면 그들 중 누군가는 자기 배낭에서 술이라도 한 병 꺼내 나눠 마시기를 권할지도 모른다. 그러나 그건 그들이 장근덕에 대해 잘 모르기 때문에 베푸는 호의다.

'저들은 나를 불편해할 거야. 나랑 대화하는 걸 금방 지루해하겠지. 나는 말주변이 없어. 사람의 관심을 끄는 매력이 없다고.'

아마 그들은 다시는 이런 인간과 엮이지 않겠노라고 생각할지 모른다. 그럴 바에야 스스로 사라지는 편이 낫다. 어차피 혼자인 건 다를 게 없고 그들은 금방 잊어버릴 테니까.

물론 가끔은 예외도 있었다. 지난밤 같이 술잔을 기울였던 아저씨와는 제법 부담 없이 어울렸다. 통하는 게 많은 사람이었다. 장근덕은 어쩐지 그가 편하고 좋았다. 자신과 비슷한 부류라는 생각이 들었기 때문이다. 패배자는 패배자를 알아보는 법이다.

그는 중년의 일용직 노동자였고, 아직까지 결혼을 못한 노총각이라고 했다. 변변치 않은 일을 하는데다 호감이 가는 외모도 아니었기 때문에 장근덕은 앞으로도 그가 결혼하기는 힘들 것 같다고 생각했다.

처음에는 그가 먼저 말을 걸어왔다. 그쪽에서 먼저 친근하게 구니 장근덕도 자연스럽게 마음을 열었다. 둘은 함께 야식을 먹으며 반주로 소주 몇 잔을 기울였다. 장근덕은 술이 약했지만 아저씨와의 술자리는 좋았다.

발밑에서 쇳소리가 났다.

뭔가가 삽에 걸렸다. 돌이었다.

장근덕은 구덩이 밑바닥에서 사람 머리통만 한 돌덩이 하나를 캐내어 바깥으로 밀어냈다. 구덩이는 이제 충분히 깊어졌다. 쪼그려 앉으면 육중한 장근덕도 충분히 몸을 숨길 수 있을 정도였다. 장근덕은 이마의 땀을 훔치며 삽을 내려놓았다. 밤하늘을 올려다보니 별이 총총 박혀 있었다.

종종 하늘을 바라보며 잠이 드는 건 나쁘지 않은 경험이었다. '우주에서 내려다보면 보글보글 끓고 있는 도시의 불빛들도 아마 먼지처럼 작게만 느껴지겠지.' 결국 인간은 누구나 외로운 존재일 뿐이라는 생각이 들었다. 장근덕은 그런 생각을 하는 게 좋았다. 모두가 혼자일 때만이 그도 비로소 그들의 일부가 될 수 있었으니까.

문득 성질 더러운 말라깽이가 했던 말이 마음에 걸렸다.

"당신이 자는 동안 저 여자가 혼자서 잠긴 문을 열고 들어와 자살이라도 했다 치면, 그것참 납득이 가는 상황이군. 누가 범인이란 말이야? 일종의 밀실 살인 같은 건가?"

장근덕은 고개를 흔들어 부정했다. 말도 안 되는 소리. 사건이 일어나던 날에도 그는 분명히 현관문을 잠그고 나갔다. 집 열쇠를 가진 건 장근덕과 그의 할머니뿐이다. 그렇다면 그 여자는 어떻게 방으로 들어온 걸까?

밀실이라고?

장근덕은 뇌가 삐걱대는 것을 느꼈다. 집중력을 발휘해 보려 애를 쓰니 마침내 서서히 머리가 돌아가기 시작했다. 아무 생각 없이 살아온 세월이 너무나 길었다. 근래 들어 한 가지 생각에 골똘히 집중해 본 적이 있던가? 고삐 풀린 망상을 뒤쫓는 것 외에 다른 쪽으로 머리를 써본 일이 있었나?

매번 판단을 요하는 일이 생길 때면 '어떻게든 되겠지'하는 마음으로 도망치기 바빴다. 장근덕은 문제를 해결해 본 경험도, 사전에 계획을 세워본 적도 없었다.

마침내 장근덕은 풍선껌과 집주인 아저씨를 떠올렸다.

"젠장."

장근덕은 까치집이 된 머리를 엉망으로 쥐어뜯었다. 왜 그 생각을 못했던 걸까? 건물 관리인은 마스터키를 가지고 있다. 할머니도, 집을 구해준 사촌 누나도 복제키를 하나씩 가지고 있다. 원한다면 그들 중 누구라도 그의 방에 들어올 수 있었다.

왜 멍청하게 시신에 손을 댔을까? 이쯤 되면 누가 범인이라 해도 이상할 게 없다. 싸구려 자물쇠 키는 동네 열쇠 방에 가져가면 수백 개라도 복제할 수 있다. 하지만 시신에 손을 댄 이상 이제는 장근덕이 독박을 써야 한다. 왜 경찰이 자신을 용의자로 지목하리라 단정했던 걸까? 왜 섣불리 여자의 시신에 손을 댔을까?

"멍청이……. 넌 병신이야."

장근덕이 머리를 쥐어뜯으며 중얼거렸다.

"다 팠습니까?"

멀리서 최준이 퉁명스럽게 소리쳤다.

"예……. 예. 다 팠습니다."

"그럼 어서 묻읍시다."

최준과 오동구가 다가왔다. 두 사람이 손을 내밀어 장근덕을 구덩이에서 끌어올렸다. 오동구가 시신이 든 이민가방을 구덩이에 밀어 넣었다. 가방은 둔탁한 소리를 내며 추락했다. 최준은 장근덕이 파낸 짱돌을 다시 구덩이에 던져 넣었다. 오동구가 멍청하게 서 있는 장근덕의 손에서 삽을 받아들었다.

장근덕은 복제된 방 열쇠에 대해 생각하고 있었다. 아무리 생각해도 할머니가 사람을 죽였을 리 없었다. 그렇다면 관리인 아저씨가 범인인가? 그렇진 않을 것이다. 그가 범인이었다면 대범하게 다음날 풍선껌을 데리고 왔을 리 없다. 그렇다면 설마 사촌 누나가? 사촌 누나를 마지막으로 본 게 언제였더라?

이름이 뭐였지? 도미애였나? 자매였던 것 같았는데. 맞다. 도미애와 도미옥. 고모가 낳은 두 딸. 오랫동안 잊고 살았던 이름들이 떠올랐다. 도미애, 도미옥 자매는 장근덕과 사촌지간이긴 했지만 아주 어렸을 때 말고는 본 적이 없었다. 잊고 싶었던, 그래서 감춰두었던 기억들이 그물에 걸린 듯 의식의 수면 밖으로 딸려 올라왔다. 장근덕은 두 눈을 감고 심호흡을 했다. 차가운 새벽바람이 폐를 헤집었다.

빛바랜 기억은 야외 시립수영장에서 시작된다. 새하얀 타일 위에는 그늘 한 점 없었다. 태양이 매끈한 돌 바닥을 통째로 녹여버릴 것만 같은 날이었다. 유년의 장근덕은 눈이 부셔서 자꾸만 얼굴을 찌푸렸다. 이마의 땀방울이 미간의 굴곡을 따라 눈으로 흘러들었다. 손등으로 눈가를 훔쳐보지만 땀에 젖은 손으로 땀을 닦는 건 아무래도 실속 없는 일이었다.

분홍색 수영복을 입은 열 살 남짓의 여자아이가 어린 장근덕의 손목을 잡아끌었다. 새가 지저귀듯 꿈결 같은 목소리.

"같이 수영하자."

"그래. 너도 들어가서 놀려무나."

할머니의 핀잔에 장근덕은 고개를 가로저었다. 멀리 수영장 물속에서 도미애가 손을 흔들었다. 언니가 부르자 도미옥은 망설임 없이 장근덕의 손목을 놓고 도미애를 향해 달려갔다.

할머니는 혀를 찼다. 장근덕은 무릎 사이에 머리를 묻었다. 그라고 어찌 물속에 들어가기가 싫겠는가. 다만 자신의 뚱뚱한 몸을 드러내기가 부끄러웠을 뿐이다. 피부는 또 어떻고? 아토피 때문에 사람들이 불쾌해할 것이다. 자칫 물을 더럽히기라도 했다간 사촌 누나에게도 병이 옮을지 모른다.

주변 어른들이 아무리 어르고 달래도 장근덕은 끝내 입고 있던 티셔츠를 벗지 않았다. 그는 하루 종일 파라솔 밑에 스스로를 유배한 채 시간을 보냈다.

할머니는 그에게 부모님 얘기를 많이 해주지 않았다. 끈질기게 물어봐도 대답은 항상 같았다. 도무지 요령이라곤 없는 양반이었다. 아버지는 죽고 어머니는 도망갔다는 할머니의 대답엔 상상의 여지라곤 눈곱만큼도 없었다. 덕분에 어린 장근덕은 큰 어려움 없이 희망을 버릴 수 있었다. 내일은 좀 더 좋은 일들이 일어날 거라는 부질없는 희망.

그에 비하면 사촌 자매는 참 행복해 보였다. 도미애와 도미옥은 예쁘고 밝은 아이들이었다. 사랑을 많이 받고 자란 덕인지 쾌활하고 적극적이었다. 편들어줄 사람도 별로 없는 장근덕과 달리 사촌들에겐 피가 섞인 가족이 있었다. 무엇보다 장사를 하는 고모부는 제법 형편이 넉넉했다.

집으로 돌아갈 무렵 장근덕은 할머니 손을 잡고 사촌들 뒤를 따라갔다. 고모네 식구들은 저만치 앞서 걸었고 장근덕은 고개를 푹

숙인 채 그 뒤를 따라 걸었다. 장근덕과 할머니는 고모부의 회색 봉고차 맨 뒷자리에 짐짝처럼 끼어 탔다.

"게임 할래?"

도미옥이 뒷좌석을 돌아보며 물었다.

"무슨 게임?"

"펩시맨 할 줄 알아?"

"그거 하…… 할 줄 모르는데."

"우리가 가르쳐줄게."

그 당시 TV에서는 펩시콜라 광고가 대인기였다. 정수리부터 발끝까지 은빛 쫄쫄이를 뒤집어쓴 '펩시맨'이 등장하는 광고였다. 그 시절 아이들은 쎄쎄쎄를 변형한 펩시맨 놀이라는 것을 만들었다. 기를 모으거나, 공격 또는 방어를 해서 승부를 겨루는, 가위바위보와 비슷한 게임이다.

도미옥은 시범을 보여줄 테니 잘 보라고 했다. 그녀는 장근덕에게서 등을 돌리고 언니와 손뼉을 맞췄다. 자매는 제법 승부욕이 강했다. 적당히 하다가 한쪽이 져줄 법도 한데. 두 사람 모두 양보가 없었다. 장근덕의 입장에선 어느 쪽이 이기든 고역이었다. 게임이 끝나면 그에게 함께 하자고 할 것이 분명했으니까.

첫 판은 언니가 이겼다. 도미애가 동생을 향해 날름 혀를 내밀었다. 도미옥은 콧방귀를 뀌었다.

"이번 판은 무효야. 쟤한테 시범 보여주느라고 제대로 안 했단 말이야."

도미옥이 장근덕을 돌아보며 말했다.

"이제 어떻게 하는지 알겠지?"

"아직 잘 모…… 모르겠는데."

"가르쳐주면 같이 할래?"

"아니, 나…… 난 아…… 안 할래."

"같이 하자. 나 심심해."

도미옥은 집요했다. 어린 나이였지만 장근덕은 그녀의 속내를 충분히 짐작할 수 있었다. 순발력이 필요한 이 게임에서 그녀는 언니를 도저히 이길 수 없었던 것이다. 그러나 도미옥은 무슨 수를 써서라도 언니를 이기고 싶어 했다. 어눌한 장근덕은 그녀에게 손쉬운 먹잇감으로 보였을 게 분명했다.

"미옥아. 나랑 한 판 더 하자. 내가 놀아줄게."

도미애가 점잖게 동생을 달랬다. 도미옥은 도끼눈으로 언니를 쏘아보았다.

"언니랑은 안 해. 재미없어."

"이번에는 진짜 봐주면서 한다니까."

"웃기시네. 잘하지도 못하면서. 제대로 하면 내가 이겨."

"그러면 이번엔 제대로 한 번 해봐."

"언니랑은 안 한다고. 언니는 일부러 손을 늦게 내잖아. 너무 치사해서 하나도 재미없다니까?"

그 말을 들은 도미애의 한쪽 입 꼬리가 씩 올라갔다.

"왜? 계속 지니까 재미없어?"

도미애는 그 어느 때보다도 다정한 말투로 어르듯이 말했다. 도미옥은 금방이라도 울음을 터뜨릴 것 같은 표정이었다. 그러나 그 새파란 눈빛만큼은 아이답지 않은 적의로 이글거리고 있었다.

"그냥 내…… 내가 할게."

"어떻게 하는지 모른다면서?"

도미옥이 말했다.

"가…… 가르쳐주면 할 수 있어."

장근덕이 대답했다. 그 말을 들은 도미옥이 키득대며 웃기 시작했다.

"넌 왜 말을 그렇게 더듬니?"

도미애가 새침하게 쏘아붙였다. 도미애와 도미옥은 언제 다퉜냐는 듯 깔깔대며 웃음보를 터뜨렸다. 장근덕의 얼굴이 화끈거렸다. 뺨에 화상이라도 입은 기분이었다. 조수석에 앉아 있던 고모가 뒤를 돌아보았다.

"너희들, 그런 걸로 놀리면 못써."

그때였다.

시간이 느리게 흘러갔다. 아니, 그렇게 느꼈다. 장근덕의 몸이 왼쪽으로 기울면서 어딘가에 이마를 심하게 부딪쳤다. 고모부의 봉고차가 가드레일 바깥으로 팅겨져 나갔다. 봉고차는 도로 위를 굴렀다. 다시 한 번 느껴지는 강한 충돌. 장근덕은 정신을 잃었다. 기억에 남는 거라곤 경적과 신음소리뿐이었다. 눈을 떴을 때쯤 멀리서 구급차 사이렌 소리가 들렸다.

장근덕은 공황상태에서 주변을 살폈다. 할머니는 죽은 듯이 눈을 감고 있었다. 이마 깊이 새겨진 주름 위로 검붉은 피가 고였다. 장근덕은 안전벨트를 풀기 위해 몸을 움직여보았다. 팔이 말을 듣지 않았다. 손을 내려다보니 새끼손가락이 있어야 할 자리에 새하얀 엄지손가락 뼈가 튀어나와 있었다. 장근덕은 다시 정신을 잃었다.

깨어난 곳은 응급실이었다. 전후 사정은 간호사에게 들었다. 맞은편 차선을 달려오던 화물차에서 짐짝 몇 개가 굴러 떨어졌다고 한다. 고모부는 그걸 피하려다 가드레일을 들이받고 전복되었다.

고모부는 그 자리에서 목숨을 잃었다. 일주일 뒤 고모가 그 뒤를 따랐다. 할머니는 사경을 헤매다 기적적으로 살아남았다. 그날 이후 장근덕은 오랫동안 사촌 누나들을 볼 수 없었다.

장근덕은 할머니 밑에서 자랐다. 학교는 중학교에 들어가고 얼마 지나지 않아 그만두었다. 할머니는 폐지를 줍고 장근덕은 시장통에서 잔심부름을 했다. 그리고 10년 뒤, 도미애가 나타났다. 품에는 갓난아기를 안은 채로.

장근덕은 십 년 만에 찾아온 도미애가 반가웠다. 혈육이 그리웠고, 그동안 어떻게 살아왔을지 궁금하기도 했다. 마음은 이미 두 팔을 벌려 그녀를 맞이하고 있었지만, 한편으로 겁이 나기도 했다.

"넌 왜 말을 그렇게 더듬니?"

오래전 도미애가 했던 말이 자꾸만 머릿속을 맴돌았다. 그가 말더듬이 꼬맹이이던 시절은 벌써 오래전에 지났다. 하지만 지금이라고 별반 달라진 것도 없지 않은가? 그는 여전히 뚱뚱하고 보잘것없는 사람이었다.

그는 도미애에게 비루한 모습을 보이고 싶지 않았다. 그래서 뒷방에 드러누워 없는 사람처럼 숨을 죽였다.

'누나는 그때도 날씬하고 훤칠했었지. 아마 서울에서 대학 다니면서 더 예뻐졌을걸?'

이불을 뒤집어쓴 채, 장근덕은 생각했다.

'누나는 아마 그때보다 예뻐졌을 거야. 배운 게 있으니 아는 것도 많겠지. 서울에서 유명한 대학교를 다니고, 일을 해서 돈을 벌고, 모두에게 사랑을 받고. 인생이 탄탄대로인데 무슨 고민이 있겠어? 사람 구실 못하는 나 같은 놈과는 달라.'

장근덕의 상상 속에서 도미애는 너무나 완벽했다. 스스로와 비교할수록 그녀는 점점 더 높고 아름다운 사람이 되어갔다. 때문에 방문 너머로 처음 도미애의 목소리가 들려왔을 때, 장근덕은 무척이나 놀랐다. 그것은 이골이 날 정도로 세상에 찌들어버린 사람의 목소리였기 때문이다.

"아이를 대신 키워주셨으면 해요."

도미애는 그렇게 말했다. 잠시 할머니와 대화가 오갔다. 거실에 켜 둔 티브이 소리 때문에 두 사람이 하는 말을 온전히 알아듣기 어려웠다. 어렴풋한 기억이지만, 그때 장근덕은 누나가 울고 있는 게 아닐까 생각했었.

그는 결국 도미애가 떠날 때까지 그녀에게 말을 걸 수 없었다. 도미애는 꾸러미에서 열쇠 하나를 빼 할머니에게 건넸다. 그것이 장근덕이 기억하는 도미애와의 마지막 만남이었다. 그 뒤로 많은 것이 변했다. 가양시 청삼동으로 이사를 갔고, 새 식구가 생겼으며, 할머니 통장으로 매달 적지 않은 돈이 들어왔다.

그때로 돌아간다 한들 무슨 말을 할 수 있겠는가? 공유할 수 있는 추억이라곤 시립 수영장에서의 악몽 같은 기억뿐인데.

"멍청하게 서서 뭐 해요?"

신경질적인 목소리에 장근덕의 의식이 현실로 돌아왔다. 최준이 짜증스레 그를 노려보고 있었다.

210

"죄송합니다. 제가 잠시 딴생각을……."

장근덕은 꾸벅 고개를 숙였다.

"가지가지 한다. 시간 없으니 빨리 삽질이나 해요."

최준이 다그쳤다. 장근덕은 힘없이 고개를 떨어뜨렸다.

'버림받는 데는 다 이유가 있는 거야.'

장근덕은 자신이 파놓은 시커먼 구덩이를 내려다보았다. 흙투성이가 된 이민가방이 비스듬히 쓰러져 있었다. 그 안에 여자의 시신이 몸을 누이고 있다. 죽은 여자와는 말 한마디 섞어본 적 없었지만 땅에 묻고 나면 어쩐지 그녀가 그리울 것 같았다. 매일 밤 그녀의 아름다운 몸이 기억날 것이다.

다리를 자르지 말걸. 그랬다면 더욱 아름다웠을 텐데. 장근덕은 고개를 숙였다. 두둑한 눈두덩이 뜨거워졌다. 장근덕은 흐느끼지 않으려고 안간힘을 썼다. 눈물은 새벽공기에 닿자 금방 식어버렸다. 장근덕은 그녀를 따라 구덩이에 처박히고 싶은 심정이었다. 그녀 옆에 나란히 누우면 어쩐지 위로받는 기분이 들 것만 같았다.

15

속도계는 갈피를 못 잡고 150 주변을 오르내렸다. 이진수는 앞을 가로막은 차들을 제치며 위태롭게 질주했다. 그가 거칠게 차선을 바꿀 때마다 그의 구형 아반떼가 삐걱대며 신음했다. 비명 같은 경적소리가 어깨너머로 멀어졌다. 이진수는 경부고속도로를 빠져나와 가양시로 향했다.

내비에도 찍히지 않는 후미진 동네를 몇 개 지나자 도미옥의 빌라가 나타났다. 지긋지긋하게 낡은 복도식 건물. 구석 어딘가에 대머리와 항공잠바가 몸을 숨기고 있을 것만 같았다. 이진수는 주차장 어귀에 아무렇게나 차를 대고 도미옥의 집을 올려다보았다. 커튼을 투과한 희뿌연 형광등 조명이 스멀스멀 밤 공기로 새어나왔다.

'올라가 볼까?' 이진수는 조심스레 주위를 살피며 빌라를 향해 몸을 움직였다.

경비원은 귀퉁이가 터진 사무용 의자에 뺨을 기대고 잠이 들어 있었다. 노란 격자가 새겨진 초록색 제도용 깔개 위에 고목처럼 삐쩍 마른 손을 올려둔 채. 경비원의 파란 셔츠는 뒷덜미가 꼬질꼬질했다. 벽걸이 전기난로가 만들어낸 나른한 공기가 그의 어깨 위를 석양처럼 내리쬐고 있었다. 라디오에선 철 지난 유행가가 흘러나왔다.

이진수는 엘리베이터에 올라타 6층 버튼을 눌렀다. 손때 묻은 동그란 버튼에 흐릿하게 노란 불이 들어왔다. 세월에 닳고 닳은 숫자가 나태하게 깜빡거렸다.

"잠시만요."

엘리베이터 문이 닫히기 직전 높은 톤의 청량한 목소리가 이진수를 불렀다. 이진수는 여자를 위해 문을 열어주었다. 회색 트레이닝복 차림의 여자가 엘리베이터로 뛰어들었다.

"감사합니다."

"별말씀을."

여자는 머리끝까지 두꺼운 후드를 뒤집어쓰고 있었다. 도미옥이었다.

'아직 살아있었구나. 천만다행이다.'

이진수는 자기도 모르게 안도의 한숨을 내쉴 뻔했다. 마음 같아선 도미옥의 손등에 키스라도 하고 싶었다.

도미옥은 6층을 누르려다가 이미 불이 들어와 있는 것을 보고 머뭇거렸다. 그녀의 빨간 이어폰에서는 쿵쾅대는 일렉트로닉 음악이 흘러나왔다. 이진수는 한쪽 벽에 어깨를 기댄 채 자신의 휴대폰을 만지작거렸다. 곁눈질로 그녀를 훔쳐보면서.

그녀의 미즈노 런닝화는 밑창이 닳아 있었다. 툭 불거진 복사뼈에서 시작되는 검은 스포츠레깅스. 그 밑에 단단하게 균형 잡힌 다리 근육이 자리 잡고 있음을 짐작할 수 있었다. 헐렁한 회색 집업 후드와 목에 걸린 하얀 수건, 그리고 땀방울이 맺힌 동그란 턱. 그녀의 손에 눈길이 갔다. 계절에 맞지 않는 여름용 텀블러에는 카페 슈네블루메의 로고가 박혀 있었다.

도미옥이 이진수를 돌아보았다. 이진수는 황급히 눈을 돌렸다. 엘리베이터가 열리자 그녀는 서둘러 집으로 들어가 버렸다. 도미옥이 아직 신변의 위협을 느끼는 것 같지는 않았다.

어쩌면 도미애의 똘마니들이 아직 그녀에게 접근하지 않았는지도 모른다. 혹은 대머리와 항공잠바가 자기 일을 훌륭하게 처리하고 있는 중이거나. 그녀가 눈치채지 못할 정도로 완벽하게.

이진수는 30분가량 도미옥의 집 주변을 기웃거리며 수상한 징후는 없는지 살폈다. 빌라는 평온했다. 그가 마지막으로 6층을 한 바퀴 둘러보고 있을 때쯤 도미옥이 다시 모습을 드러냈다.

"거기서 뭐해요?"

도미옥이 소리쳤다. 신경질적인 목소리였다. 이진수는 뒤를 돌아보았다. 그녀는 어느새 옷을 갈아입고 현관 밖으로 반쯤 상체를 내밀고 있었다. 샤워를 하고 나왔는지 머리에 물기가 남아 있었다.

"저 말입니까?"

이진수가 얼버무렸다. 도미옥이 그를 몰아붙였다.

"남의 집 앞에서 뭐하냐고요. 아저씨 누구예요?"

"그냥 좀 살펴보고 있습니다."

"뭘 살펴보시는데요?"

그녀의 당돌한 질문에 이진수는 말문이 막혔다. 머뭇거리는 이진수를 향해 도미옥이 물었다.

"언니가 시켰죠?"

"언니?"

"다 알고 있으니까 거짓말하지 마세요. 언니가 나 감시하라고 보낸 거 맞죠?"

"감시라고 하긴 좀 그런데."

"남들 보기 부끄러운 줄 아세요. 몇 푼이나 받고 이러는지 모르겠지만 이거 전부 불법인 거 알죠?"

"뭔가 오해가 있는 것 같습니다. 나는 지금 미옥 씨를 지켜주고 있는 거예요."

이진수가 항변했다. 도미옥이 그에게 종주먹을 들이밀었다. 경멸 섞인 제스처.

"다시는 내 주변에 얼쩡거리지 마세요. 다음엔 경찰을 부를 테니까."

이진수는 어쩔 수 없다는 듯 어깨를 으쓱 들어 보였다.

"언니한테 그렇게 전해 드리죠."

"기회가 되면 이 말도 꼭 좀 전해주세요. 잔머리 굴리지 말고 낮에 했던 약속이나 지키라고."

이진수가 뭐라고 대답하려는 순간 도미옥은 현관문을 닫아버렸다.

"한 방 먹었군."

이진수는 자신의 차로 돌아왔다. 운전석에 앉았지만 시동은 걸지 않았다.

도미옥이 했던 말이 귓가에 맴돌았다. "낮에 *했던 약속을 지켜라*." 어디선가 이진수가 모르는 일들이 벌어지고 있는 게 분명했다.

이진수는 눈을 감은 상태로는 단 한걸음도 섣불리 내딛지 않을 생각이었다. 상대는 도미애다. 한 번이라도 헛디뎠다간 목숨을 잃을 수도 있는 싸움이었다.

이진수는 도미옥이 들고 있던 텀블러를 떠올렸다. 카페 슈네블루메.

'도미옥은 낮에 언니를 만났던 걸까? 슈네블루메에서?'

주차장에서 40분쯤 기다렸을 때, 도미옥이 나타났다. 누군가를 만나러 가려는 듯 단출한 외출복 차림이었다. 도미옥은 큰 길가에서 택시를 잡았다.

이진수는 차에 시동을 걸었다. 도미옥이 눈치채지 못하도록 적당한 거리를 유지하며 그녀가 탄 택시를 뒤쫓았다. 한편으로는 불길한 생각을 멈출 수가 없었다. 이 사이에 고기비계가 끼었을 때처럼 자꾸만 신경이 쓰였다.

'도미애가 했다는 약속, 그게 일종의 거래였다면? 자매가 나 모르게 극적인 합의를 이끌어내기라도 했으면 어쩌지?'

그렇다면 도미옥을 미행하는 것은 무의미한 일이 될지도 모른다. 지금이야말로 미리 심어놓은 정보원을 활용할 때였다. 이진수는 카페 여자에게 전화를 걸었다.

"카페 슈네블루메입니다."

"접니다. 지난번 그 사립탐정."

"아, 드디어 연락을 주셨네요."

"오늘 어쩐지 재미있는 이야기를 들을 수 있지 않을까 싶어서요."

"8시 전에 오세요. 일찍 마감하고 들어갈 생각이거든요."

이진수는 사거리에서 차를 돌렸다. 도미옥이 탄 택시를 미행하는 대신 슈네블루메로 향했다.

카페에 들어섰을 때, 여자는 카운터에 앉아 두꺼운 양장본 책을 읽고 있었다. 가게 문에 달린 놋쇠 장식이 딸랑거리자, 고개를 들어 이진수를 본 카페 여자는 꽤나 반가운 표정을 지었다.

"이제야 오셨네요. 왜 안 오시나 궁금했다니까요. 근데 또 내가 먼저 전화하긴 꺼려지더라고요."

"무슨 일 있으면 전화 달라고 번호를 준 거였는데. 그 여자, 다시 왔죠?"

이진수가 묻자 카페 여자는 자신의 스마트폰을 꺼내 흔들어 보였다.

"오늘 점심에요. 녹음도 했어요. 이 정도면 믿을 만한 정보죠?"

"누굴 만나던가요?"

"검은 옷을 입은 여자였어요. 단발머리에 인상은 좀 어둡고, 고급 옷을 입은 30대 여자."

도미애다. 마음이 급해진 이진수가 카페 여자를 재촉했다.

"녹취한 거 좀 들어봅시다."

"오늘따라 급하시네요. 근데 그 여자, 미인이더라고요."

카페 여자가 이어폰을 건넸다. 녹음파일은 15분 분량이었다. 거리가 멀어 음량을 최대한 키워야 했고 잡음 때문에 귀가 아팠지만, 무슨 말을 하는지는 대강 알아들을 수 있었다.

녹음파일의 초중반부는 온통 날이 선 대화로 가득 차 있었다.

아이, 외할머니, 교통사고, 생활비. 서로의 입장 차이를 확인하며 에둘러 비난하는 말들. 이진수는 두 사람의 대화에 집중하기 위해 꽤나 인내심을 발휘해야 했다. 녹취파일의 막바지에 이르렀을 때 드디어 이진수의 관심을 끌 만한 내용이 들리기 시작했다.

"그래도 내 남편 체면은 살려줘야지. 나이도 많고 사회적 지위라는 게 있으니까."

도미애였다.

"나도 이 이상 무리한 요구를 하고 싶진 않아. 염치없는 부탁이라는 건 알지만 나도 이제는 독립하고 싶어. 언니한테 그 정도 여유는 있잖아?"

"여유가 있어도 너한테 그 돈을 줄 이유는 없어."

"그럼 더 시간낭비 할 필요 없네."

의자를 끌며 일어나는 소리. 아마 도미옥일 거라고 이진수는 생각했다. 도미애가 도미옥을 불러 세웠다.

"너는 그렇다고 치자. 김규식은 왜 낀 거야? 너 그놈이랑 사귀기라도 해? 어디로 도망가서 살림이라도 차릴 생각이야?"

"하여간 생각하는 거 하고는. 우리 그런 관계 아니야. 그렇지만 날 도와줬으니 그 사람 몫도 떼어줘야지."

"그 사람 몫을 챙겨줘야 할 이유가 있구나? 이를테면 나에게 아이가 있다는 걸 입증할 증거가 그 사람의 진술뿐이라거나."

도미애가 깔깔 웃었다. 도미옥이 목소리를 높이며 되받았다.

"웃기지 마. 그 아이가 사는 곳을 알고 있어. 여태껏 외할머니가 키워주고 있었던 거 내가 모를 줄 알았어?"

잠시 침묵이 이어졌다. 마침내 먼저 입을 연 것은, 목소리로 미루

218

어 짐작건대 도미애였다.

"보러 갈래? 네 조카."

"조카라고 하니까 언니랑 내가 진짜 가족이라도 된 기분이네. 십수 년을 남남처럼 살았는데."

"피가 섞였으니 가족은 맞지. 싫어?"

"지금 나한테 필요한 건 가족이 아니야."

"나도 마찬가지야. 우린 만나봐야 서로에게 도움이 안 돼. 이미너무 멀리 와 버렸으니까. 그래도 미옥아. 각자 갈 길 가더라도 기왕이면 아름다운 마무리가 좋지 않겠어? 우선 그 아이를 만나봐. 결정은 그 다음에 해도 늦지 않아."

"내가 그 애를 만난다고 뭐가 달라져? 내 부탁, 들어줄 생각은 있는 거야?"

"그건 네가 하기 나름이지."

녹음파일은 거기까지였다. 두 사람이 우호적인 분위기로 카페 슈네블루메를 떠났다는 사실이 명백했다.

"젠장."

이진수는 솥뚜껑 같은 손바닥에 얼굴을 파묻고 욕지거리를 내뱉었다. 막다른 곳에 다다른 기분이었다. 이제는 도미애의 손아귀에서 빠져나올 방안을 모색할 때다. 돈 한 푼 없는 빈손으로.

카페 여자는 놀란 눈치였다.

"일이 생각대로 안 풀려요?"

이진수는 등받이에 몸을 기댄 채 카페 여자를 바라보았다. 적극적인 태도와 반짝이는 눈빛. 자극적인 뉴스에 대한 기대감. 그러나여기까지다. 모험은 끝났다. 이진수는 절망적인 심정으로 카페 여자에게 오만 원짜리 네 장을 건넸다.

"수고비를 많이 드릴 수 없어서 죄송합니다. 사실은 아가씨한테 거짓말을 했어요."

"잠깐, 말하지 마세요."

"별로 듣고 싶지 않아요?"

"네. 무슨 비밀인지는 모르겠지만 왠지 재미없을 것 같아서요."

카페 여자가 대답했다. 이진수는 어쩐지 심술궂은 마음이 들었다.

"나 사실 탐정 아니에요."

카페 여자가 김샜다는 듯 한숨을 쉬었다.

"겨우 그거였어요?"

이진수는 은근히 부아가 났다. 종잡을 수 없는 여자라고 생각했다. 그녀가 조심스레 되물었다.

"정말 그게 다예요?"

"그게 답니다. 뭘 기대한 거죠?"

"뭐, 난 그냥 좀 재미있는 사연이 있을 줄 알았어요. 이를테면 당신이 사실은 그 여자의 남편이었다거나."

카페 여자는 빨간 앞치마를 만지작거리며 아쉬워했다. 이진수는 냉소했다.

'당신에겐 아무 상관없겠지. 내가 불륜 쫓는 탐정이기보단 오히려 스캔들의 당사자이길 바라고 있었겠지. 기왕이면 더 자극적인 방향으로 상상력을 뻗어가는 거야. 어느 쪽이든 지켜보는 당신 인생이 달라지진 않을 테니까.'

"사실 난 경찰이었어요."

이진수가 말했다.

"지금은 아닌가요?"

"네. 잘렸거든요. 불미스러운 일로."

카페 여자는 의외라는 듯 고개를 갸우뚱했다. 그녀가 다시 물었다.

"그 일을 좋아했어요?"

"난 결과가 눈에 보이는 일을 좋아해요. 경찰 일은…… 적어도 내가 하던 일은 끝이 명확했어요. 잡거나, 못 잡거나. 찾고, 기다리고, 뒤쫓는 일 말입니다. 몇 주 동안 찾아 헤매던 인물이 눈앞에 나타났을 때의 쾌감을 당신은 모를 거예요."

이진수의 대답에 카페 여자는 킥킥대며 웃었다. 그녀가 말했다.

"나는 어떨 것 같아요?"

"지겨워 보이네요. 그러니까 남의 일에도 관심이 많은 거겠죠. 자기 사업이니까 나름대로 보람은 있지 않나요?"

"나는 매일 아침 10시 반쯤 출근해서 가게 문 열고 자정 다 돼서 퇴근해요. 일주일에 하루 쉬는데 그렇다고 돈을 많이 버는 것도 아니에요. 내 가게를 가지고 싶어 시작한 일이었는데 이제야 확실히 알게 됐어요. 난 커피 마시는 걸 좋아해요. 파는 게 아니라. 오지랖 부려서 미안해요. 이 돈은 돌려 드릴게요."

카페 여자가 오만 원짜리 네 장을 돌려주며 말했다. 솔직한 사람이라고 생각했다. 이진수는 여자가 웃은 이유를 알 것 같았다. 주절대며 떠든 게 부끄러웠다.

하지만 이상하게도 말을 멈출 수가 없었다. 여기서 그만두는 게 차라리 나을 거란 사실을 알면서도 어느새 변명을 늘어놓고 있었다. 말을 할수록 이진수는 점점 더 부끄러워졌다.

"사실 난 좋은 경찰은 아니었어요. 시위현장에 채증 나갔다가 누구랑 시비가 붙었죠. 그 사람을 다치게 해서 옷을 벗게 됐어요."

"괜히 시비가 붙은 건 아니었을 텐데요?"

"백 퍼센트 내 잘못이라고는 생각하지 않아요."

"그때 참지 못한 걸 후회하세요?"

카페 여자가 물었다. 이진수에게는 아무 의미 없는 질문이었다. 그는 한동안 여자의 눈을 바라보았다. 그러고는 급히 자리에서 일어섰다. 여자를 돌아보며 말했다.

"지루해도 그냥 지금 하는 일을 열심히 하세요. 뭘 해도 후회하는 게 인생이라잖아요. 부끄럽게 사는 것보다는 지루해도 떳떳한 게 낫죠."

카페 여자는 멍한 눈으로 이진수를 올려다보며 고개를 끄덕였다. 그가 하는 말을 이해한 것 같지는 않았다. 이진수는 카페 여자를 뒤로하고 가게를 뛰쳐나왔다. 겨울바람이 열을 식혀주었다.

부끄러운 것보단 지루해도 떳떳한 게 낫다고? 이진수는 자신을 비웃었다. 잊고 싶은 기억들이 떠올랐다. 퇴근 준비하는 아내를 기다리던 저녁, 어린이집 화장실을 빌려 쓰던 날이었다. 그가 스스로 통제력을 잃어버린 날. 무엇보다 끔찍한 것은 악몽과 함께 고개를 쳐드는 스스로의 추악한 욕망이었다.

수치와 후회, 지긋지긋한 자기연민이 그를 괴롭혔다. 이진수는 자신이 죽을 때까지 그런 감정으로부터 도망칠 수 없다는 사실을 잘 알고 있었다.

이진수는 집으로 가는 대신 근처 모텔에서 하룻밤을 묵었다. 혹시 모를 추적을 피하기 위해 차는 외딴곳에 세웠다. 날이 밝는 대로 근처 식당에서 아침을 먹었다.

성환 연립 관리인의 말에 주목했다. 할머니는 오산인지 평택인지, 지방 어딘가로 아이와 함께 내려갔다고 했다. 도미애의 사생아는 아직도 외할머니가 맡아 키우고 있을 것이다.

이진수에게는 나름대로 복안이 있었다. 도미애와 계약이 깨졌다면 이쪽에서 직접 그녀를 쥐고 흔들 증거를 확보해야 했다. 무엇보다도 이진수는 그녀에게 받아내야 할 빚이 있었다. 아물기 시작한 옆구리가 시큰거렸다.

이진수는 관리인에게 받은 할머니의 연락처로 전화를 걸었다. 몇 번의 신호음이 들리고 할머니가 전화를 받았다.

"여보세요?"

무기력한 목소리였다. 이진수는 평소보다 목소리의 톤을 높였다.

"어르신 안녕하세요?"

"누구세요?"

"택배기사입니다."

"우리 택배 올 거 없는데."

예상했던 답변이었다. 이진수는 미리 준비한 거짓말을 했다.

"반송 들어온 물건이 하나 있는데요. 주소지가 확실하지 않아서 할머니 주소 좀 여쭤보려고 전화 걸었습니다."

"아니 우리 집에 택배 올 게 없는데 무슨 소리야."

"보내신 분 주소는 가양시 청삼동 성환 연립으로 되어 있거든요. 뭐가 많이 들었는지 박스가 좀 무거워요."

"청삼동이면 근덕이가 보냈는가?"

할머니는 이진수가 하는 말을 잘 알아듣지 못하는 눈치였다. 고령이라 말귀가 어두웠다. 이진수 입장에선 다행이었다.

"근덕 씨가 보낸 게 맞네요. 주소를 알려주시면 제가 확인하고 배송해 드리겠습니다."

"아니 택배회사가 집 주소를 모르면 어떻게 해?"

할머니가 물었다. 대답이 궁색해서 대충 얼버무렸다.

"박스에 적힌 주소가 훼손됐어요."

"어디 택배예요?"

"화이트캡입니다."

"나 사는 데가 당진인데. 우편번호가……"

이진수는 무릎 위에 종이를 괴고 할머니가 불러주는 주소를 받아 적었다. 전화를 끊은 이진수는 곧장 차를 몰고 당진으로 향했다. 가양시에서 충남 당진까지는 차로 1시간 반쯤 걸렸다. 차창 너머로 시골풍경이 펼쳐졌다.

도미애의 할머니는 15평 남짓의 작지만 나름 번듯한 조립식 주택에 살고 있었다. 새마을운동 시대에 지어진 낡은 농가주택을 상상했던 이진수는 괜히 헛웃음이 나왔다. 현관문은 잠겨 있지 않았다. 초인종을 누르고 살짝 문을 열어보았다.

"계십니까?"

"누구세요?"

안방에서 왜소한 노인이 걸어 나왔다. 이진수의 가슴에도 못 미치는 작은 키였다. 심하게 굽은 허리 때문에 흡사 난쟁이 같았다. 도미애의 외할머니다. 거실에는 아이의 흔적이 남아 있었다. 낡은 장난감과 스케치북, 손바닥만 한 노란 책가방.

이진수는 할머니의 모습을 관찰했다. 세월이 할퀴고 간 짙은 주름과 새까맣게 그을린 얼굴. 자글자글한 검버섯. 숱이 빠져 정수리가 드문드문한 파마머리. 머리카락은 염색한 지 오래된 듯 물 빠진 회백색이었다. 억양이나 말투는 거의 서울 사람이나 다를 게 없었다.

집 안을 둘러본 이진수는 도미애가 할머니에게 챙겨주는 돈이 그리 넉넉하진 않은 모양이라고 생각했다.

"실례합니다."

이진수는 자신의 명함을 내밀었다. 할머니는 눈이 어두운 탓인지 명함을 받아 한참을 들여다보았다. 할머니가 물었다.

"무슨 일로 왔어요?"

"뭣 좀 여쭤보러 왔습니다."

"물어봐도 난 몰라요. 그냥 가세요."

퉁명스러운 노인이었다. 이진수는 집 안을 다시 들여다보았다. 방 안에는 초등학교 저학년쯤으로 보이는 남자아이가 20인치 브라운관 티브이를 보고 있었다. 화면 위로 하얀 가로줄이 응급환자의 심박 그래프처럼 일직선을 그리며 흔들리고 있었다.

"텔레비전이 많이 낡았군요."

"일없으면 나가요."

"도미애가 텔레비전은 바꿔주지 않던가요?"

도미애를 언급하자 할머니의 눈에 경계의 빛이 어렸다.

"무슨 말을 하는 거야? 그런 사람 몰라요."

"저 아이 엄마 얘길 하는 겁니다. 아기 엄마 누군지 모르세요?"

"몰라. 모르니까 그냥 가슈."

할머니가 이진수를 떠밀었다. 이진수는 오히려 할머니를 밀치며 집 안으로 들어갔다. 현관문을 닫고 빗장을 걸었다. 이진수는 할머니가 자신을 두려워하고 있다는 걸 알았다.

"뭐 하나만 물어보겠습니다. 최근에 도미애나 도미옥이 여기 온 적 있습니까?"

"모른대도."

"모를 리가 있나. 어제 분명히 여기로 온다고 했는데요."

"이거 왜 이래? 경찰 부를까?"

할머니가 언성을 높였다. 방문 밖으로 아이가 얼굴을 내밀었다. 동그란 얼굴과 시원시원한 눈매가 영락없이 도미애를 빼닮았다. 이진수는 아이에게 미소를 지으며 손을 흔들었다. 아이는 수줍은 듯 문 뒤로 몸을 숨겼다.

이진수가 할머니를 내려다보며 말했다.

"할머니 글씨 못 읽죠?"

"……."

"글을 읽을 줄 알면 나한테 이렇게 못 하지. 아까 드린 명함에 뭐라 적혀 있는지 아세요? 내가 경찰이에요. 다시 잘 보세요."

할머니는 나뭇가지 같은 손가락을 바들거리며 명함을 쳐다보았다. 이진수는 명함을 빼앗아 할머니의 눈앞에 들이밀었다.

"여기 독수리 마크 안 보여요? 이거 경찰서 표시라고. 안 보이세요?"

할머니가 뭐라고 대답하기도 전에 이진수는 명함을 반으로 찢어 안주머니에 넣었다. 가짜 경찰행세를 하는 마당에 증거를 남길 수는 없었다.

"나는 아무것도 몰라. 당신이 먼데 남의 집 가정사를 꼬지꼬지

따져?"

할머니는 완강했다. 이진수는 잠시 할머니를 노려보았다. 채찍과 당근. 일단은 당근 먼저.

"간단한 호구조사예요. 몇 가지만 묻고 돌아가겠습니다. 예, 아니오로 대답하셔도 됩니다."

"아니 세상에 이런 호구조사가 어디 있어?"

"잠깐이면 됩니다. 최근에 도미애가 도미옥과 함께 왔다 갔나요?"

"미애나 미옥이나 몇 년 동안은 본 적도 없어."

"거짓말 하시면 안 돼요. 나중에 도미애 씨에게 직접 확인할 겁니다."

"내가 무슨 거짓말을 했다고 그래?"

"아이를 보러온다고 하는 걸 제가 똑똑히 들었는데도요?"

"정말 안 왔다니깐. 당신 뭐 하는 사람이야? 진짜 경찰 맞아?"

참다못한 할머니가 소리를 질렀다. 이진수는 할머니를 밀치고 구둣발로 방에 들어갔다. 당장 눈에 보이는 전화선을 뽑았다. 아이는 겁을 먹은 듯 방구석에 등을 대고 있었다. 손에는 할머니의 핸드폰을 움켜쥐고서. 이진수는 아이의 손에서 핸드폰을 빼앗았다. 배터리를 분리해 던져버렸다.

"남의 집에 와서 이게 무슨 행패야? 당장 나가지 못해?"

할머니가 달려들었다. 알루미늄 지팡이가 이진수의 어깨를 내려쳤다. 이진수는 할머니의 손목을 낚아채 지팡이를 빼앗았다. 정강이에 대고 누르자 지팡이는 수수깡처럼 부러졌다. 이진수는 부러진 지팡이를 들고 삿대질을 했다.

"봉변당하고 싶지 않으면 입단속 잘하쇼."

이진수가 윽박질렀다. 할머니는 지지 않고 한바탕 욕을 퍼부었다. 그래도 말귀는 알아먹었는지 더 이상 이진수에게 달려들지는 않았다. 이진수는 한쪽 무릎을 꿇고 아이와 눈높이를 맞췄다.

"너, 이름이 뭐니?"

아이는 대답이 없었다.

"엄마 본 지 얼마나 됐어?"

아이가 고개를 가로저었다.

"얘는 내 아이야. 엄마 같은 건 없어."

할머니가 소리를 질렀다. 이진수는 미련 없이 돌아 나왔다. 엉뚱한 곳을 들쑤신 셈이었다. 그가 헛짚은 것이다.

'아이를 보러 가자던 게 거짓말이었나? 도미애는 왜 뻔히 들통 날 구라를 친 거지?'

문득 간과하고 있던 사실이 떠올랐다. 어쩌면 도미옥이 뭔가를 착각하고 있던 건지도 모른다. 할머니와 아이가 이미 오래전에 성환 연립을 떠났다는 사실을, 도미옥이 모르고 있었다면?

도미애는 그 사실을 역이용해서, 지금쯤 도미옥을 성환 연립으로 유인했을지도. 성환 연립에는 유난히도 공실이 많았다. 건물 자체도 도미애의 소유였고, 여러모로 미심쩍은 구석이 많았다.

지금쯤이면 너무 늦었을지도 모른다는 생각이 들었다. 이진수는 마음을 졸이며 성환 연립으로 빠르게 차를 몰았다.

16

가끔씩 세상의 보편적인 이치와 반대로 돌아가는 일들이 있다. 구덩이에 시체 묻는 일이 딱 그랬다. 일을 벌이기란 여간 힘든 게 아니었으나 덮을 때는 금방이었다. 장근덕은 날이 풀려 그나마 다행이라고 생각했다. 땅이 지금보다 꽁꽁 얼어 있었다면 아직도 삽을 들고 씨름하고 있었을지 모른다.

장근덕은 옆으로 비켜서서 공상에 잠겼다. 여자를 죽인 범인, 아파트 관리인, 할머니, 그리고 사촌 누나에 대해서. 장근덕이 멍 때리는 동안 최준과 오동구가 구덩이 안으로 흙을 밀어 넣었다.

오동구는 내키지 않는다는 듯 고개를 갸우뚱거렸다.

"뭔가 좀 이상하다."

"왜?"

"흙이 남는 것 같은데?"

“가방을 넣었으니까 그만큼 흙이 남는 게 당연하지.”

최준이 면박을 주었다.

“아니, 그걸 고려해도 좀 많이 남는 것 같아. 여길 봐. 벌써 구덩이가 반이나 찼잖아?”

두 사람은 마당에 쌓인 흙더미를 바라보았다. 눈대중으로 봤을 때 오동구의 말이 옳았다. 파낸 흙은 아직도 골반 높이까지 쌓여 있었다.

“흙에 공기가 섞여 들어가서 그래. 꽉꽉 밟아서 다지면 괜찮을 거야.”

최준이 장근덕에게 다가가 어깨를 두드렸다. 장근덕은 찬물세례라도 받은 것처럼 화들짝 몸을 움츠렸다. 최준이 손짓으로 지시를 내렸다.

“들었죠?”

“뭐…… 뭘 말입니까?”

“흙에 공기가 들어가서 구덩이가 제대로 메워지질 않는다고. 안에 들어가서 발로 좀 밟아요. 땅을 단단하게 다지란 말이에요.”

“넷!”

장근덕이 순종적으로 대답했다. 장근덕은 흙을 반쯤 채워 넣은 구덩이 속으로 허겁지겁 뛰어들어 갔다. 흙더미가 그의 두 발을 빨아들였다. 장근덕은 중심을 잃고 팔을 허우적댔다. 그 바람에 운동화 속으로 흙이 잔뜩 들어갔다. 새벽의 물기를 머금은 흙은 기분 나쁠 정도로 차갑고 축축했다. 마치 젖은 스펀지 위를 걷는 기분이었다.

“꽉꽉 밟아서 다져요. 우리가 여기서 흙을 채워 넣고 있을 테니까.”

"알겠습니다."

장근덕은 신발을 벗고 바지를 발목까지 걷어 올렸다. 땀 때문에 안경이 미끄러졌다. 구덩이 밖의 두 사람은 자꾸만 장근덕의 발등으로 흙을 쏟아 부었다. 양말은 어느새 땀과 흙으로 범벅이 되었다. '씨발, 이 씨발놈들.' 장근덕은 속으로 온갖 욕설을 내뱉었다. 그러나 겉으로는 아무 내색도 하지 않았다. '괜히 싫은 티를 냈다가 이 인간들이 나까지 함께 묻어버리는 거 아니야?' 장근덕은 입을 꾹 다물고 부지런히 발을 놀렸다. 바보처럼 웃으며 적개심을 숨기는 건 그의 몇 안 되는 장기 중 하나였다.

가쁘게 숨이 차기 시작할 무렵, 장근덕은 문득 두 사람의 삽질이 멈췄다는 걸 깨달았다. 장근덕은 흙 다지기를 멈추고 구덩이 밖을 내다보았다. 최준과 오동구는 굳은 얼굴로 마을을 향해 귀를 세우고 있었다. 지레 겁먹은 장근덕이 물었다.

"무슨 일이죠?"

"이 소리 들려요?"

오동구가 말했다. 장근덕은 어둠을 향해 가만히 귀를 기울였다. 분명히 뭔가 소리가 들렸다. 바퀴 소리. 저 멀리 마을 방향에서 들릴 듯 말 듯 자동차 엔진음이 다가오고 있었다. 오동구가 최준을 붙잡고 흔들었다.

"우리가 여기 온다는 거 누구한테 말했어?"

"멍청한 소리 마. 내가 누구한테 이런 얘길 해?"

최준이 쏘아붙였다. 두 사람이 구덩이 속의 장근덕을 내려다보았다. 장근덕은 식은땀을 뻘뻘 흘렸다. 최준이 물었다.

"설마 당신이야?"

"저는 아무한테도 말 안 했습니다. 아시잖아요? 급하게 나오느라 누구한테 알릴 시간도 없었다고요."

"동구 너 말고 이 집에 대해 알고 있는 사람이 누구야?"

"우리 가족들뿐이야. 가족들이 이 시간에 여기 올 리 없는데……"

오동구가 말했다. 그 와중에도 차는 점점 가까워지고 있었다. 최준이 중얼거렸다.

"아마 마을 사람일 거야."

"이쪽으로 다가오는데?"

"마을로 들어오려는 사람이겠지."

"누군가 여기로 오는 것 같아."

"이 시간에 말입니까?"

"쉿."

최준이 목소리를 낮추라는 듯 입술에 검지를 갖다 붙였다. 장근덕은 흙투성이가 되어 구덩이를 기어 나왔다. 두더지 같은 몰골이었지만 신경 쓸 겨를이 없었다. 장근덕은 깨진 장독 위로 올라갔다. 장독 위에 까치발로 서서 담장 밖을 내다보았다.

"뭐가 좀 보여요?"

오동구가 물었다.

"이쪽으로 옵니다."

자동차 헤드라이트 불빛이 마을을 지나쳐 구불구불 달려오고 있었다. 마을에서 폐가까지는 비포장도로다. 이 길은 다른 도로와는 연결되지 않는 막다른 길이다. 목적지가 이곳 폐가가 아닌 이상 이 길로 들어설 이유가 없었다.

"어떻게 하지?"

오동구가 다급하게 물었다.

"가만히 있으면 그냥 지나가지 않을까요?"

장근덕이 소곤거렸다. 아니, 그럴 리가 없다. 최준이 지시를 내렸다.

"일단 숨자."

달리 선택의 여지가 없었다. 불빛이 폐가에 닿을 만큼 가까워졌다. 최준은 삽을 치켜들고 녹슨 대문 옆에 서서 기다렸다. 오동구는 잠시 머뭇거리다가 최준을 따라 대문 옆에 섰다. 장근덕은 집 안으로 숨었다. 썩어서 반쯤 내려앉은 대들보 밑에 도둑고양이처럼 몸을 웅크렸다.

최준은 문틈으로 살짝 바깥을 내다보았다. 오래된 초록색 번호판을 단 구형 아반떼였다. 등산복 차림의 낯선 남자가 차에서 내렸다. 덩치가 산만 한 남자였다. 위압감을 주는 다부진 실루엣이 헤드라이트 불빛을 등지고 천천히 다가왔다.

휘익.

장근덕이 낮게 휘파람을 불었다. 최준과 오동구는 화들짝 놀라 뒤를 돌아보았다. 장근덕은 똥마려운 강아지처럼 호들갑을 떨고 있었다. 손으로는 마당에 켜놓은 석유 랜턴을 가리키면서. 최준은 살인충동을 느꼈다.

'멍청한 새끼. 지금 랜턴 불빛이 대수인가? 밖에 세워둔 오동구의 차는 어쩌고?' 어차피 들키지 않고 숨어 있기란 불가능했다. 최준은 삽자루를 고쳐 잡았다.

어느 순간부터 남자의 발소리가 멎었다. 휘파람소리를 들은 게 틀림없었다. 오동구는 그 순간까지도 기도를 멈추지 않았다. 제발 아무 일도 일어나지 않기만을 바라며. 야밤에 구덩이를 하나 더 파고 싶진 않았다.

최준은 오동구에게 눈짓으로 신호를 보냈다. 그는 벌써 삽날을 세우고 남자가 대문 안으로 들어서기만을 기다리고 있었다. 오동구는 고개를 절레절레 흔들었다. 최준이 눈을 부라리자 오동구가 입술을 벙긋거렸다.

'미쳤어?'

'닥치고 하라는 대로 해.'

'죽이려고?'

최준은 못 들은 체했다. 다른 방법은 없었다. 오동구도 마지못해 삽을 쳐들었다. 손이 벌벌 떨렸다. 삽날에서 흙가루가 날렸다. 두렵기는 최준도 마찬가지였다. 하지만 지금 같은 상황에서는 뭐라도 해야 했다. 고작 이런 일로 감옥에 가는 것은 죽기보다 싫었다.

오동구는 별 수 없이 희망을 믿어보기로 했다.

이쪽은 둘이다. 우리는 무기를 들고 있고 저쪽은 맨손이다. 남자를 죽이고 여행가방과 함께 묻는다. 최준을 시켜 남자의 차를 공터에 버린다. 이 모든 게 미셸을 위한 일이었다. 며칠 지나면 다 괜찮아질 것이다.

'나에게는 미셸이 있으니까.'

주문을 외듯 마음속으로 중얼거렸다. 오동구는 숨을 죽인 채 남자의 움직임을 기다렸다.

남자는 섣불리 마당으로 들어오지 않았다. 대문 앞에서 머뭇거리는 것을 보니 뭔가 고민하고 있는 게 분명했다. 아니, 어쩌면 마당의 동태를 살피는 건지도 모른다. 혹은 기습을 눈치챈 걸지도.

'망할, 기회는 단 한 번뿐인데.'

오동구는 두 눈을 질끈 감았다. 사타구니가 뜨끈하게 젖어오기 시작했다. 오줌을 지렸지만 어쩔 수 없었다. 계속 오줌을 참자니 똥이 마려웠기 때문이다. 둘 중 하나는 해결해야 했다. 오동구는 무릎을 모으고 골반을 조였다. 영원히 끝날 것 같지 않은 시간이 흘러갔다.

남자는 마침내 결단을 내린 듯, 녹슨 대문을 밀고 조심스레 발을 디뎠다. 최준은 그가 마당으로 들어오기만을 기다리고 있었다.

최준이 먼저 삽을 휘둘러 그의 정수리를 내려쳤다. 짙은 그림자가 석유 랜턴의 은은한 조명을 가르고 지나갔다. 남자는 본능적으로 몸을 숙였다. 삽날이 허공으로 미끄러졌다. 최준이 재차 삽을 휘둘렀다. 삽자루가 남자의 어깨를 때렸다.

남자는 최준의 목을 잡고 담장으로 밀어붙였다. 호전적인 움직임이 몸에 밴 남자였다. 무엇보다도 그는 힘이 아주 셌다. 최준이 중심을 잃고 뒤로 물러났다.

"이얍!"

오동구가 괴상한 소리를 내며 남자의 뒤통수를 후려쳤다. 알루미늄 야구배트로 야구공을 칠 때 날 법한 소리가 났다. 충격을 받은 남자가 벽을 짚으며 쓰러졌다. 남자에게 빈틈이 생기자 최준이 삽자루로 그를 밀어냈다. 군대에서 배웠던 총검술을 떠올리며 남자의 명치를 향해 삽을 찔렀다.

그 순간 최준의 시야에서 남자가 사라졌다. 마치 남자가 딛고 있던 땅이 꺼지기라도 한 것 같았다. 삽날은 남자의 왼쪽 관자놀이 위를 찢으며 비켜나갔다.

남자가 상체를 낮추며 최준의 정강이를 들이받았다. 그의 무쇠 같은 두 손이 최준의 발뒤꿈치를 단단히 틀어쥐었다. 이윽고 최준의 몸이 호를 그리며 나동그라졌다. 레슬링식 발목 태클이었다.

바닥에 던져진 최준이 비명을 질렀다. 오동구가 달려들어 삽으로 남자의 등판을 후려쳤다. 남자가 고통스러운 신음을 삼키며 몸을 일으켰다. 오동구가 축구공을 차듯 남자의 턱을 향해 발길질을 했다. 남자는 한 팔로 머리를 감싸며 어깨 뒤에 턱을 숨겼다.

"잠깐!"

남자가 두 사람을 향해 다급하게 외쳤다.

그때였다. 폐가 안에 숨어 있던 장근덕이 뛰쳐나왔다. 장근덕은 한데 엉켜 개싸움을 벌이고 있는 세 사람 옆을 그대로 스쳐 지나갔다. 구불구불한 시골길을 따라 전력으로 도망치는 장근덕의 몸놀림은 예상 외로 재빨랐다.

"저 씨발놈이!"

최준은 어둠 속으로 사라지는 장근덕의 뒷모습을 바라보며 경악했다. 다 함께 힘을 합치면 충분히 이길 수 있는 상대다. 그걸 알면서도 도망을 치는 장근덕을 보자 화가 치밀어 올랐다. 줏대 없이 휘둘리다가 결정적인 순간에 이기적인 새끼.

오동구는 고함을 지르며 다시 한 번 남자의 아랫배를 겨냥해 발길질을 했다. 남자의 앞 손이 오동구의 허술한 앞차기를 낚아챘다. 남자가 오동구의 디딤 발을 걸어찼다. 오동구가 흙바닥 위로 고꾸라졌다.

힘겹게 몸을 일으킨 최준이 삽자루로 남자의 가슴팍을 밀어붙였다. 어떻게든 벽으로 밀어붙이면 오동구가 달려들어 도와줄 것이다. 어지간히 강한 사람이라도 무기를 든 성인 남자 둘을 이길 수

236

는 없다. 최준은 곁눈질로 오동구를 보았다. 그는 아직 무릎을 붙잡고 마당을 뒹굴고 있었다.

"도와줘, 빨리."

최준이 외쳤다. 오동구는 내키지 않는다는 듯 미적대며 몸을 일으켰다. 살찐 두 뺨은 벌써부터 땀으로 번들거렸다. 자세히 보니 땀이 아니라 눈물이었다.

"뭐해 이 개새끼야! 빨리 일어나서 같이 싸우자고."

최준이 버럭 소리를 질렀다. 병신들. 하나같이 병신들이다. 인간이란, 결정적인 순간에 어쩜 저렇게 바보 같은 선택을 할까? 최준은 벽으로 남자를 밀어붙였다. 남자가 최준의 두 팔을 움켜잡았다. 남자의 완력은 최준이 감당할 수 있는 수준이 아니었다.

두 사람은 드잡이를 하며 반 바퀴를 돌았다. 차가운 담벼락이 등짝에 닿자 최준은 오싹 소름이 끼쳤다. 어느새 입장이 바뀐 것이다.

"오동구!"

최준은 다급했다. 오동구는 두어 발짝 뒤에서 어설프게 주먹을 치켜들고 서 있었다. 바지에는 오줌을 지렸고, 훌쩍거리는 얼굴은 눈물 콧물로 범벅이 되어 있었다. 남자가 이마로 최준의 코를 들이받았다. 이어서 그의 주먹이 최준의 갈비뼈를 올려쳤다. 숨을 쉴 수가 없었다. 최준은 무릎을 꺾으며 주저앉았다. 남자의 억센 손아귀가 그의 손등을 붙잡아 바깥으로 접어 꺾었다.

우두둑 소리와 함께 뭔가가 부러졌다. 인대든, 근육이든, 관절이든 뭐 하나는 망가진 게 틀림없었다. 최준은 비명을 지를 새도 없이 바닥에 메쳐졌다. 단단하게 얼어붙은 땅 위에 배부터 떨어졌다. 난생처음 겪는 고통이었다. 기도로 빨려 들어가던 공기가 명치 아래 깊은 곳에서 제멋대로 맴을 도는 기분이었다.

남자는 오동구에게로 몸을 돌렸다. 쭈뼛대던 오동구가 허공에 발길질을 했다. 그것은 누군가를 공격하려는 움직임이라기보단 자신에게 다가오지 말라는 몸부림에 가까웠다. 남자는 단단히 알이 박힌 주먹을 오동구의 얼굴에 꽂았다. 100kg에 달하는 오동구의 거구가 뒤로 나가떨어졌다.

상황은 정리되었다. 남자는 양손을 무릎에 짚고 가쁜 숨을 몰아쉬었다.

"아, 진짜 사람 힘들게 하네."

남자는 손수건으로 찢어진 왼쪽 관자놀이를 눌렀다. 손수건은 곧 피범벅이 되었다. 못해도 대여섯 바늘은 꿰매야 할 것 같았다.

남자는 마당에 떨어진 삽을 하나 집어 들었다. 나무로 된 자루를 발로 밟아 부러뜨렸다. 녹이 슨 대문을 닫고 문고리에 부러진 자루를 빗장처럼 끼워 넣었다. 더 이상 누구도 도망치게 내버려 둘 생각은 없었다.

남자는 담벼락에 쪼그려 앉아 담배 한 개비를 꺼내 물었다. 연기가 허공으로 흩어지는 모습을 바라보며 숨을 골랐다. 필터를 거의 태워 먹을 때쯤 오동구가 먼저 정신을 차렸다. 최준도 아직 얼굴을 찌푸리며 헐떡이고는 있었지만 호흡은 어느 정도 돌아온 모양이었다.

"거기 아저씨."

"네?"

"구덩이 다시 파요."

남자가 명령했다. 최준과 오동구는 잠시 서로를 바라보았다. 남자의 질문을 제대로 이해하지 못한 것 같았다. 남자가 인내심을 발휘해 한 번 더 지시를 내렸다.

"아까 묻고 있던 가방 다시 파내라고요."

오동구는 체념한 듯 삽을 집어 들고 구덩이에 들어갔다. 최준은 곁눈질로 남자의 표정을 살폈다. 남자는 30대 중반쯤으로 보였다. 무표정한 얼굴은 초심자가 깎은 나뭇조각처럼 거칠고 단단해 보였다.

남자가 최준을 쏘아보았다. 최준은 자기도 모르게 눈을 내리깔았다. 남자의 입 꼬리가 비웃듯 일그러졌다.

"눈치 보지 마쇼. 경찰 아니니까."

비아냥대는 남자의 말투에 최준은 모욕감을 느꼈다. 그리고 곧 공황상태에 가까운 충격에 휩싸였다. 앞으로 어떻게 되는 걸까? 이대로 시체 유기범이 될 수는 없었다.

지금이라도 도망치면 되지 않을까? 밤이라 얼굴을 보진 못했을 텐데. 그보다, 갈비뼈에 금이 간 것 같은데 저 남자보다 빨리 달릴 수 있을까? 소용없다. 오동구 저 녀석이 다 꼰지르지 않으리란 보장이 어디 있나? 차라리 거짓말을 할까?

의미 없는 생각들이 빠르게 스쳐 지나갔다. 희망을 믿을 만큼 어리숙하진 않았지만 이대로 끝나버리는 건 도저히 받아들일 수가 없었다. 최준이 잔머리를 굴리며 어떻게든 빠져나갈 길을 찾는 동안 오동구는 흙투성이 이민가방을 구덩이 밖으로 끄집어냈다.

"꺼냈습니다."

"열어봐요. 안에 뭐가 들었는지 좀 봅시다."

오동구는 머뭇거리며 최준을 바라보았다. 그가 어떤 묘안이라도 떠올리기를 바라는 눈빛이었다. 최준은 천천히 고개를 저었다. 절대로 가방을 열면 안 된다는 뜻인지, 아니면 이젠 어쩔 수가 없다는 건지. 그 스스로도 알 수가 없었다.

"이건 정말 아무것도 아닙니다. 무슨 일로 이러시는지는 모르겠지만……"

"열어봐요."

남자가 으르렁댔다. 오동구는 몸을 떨며 가방 지퍼를 내렸다.

"안에 든 거 꺼내요."

오동구가 양손으로 가방 아가리를 벌렸다. 어시장 뒷골목에서 맡을 수 있을 법한 역한 냄새가 났다. 여자의 시신이 슬슬 부패하기 시작했다는 증거였다. 오동구는 구덩이를 향해 허리를 굽히고 헛구역질을 했다. 말간 위액이 갓 파낸 부드러운 흙 위로 스며들었다.

남자는 마당에 놓인 랜턴을 집어 들었다. 한쪽 발로 가방 아래쪽을 받친 뒤 반대편 손으로 거칠게 손잡이를 잡아당겼다. 가방이 넘어지면서 축구공처럼 하얀 무언가가 마당으로 굴러 떨어졌다.

"저건……."

최준이 넋 나간 사람처럼 중얼거렸다.

하얀 물체는 마치 자신의 의지로 움직이는 것처럼, 주저앉은 최준의 발치에 이르기까지 꽤 오랫동안 마당 위를 굴렀다. 둘둘 말려 있던 타월이 풀리며 물건의 정체가 드러났다.

그것은 거칠고 우악스런 솜씨로 절단된 여자의 머리였다. 그림자처럼 새까만 머리카락이 얼굴을 온통 뒤덮고 있었다. 결코 낯설지 않은 얼굴. 최준은 떨리는 손을 뻗어 여자의 앞머리를 귀 뒤로 넘겨주었다. 남자가 다가와 부패하기 시작한 여자의 얼굴에 랜턴을 들이밀었다. 은은한 조명이 여자의 핏기 없는 얼굴을 덮었다.

"말도 안 돼."

최준이 얼빠진 목소리로 중얼거렸다. 오동구가 허겁지겁 가방으로 달려들었다. 검은 꽃무늬 원피스와 잘린 두 개의 다리를 끄집어냈다. 마침내 여자의 창백한 토르소가 달빛 아래 모습을 드러냈다. 그녀의 골반 위에는 새끼손가락만 한 풀꽃 문신이 새겨져 있었다.

"이건 말도 안 돼……."

오동구는 그 연보라색 풀꽃 문신을 기억했다. 미셸의 요가복 상의가 그녀의 나른한 기지개를 따라 올라갈 때면 복근 아래로 문신이 고개를 내밀곤 했다. 오동구는 벌거벗은 토르소 위에 엎드려 절규했다.

죽은 여자는 미셸이었다.

17

죽은 여자는 미옥이었다.

이진수는 도미옥의 시신을 바라보며 망연자실했다. 이 사달이 나는 것을 막으려고 그렇게 분주히 따라왔건만. 최악의 시나리오가 현실이 되었다. 그러나 무엇보다 이진수를 당황케 한 것은 자신을 공격했던 두 남자의 행동이었다. 뚱뚱한 남자는 도미옥의 시신을 부여잡고 오열했고 마른 쪽은 넋이 나간 듯 그녀의 머리통만 바라보고 있지 않은가?

'이 놈들은 여태껏 자신들이 암매장하려던 여자가 누구인지도 모르고 있었던 건가?' 어쩌면 이들은 도미애의 똘마니가 아닐지도 모른다는 생각이 들었다.

이진수는 화끈거리는 관자놀이를 손수건으로 꾹 눌렀다. 손끝에서 축축하고 뜨거운 기운을 느꼈다. 생각해 보면 두 남자의 실력은 전문가의 솜씨로 보기엔 너무 어설펐다. 인기척을 낸 것도 그렇고 기습도 날카롭지 못했다.

삽으로 맞은 부분이 아직 욱신거리긴 했지만 이진수는 살아있었다. 항공잠바의 솜씨였다면 타깃의 뒤를 잡고도 두 번이나 기회를 놓치지는 않았을 거다.

두 사람은 여러모로 전에 만났던 살인청부업자들과 달랐다. 이놈들은 프로가 아니다. 그러고 보니 뚱보는 낯이 익었다. 어디선가 본 기억이 났다.

"당신들 뭡니까?"

이진수가 물었다.

"우린, 죄가 없습니다."

"일반인이에요. 이번 사건과 아무 관계없는."

오동구가 아리송한 대답을 하자 최준이 끼어들어 정정했다. 이진수가 재차 물었다.

"저 여자, 당신들이 죽인 겁니까?"

"아니요."

"절대 아닙니다."

두 사람이 동시에 대답했다.

"그럼 왜 시신을 숨기려는 거죠?"

"부탁을 받았을 뿐입니다. 난 이런 일인 줄 모르고 끼어들었다가 휘말린 겁니다. 저 가방 속에 이런 게 있을 줄은 정말 몰랐다고요. 믿어주세요. 그냥 땅 파는 거나 좀 도와주면 될 줄 알았습니다. 저는 정말 억울합니다."

최준이 지껄였다. 이진수가 손짓으로 그의 입을 막았다.

"누구 부탁을 받았는데?"

최준은 한 손으로 오동구를 가리켰다.

"저 친구요. 부끄럽지만 제 불알친구입니다. 제 이야기를 먼저 들어보세요. 미셸이라는 여자가 있었어요. 동구의 여자 친구죠. 그 여자가 사람을 죽였다고 했습니다. 오동구는 그 시체를 처리해 주려고 했던 거예요. 저는 그냥 동구의 부탁을 받고 땅 파는 일만 도왔습니다."

"당신 조금 전에는 저 가방 안에 뭐가 들었는지 몰랐다고 했잖아요?"

이진수가 경멸조로 물었다.

"그건 제가 경황이 없어서…… 이 여자는 미셸입니다. 분명히 이 여자가 사람을 죽였다고 했어요. 대체 이게 어떻게 된 일인지."

최준이 얼버무렸다. 땀을 뻘뻘 흘리며 이진수를 향해 연신 고개를 조아렸다.

혼란스러운 건 이진수도 마찬가지였다. 죽은 도미옥은 기묘한 표정을 짓고 있었다. 반쯤 감은 눈은 먼발치를 내다보는 듯했고 파리한 입술은 멍하니 벌어져 있었다. 흙투성이가 된 뺨 위로 머리카락이 흐트러졌다. 엊그제만 해도 멀쩡히 살아있던 여자다.

"이 여자의 본명은 도미옥이에요. 헬스장에서 요가강사 일을 하고 있지."

이진수가 말했다. 토르소 위에 엎드려 울고 있던 남자가 몸을 움찔했다. 이진수는 오동구의 얼굴에 불빛을 비춰 보고는 그를 기억해냈다.

"당신이 그 헬스장 주인이죠?"

이진수가 물었다. 오동구는 말없이 코를 훌쩍거렸다. 헬스장 카운터 뒤에서 게걸스레 짜장면을 먹던 뚱보다. 오동구의 눈은 실핏줄이 터진 것처럼 새빨갰다. 흙먼지를 뒤집어쓴 가무잡잡한 얼굴은 눈물과 콧물로 범벅이 되었다. 불어터진 익사체 같은 모습이었다.

이진수는 그에게 몇 가지 질문을 했지만 오동구는 대답할 수 있는 상황이 아니었다. 정신적으로 큰 충격을 받은 듯했다. 이진수는 최준에게로 돌아섰다.

"성환 연립에는 왜 갔습니까? 그 집에 살던 남자는 지금 어디 있습니까?"

"장근덕이요? 아까 도망친 뚱땡이가 바로 그놈입니다. 성환 연립에는 동구가 데리고 갔어요. 난 아무것도 모르고 그냥 따라가기만……"

"당신 잘못 없는 거 알았으니까 이제 그런 얘긴 집어치우고. 장근덕은 왜 데려왔어요?"

"데려오다뇨? 자기가 멋대로 따라온 겁니다. 이상하게 들릴 수도 있겠지만 우린 정말 거기가 빈집인 줄 알았습니다. 미셸이 그렇게 말했으니까요. 조용히 시체만 가져와서 묻으면 된다고 했단 말입니다. 그런데 실제로는 장근덕이 거기서 여자 시체를 토막 내고 있더라니까요."

"거짓말이군."

이진수가 콧방귀를 뀌었다. 최준은 벌컥 화를 냈다.

"정말이라고요! 우리 입장에선 알지도 못하는 사람을 끌어들일 이유가 없지 않습니까?"

"당신들은 거짓말을 하고 있어. 왠 줄 알아? 장근덕이 바로 도미옥의 사촌 동생이거든."

이진수의 말을 들은 최준의 표정이 일그러졌다. 불현듯 함정에 빠졌다는 생각이 든 것이다. 최준이 용기를 내어 물었다.

"그런데 당신은 누굽니까?"

"난 그냥 심부름꾼이요. 누구 부탁을 받고 이 여자 뒷조사를 하던 중이었지."

"설마 당신이 이 여자를…… 죽인 건가요?"

"내가 왜? 그랬다면 내가 당신들이랑 여기서 이러고 있을 것 같아?"

이진수가 짜증스레 대답했다. 최준은 쉽게 물러나지 않았다.

"당신이 거짓말을 하는 걸 수도 있잖아요? 장근덕은 자다 일어나니 방 안에 저 여자 시체가 있었다고 했어요. 오동구는 나에게 그걸 물으러 같이 가자고 했고. 살인을 한 건 미셸이에요. 그런데 죽은 사람도 미셸이라뇨? 게다가 당신은 미셸의 뒷조사를 하고 있었잖아요? 그렇다면 범인은 당신들 셋 중 한 명이겠군요?"

"그게 무슨 개 같은 논리야?"

이진수가 말했다. 그의 표정이 험악해지는 것을 본 최준이 한발 물러섰다. 그래도 입은 쉬지 않고 지껄였다.

"화내지 말고 들어봐요. 우리 말고 여기에 누가 또 엮여 있습니까? 내가 범인이 아니라는 건 내가 제일 잘 아니까 당연히 당신들 셋 중에 범인이 있겠죠."

이진수가 코웃음을 쳤다.

"그런 식이면 범인은 너희 셋 중 하나여야지. 내가 도미옥을 죽이지 않았다는 건 내가 제일 잘 아니까. 이 여자는 내 돈줄이었어."

이진수는 다짜고짜 최준의 뺨을 후려갈겼다. 최준은 바닥에 엎어져 흐느꼈다.

"죄송합니다. 때리지 마세요. 그냥 저는 죄가 없다는 걸 말씀드리고 싶었을 뿐이에요."

"입 닥치고 잘 들어. 며칠 전에 나는 도미옥을 감시하라는 의뢰를 받았어. 의뢰인은 도미옥의 친언니였지. 알고 보니 도미옥은 자기 언니를 협박하고 있더군. 내 의뢰인에게는 숨겨야 하는 사생아가 있었거든. 이 얘기를 알고 있나?"

이진수의 말을 듣자 최준도 짐작 가는 바가 있었다.

"압니다. 장근덕이 그런 비슷한 얘기를 했어요."

"전부 털어놔."

"아저씨 의뢰인, 그…… 언니라는 여자는 자기 아들을 외할머니에게 맡겨 키운댔어요. 장근덕의 할머니 말입니다."

"도미옥에게 전화를 받은 게 언제지?"

"자정이 지났으니까 그제 새벽일 겁니다. 미셸은 자기가 사람을 죽였다고 하면서 성환 연립 주소를 불러줬어요."

"그래서 당신은 저 남자와 함께 성환 연립으로 간 거군. 도미옥 대신 시신을 처리하려고?"

"맞아요. 미셸은 분명히 거기가 빈집이라고 했습니다. 하지만 우리가 갔을 때는 장근덕이 이미 여자를 토막 내고 있었어요. 그땐 그게 미셸인 줄 몰랐죠. 난 그대로 경찰에 신고하려 했습니다. 그런데 오동구 저 녀석이 못하게 막았다고요."

최준이 징징댔다. 이진수가 그의 따귀를 한 대 더 때렸다. 최준은 비명을 지르며 나가떨어졌다. 이진수가 그의 멱살을 잡아 일으켜 세웠다. 무릎으로 놈의 아랫배를 몇 대 쑤셔 박았다. 최준은 새우처럼 몸을 구부리며 바닥에 나동그라졌다.

"쓸데없는 변명 집어치우랬지? 난 당신한테는 관심 없으니까. 단지 그날 무슨 일이 있었는지를 알고 싶은 거야."

"변명이 아니라고요. 진짜로 제가 신고하려 했는데 동구가 저를 말렸어요. 방 안에 미셸의 물건이 떨어져 있어서……. 신고했다간 미셸이나 우리도 꼬리를 잡힐 게 뻔했다고요."

최준이 오동구 가리키며 흐느꼈다.

"그래서 차라리 셋이 함께 시신을 처리하기로 했다?"

"그렇게 되는 편이 모두에게 좋을 거라고 생각했어요. 동구에게 계획이 있었다고요. 여기에 묻으면 아무도 모를 거라고 했습니다. 우리 모두 저 녀석한테 속았던 거예요."

"그럼 도미옥이 죽였다는 그 여자는 대체 어디 있는 거야? 미셸이 누구를 죽였지?"

이진수가 윽박질렀다.

"몰라요. 우리도 정말 모른단 말이에요."

최준이 떨리는 목소리로 말했다.

도미옥은 엊그제까지만 해도 살아있었다. 그건 이진수가 두 눈으로 직접 확인했다. 이틀 전 저녁 무렵 도미옥의 빌라에서 이진수는 그녀를 마주쳤다. 그녀는 곧바로 택시를 타고 어딘가로 갔다. 이진수는 그녀를 미행하는 대신 슈네블루메를 탐문했다. 그날 낮에 도미옥은 도미애를 만났던 걸로 밝혀졌다. 카페 여자가 그렇게 증언했다.

그날 자정 무렵 살인이 일어났다. 최준의 말에 따르면 도미옥, 그러니까 미셸은 그날 새벽 사람을 죽이고 오동구에게 전화를 걸었다. 하루 종일 망설이던 오동구가 오후에 최준을 끌어들였다. 두 사람은 해질 무렵 사건이 벌어진 성환 연립을 찾아갔다. 그 사이 무슨 일이 있었는지는 몰라도 장근덕은 오후 내내 여자의 시신을 훼손하고 있었다. 죽은 사람은 미셸 자신이었다.

이진수는 손목시계를 내려다보았다.

'그때 나는 도미애의 외할머니를 찾아가 아이를 만나고 있었다. 당진에서 돌아오는 길에 곧바로 청삼동으로 갔지.'

이진수가 성환 연립에 도착했을 때는 마침 최준과 오동구가 장근덕의 창문을 들여다보며 작당을 하고 있을 때였다. 이진수는 잠시 머리를 굴렸다. 도미애는 한때 성환 연립에서 남편 몰래 아이를 키웠다. 지금 그 집에 살고 있는 건 모자란 사촌 동생뿐. 처음 이진수는 두 사람이 도미애의 똘마니라고 짐작했었다.

이진수는 멀리서 그들을 지켜봤다. 오동구 혼자 건물로 들어갔다. 몇 분 뒤 오동구는 장근덕과 함께 커다란 가방을 들고 나타났다. 최준, 오동구, 장근덕은 차 트렁크에 가방을 실었다. 이진수는 본능적으로 좋지 않은 일이 일어났다는 걸 알 수 있었다. 그래서 이진수는 그들의 뒤를 밟았다.

"이해할 수가 없군."

이진수가 중얼거렸다.

"혹시 자살을 한 건 아닐까요?"

최준이 눈치 없이 끼어들었다. 이진수가 노려보자 최준은 금방 입을 다물었다. 이진수가 그에게 물었다.

"이봐. 도미옥이 누군가를 죽였다고 했다는 말, 사실이야?"

"전…… 저는 몰라요."

"언니요."

오동구였다. 이진수와 최준이 고개를 돌려 그를 바라보았다. 그는 놀란 사람처럼 두 눈을 동그랗게 뜨고 중얼거렸다.

"미셸은, 자기가 언니를 죽였다고 했어요."

토막 난 여자의 나신 앞에 무릎 꿇은 오동구의 모습은 기괴하고 비현실적이었다. 마치 달빛을 뒤집어쓴 한 마리 짐승 같았다. 최준이 발끈해서 소리를 질렀다.

"나한테는 그런 얘기 안 했잖아?"

"거짓말은 하지 않았어. 그냥 기억이 나지 않았을 뿐이야."

"이 새끼가……."

최준이 이를 갈았다. 그는 오동구를 탓할 수 없었다. 미셸이 죽인 게 누구인지 알았다고 해서 뭔가 달라졌을 것 같지는 않았으니까.

"당신 말이 맞다면 저 여자는 도미애여야 해. 도미옥이 아니라."

이진수가 턱짓으로 여자의 시신을 가리키며 말했다. 오동구가 완강하게 고개를 가로저었다.

"우린 도미애라는 여자 모릅니다. 만난 적도, 들어본 적도 없어요."

도미옥이 도미애를 죽였다고? 말이 되지 않는 이야기였다. 그 논리에는 이 시대를 관통하는 상식이 결여되어 있었다. 누구도 제 손으로 돈 나오는 구멍을 틀어막지 않는다. 도미옥에게는 도미애를 죽여야 할 이유가 없었다.

그러니까 만약 도미옥이 자기 언니를 죽인 게 사실이라면, 그건 아마도 우발적인 살인이었을 것이다. 아니면 그래야만 하는 절박한 이유가 있었거나.

절박한 이유. 이진수는 도미애의 청부업자들을 떠올렸다. 칼을 맞은 옆구리가 불에 덴 것처럼 시큰거렸다. 만약에 언니가 자신을 죽이려고 한다는 걸 도미옥이 눈치챘다면?

그럴싸한 가정 하나. 도미애는 도미옥에게 아이를 보러 가자고 했다. 하지만 두 사람은 외할머니 집에 나타나지 않았다.

아이는 이미 오래전에 할머니와 당진에 내려가 있었다. 건물 관리인도 그걸 알고 있으니 도미애가 그 사실을 모를 리 없다. 그러나 도미옥은 그걸 모르고 있을 가능성이 있었다. 아이가 아직 성환 연립에 사는 줄 알았던 건지도 모른다.

도미옥은 도미애를 만난 날 살해당했다. 그렇다면 도미애가 의도적으로 도미옥을 성환 연립으로 유인한 게 아닐까? 이진수는 도미옥의 빌라에서 만났던 도미애의 똘마니를 떠올렸다.

곧 동이 틀 시간이었다. 이진수는 손뼉을 쳐서 두 사람의 주의를 끌었다.

"일단 정리를 좀 합시다."

두 사람은 마당에 주저앉아 멍하니 이진수를 바라보았다. 이진수가 명령했다.

"저 여자를 다시 묻으세요."

"여기에 말입니까?"

최준이 물었다. 뭔가 미덥지 않은 눈치였다. 그도 그럴 것이, 가장 안전하다고 생각했던 장소였는데 시체를 다 파묻기도 전에 들켜버리지 않았던가? 다음번에 누군가 또 찾아오지 않으리란 보장이 없었다. 이진수도 그가 무슨 생각을 하고 있는지 알아차렸다.

"내가 당신들을 추적하지 않았다면 이 집 마당에 뭐가 묻혀 있는지 어떻게 알았겠어? 이런 마을에는 올 일도 없었을 테고. 이런 곳에 버려진 집이 있다는 것도 몰랐을 거야. 당신들이 장소를 잘 골랐어. 내가 보기엔 여기만큼 안전한 곳도 없어."

"언제부터 우릴 따라온 겁니까?"

"어제저녁부터. 처음부터 당신들 뒤를 캘 생각은 없었어. 난 도미옥을 쫓고 있었을 뿐이니까. 이제 이 여자가 죽었다는 걸 확인했으니 우린 더 이상 볼 일 없는 겁니다."

최준은 고개를 끄덕이며 삽을 지팡이 삼아 짚고 일어났다. 어차피 마땅한 대안도 없었다. 날이 밝기 전에 수습하지 못하면 징역 행이다. 이진수는 두 사람을 남겨두고 폐가를 떠났다.

우선은 도미애가 살아있는지를 확인해야 했다. 도미애가 살아있다면 복권 당첨이다. 도미옥의 시신이 묻힌 장소를 아는 사람은 이진수를 포함해 네 명뿐이니까. 그들 중 도미애를 협박할 수 있는 사람은 이진수밖에 없다.

그가 입을 털기 시작하면 도미애도 끝장이다. 그녀의 남편이 얼마나 대단한 사람이건 간에 도미애는 살인교사로 콩밥을 먹게 될 것이다. 그게 싫으면 돈으로 이진수의 입을 틀어막는 수밖에 없다. 이진수는 기꺼이 입을 다물어줄 준비가 되어 있었다.

이진수는 오동구의 차 밑에 붙여놓았던 위치추적기를 회수했다. 아웃도어용으로 많이 쓰는 GPS 송신기였다. 성환 연립에 도착했을 때, 이진수는 두 사람을 바로 덮치는 대신 오동구의 차에다 표식을 남겼다. 트렁크에 넣고 다니던 GPS 송신기를 청테이프로 차 밑바닥에 붙인 것이다.

이진수는 세 사람이 수상한 가방을 싣고 이동하는 동안 얌전히 뒤를 밟았다. 인적이 드문 마을에 이르자 멀찌감치 떨어져서 때를 기다렸다. 놈들이 지칠 때까지 기다렸다가 덮치는 게 계획이었고, 멋지게 들어맞았다.

이진수는 시동을 끄지 않은 낡은 아반떼에 올라탔다. 도망친 장근덕이 차를 몰고 도망치진 않았을까 걱정했는데 다행히 그런 일은 없었다. 이진수는 히터를 최대로 틀고 차를 돌렸다. 땀이 마르면서 금방 몸이 식었다.

'저 두 사람도 몸살 때문에 고생깨나 하겠군.'

이진수는 시골길을 빠져나왔다. 서울방면으로 차를 돌리려는데 포장도로 갓길을 따라 누군가 뛰고 있는 뒷모습이 보였다. 이 새벽에 벌써부터 조깅을 나온 것 같지는 않았다. 이진수는 속도를 낮추고 조수석 창문을 내렸다.

"이봐요."

흙투성이 사내는 이진수의 말을 못 들은 척하며 달리고 있었다.

"저기요, 장근덕 씨."

이진수가 자신의 이름을 부르자 장근덕은 화들짝 놀라며 오히려 반대 방향으로 고개를 돌렸다. 그는 조금 전보다 빠르게 걷기 시작했다. 자세히 보니 걷는 게 아니라 다리에 힘이 풀린 채 종종걸음으로 도망치는 중이었다.

"타세요. 집까지 태워다 줄 테니까."

"저…… 저는 괜찮습니다."

장근덕은 이진수를 외면한 채 대답했다. 이진수가 자신을 못 알아보길 기대하는 눈치였다. 이진수는 한결 부드러운 말투로 어르듯이 말을 걸었다.

"서울까지 그렇게 뛰어갈 생각이에요?"

"금방 버스 정류장이 나올 겁니다. 괜찮습니다. 정말로."

"그러지 말고 타시죠. 난 당신이 마음에 드니까. 우린 어차피 공범이에요."

"공범이요?"

"같은 편이니까 부담가지지 마시라고."

"그럼…… 죄송하지만 신세 좀 지겠습니다."

장근덕은 잽싸게 조수석에 올라탔다. 그는 여전히 이진수의 눈을 똑바로 바라보지 못했다. 이진수는 성환 연립 관리인이 했던 말을 떠올렸다. 어디가 좀 모자라다더니. 확실히 요즘 같은 세상에 사람 구실 하며 살기엔 장근덕은 너무 어리숙했다.

"아까는 왜 그렇게 도망쳤어요?"

"싸우는 게 무서워서요. 싸움을 잘 못하거든요."

"왜 뛰어갔어요? 내 차에 시동 걸어놨는데 그냥 타고 가시지."

이진수가 장근덕을 향해 미소 지었다. 장근덕이 배시시 따라 웃었다.

"저 운전 못 해요. 면허가 없거든요."

장근덕의 대답을 들은 이진수가 껄껄 웃었다.

"아까 두 사람은 어떻게 됐습니까?"

장근덕이 물었다.

"마당에 그 여자를 묻어주고 있죠."

"정말 괜찮겠죠? 우리?"

"우리끼리만 조용히 있으면 아무도 모를 거예요."

이진수는 속도를 높이며 텅 빈 고속도로를 신경질적으로 내달렸다. 땀에 전 장근덕의 몸에선 시큼하고 역겨운 냄새가 났다. 창문을 열자 머리가 아플 정도로 차가운 바람이 차 안의 공기를 휘저었다. 이진수는 차창에 한 팔을 걸치고 태연히 장근덕에게 말을 걸었다.

"엊그제 뭐 이상한 일 없었어요?"

"네?"

장근덕의 어눌한 목소리는 풍절음에 섞여 잘 들리지 않았다. 그래도 이진수는 창문을 닫지 않았다. 냄새 때문에 그럴 수 없었다.

"엊그제. 죽은 여자를 발견한 날 말이에요. 뭔가 이상한 점은 없었어요? 주변에 낯선 사람들이 어슬렁거렸다거나."

"그렇게까지 이상한 일은 없었는데……. 낯선 사람들은 못 봤습니다."

"그 여자 누군지 알아요?"

"모릅니다. 처음 보는 사람이었습니다."

"사촌 누나들은 자주 봐요?"

"못 본 지 꽤 됐죠."

"마지막으로 본 게 언제예요?"

"몇 년 전 큰누나가 애 맡기러 저희 집에 온 적은 있는데, 직접 본 건 아니에요. 작은 누나는 어렸을 때 이후로 한 번도 못 봤습니다."

"그렇다면 얼굴을 못 알아본 게 이상한 일도 아니군."

이진수가 중얼거렸다. 장근덕이 고개를 갸우뚱했다.

"뭐가 말입니까?"

"아니. 별거 아닙니다. 그보다 그날 밤 이야기를 좀 들어봅시다. 뭐가 어떻게 됐기에 누명을 쓰게 된 거죠?"

누명이라는 말을 듣자 장근덕의 표정이 밝아졌다. 장근덕은 이진수에게 자신의 억울함을 술술 털어놓았다. 술에 취해 그날 밤의 기억이 나지 않는다는 얘기도 했다.

끊어졌던 고리들이 사슬처럼 맞물리기 시작했다. 도미애의 똘마니가 김규식을 죽였다. 도미애는 도미옥을 성환 연립으로 유인했다. 똘마니는 장근덕에게 술을 먹였다. 도미옥은 성환 연립 장근덕의 집에서 살해당했다.

"고마워요."

"네? 뭐가요?"

"당신 덕을 보게 생겼군."

이진수는 장근덕을 바라보며 환하게 미소를 지었다. 장근덕이 떨떠름한 얼굴로 따라 웃었다. 이진수는 라디오의 볼륨을 높였다. 이제 도미옥이나 김규식 따위는 잊어버리기로 했다. 푼돈 몇백만 원쯤은 대수롭지 않았다. 이진수는 대어를 낚았다는 생각에 웃음을 멈출 수가 없었다.

18

이진수가 떠난 뒤에도 두 사람은 한참 동안 마당에 누워 있었다. 최준이 옆으로 고개를 돌리자 오동구의 검은 윤곽이 보였다. 산 너머에서 아침이 밝아오고 있었다.

"동구야."

"응."

"빨리 마무리 하고 집에 가자."

"그래."

오동구가 대답했다. 다 죽어가는 목소리였다. 삽은 이제 하나뿐이다. 최준은 손목이 부러졌다. 땅을 팔 수 있는 사람은 오동구뿐이었지만 그는 이미 모든 의욕을 잃어버린 상태였다. 하루 종일 운전을 하고, 구덩이를 파고, 갑자기 들이닥친 이진수에게 호되게 얻어맞고 난 뒤에 정신적으로 너무나 큰 충격을 받았던 것이다.

넋이 나간 그를 내버려둔 채 미셸의 시신을 수습하는 일은 결국 최준의 몫이었다. 그는 힘겹게 미셸의 머리채를 움켜쥐고 구덩이 안에 던져 넣었다. 몸을 움직일 때마다 고통이 밀려왔다. 최준은 무릎을 꿇고 기다시피 미셸의 토르소를 구덩이에 굴려 넣었다. 최준은 오동구를 바라보았다. 그는 구덩이 옆에 시체처럼 누워 있었다.

"너 그래가지고 운전은 할 수 있겠냐?"

최준이 물었다.

"몰라."

"나는 못할 것 같아. 손목이 부러졌어."

"응."

"갈 때도 네가 운전 좀 해야겠다."

"알았어."

오동구는 건성으로 대답했다. 최준 혼자 마음이 급했다.

"곧 해가 뜰 거야. 시골 사람들이 원래 오지랖이 넓잖아. 무슨 일이 있었는지 와서 보려고 다들 동트기만 기다리고 있을 거란 말이야."

"알아."

"미셸은……. 미셸은 그만 잊자. 산 사람은 살아야지."

최준이 말했다. 한동안 침묵이 흘렀다. 오동구가 몸을 일으켰다. 두 사람은 무릎걸음으로 구덩이에 다가갔다. 맨손으로 흙을 밀어 구덩이를 채웠다. 어느덧 랜턴이나 손전등이 필요 없을 만큼 날이 밝았다.

온 세상이 바다처럼 파랬다. 점점 밝아지는 하늘을 배경으로 땅 위에 뿌리박은 것들은 모두 그림자처럼 새끼맣게 보였다. 최준은 오동구가 자신의 표정을 읽을 수 없다는 걸 다행스럽게 생각했다. 오동구는 네 발로 미셸이 묻힌 흙을 다졌다.

말라죽은 잡초만 무성했던 마당은 전보다 더 엉망이 되었다. 오랫동안 버려져 있던 공간에 흉터처럼 사람의 흔적이 남았다. 구덩이를 팠던 곳만이 밭을 갈아엎은 것처럼 붉고 신선했다. 이 모든 자취를 지울 수 있는 건 오직 시간뿐이었다.

"누가 봐도 수상해 보이네."

"그러게. 땅에 뭐 묻은 거 티 난다."

두 사람은 서로의 얼굴을 마주 보았다. 누가 먼저랄 것도 없이 웃음을 터뜨리고는 한참 동안 키득거렸다.

"내가 왜 네 말을 들었을까? 그땐 참 간단한 일 같다고 생각했는데."

"나도 그때는 이게 되게 좋은 생각인 줄 알았어. 이렇게 될 줄 알았으면 애초에 미셸 부탁을 들어주지 않는 건데."

오동구가 말했다. 최준은 오동구와 20년 지기 친구였지만 그가 이토록 쉽게 고집을 꺾는 모습을 본 것은 처음이었다.

"준아."

"왜?"

"우리 아버지가 그랬어. 난 너무 나약해서 큰 인물이 될 수 없을 거라고. 나도 내가 그럴 수 없다는 걸 잘 알아. 난 그냥……. 미셸이랑 행복하게 살 수 있을 줄 알았다."

오동구는 누구보다 자신의 감정 앞에 진실한 인간이었다. 설령 눈앞에 펼쳐진 것이 파멸뿐이라는 걸 알았다 해도 그는 망설임 없이 미셸을 도왔을 것이다. 오동구는 그런 이유로 매번 너무 일찍 죽어버리기 때문에 미처 위대해지지 못하는 거라고, 최준은 생각했다.

최준은 울컥 화가 치밀었다.

"그러게 내가 뭐라고 했냐? 내가 말할 때는 귓등으로도 안 듣더니만 이제 와서?"

"돈은 줄 테니까 걱정 마라. 약속은 약속이니까."

오동구가 대꾸했다. 경멸이 섞인 무뚝뚝한 말투. 고집스럽게 맞물린 두툼한 입술이 꿈틀대고 있었다. 최준은 멍하니 그를 바라보다가 마침내 깨달았다. 다시 한 번 위계질서를 바로잡아야 할 때가 왔음을.

"뭐냐 그 말투는?"

"내 말투가 어때서?"

"지금 나 비웃는 거냐?"

최준은 일부러 목소리를 낮게 깔았다. 그러나 기대했던 효과는 나타나지 않았다.

"누가 비웃어? 그냥 얘기한 건데?"

"동구야. 나 돈 때문에 네 눈치 보는 사람 아니야. 그까짓 삼천만 원, 나한테는 돈도 아니야. 내가 여기까지 와서 이 개고생을 한 게 정말 돈 때문인 거 같아?"

"그게 아니면 뭔데?"

"우린 친구잖아. 그래서 도운 거야. 너한테 솔직하게 얘기해 줄 수 있는 사람이 나밖에 없으니까 쓴소리도 하는 거지. 막말로 네가 지금까지 살면서 내 말만 잘 들었어도 지금이랑은 다르지 않았겠냐?"

"무슨 소리야?"

260

오동구가 물었다. 최준이 진지한 얼굴로 면박을 줬다.

"너 대학 갈 때도. 그런 엉터리 같은 학교 가느니 나랑 같이 재수하자고 했잖아. 너 대학가서 아싸처럼 혼자 다니면서 학점 포기했을 때도 내가 뭐라고 했냐? 그딴 식으로 살면 나중에 취직도 못 한다고 했지?"

"내 인생이야. 결정은 내가 해."

"너는 맨날 그렇게 고집을 부리니까 되는 일이 없는 거야. 너 처음 대학 들어갔을 때 내가 소개팅 시켜준다고 했었지? 그때 너 뭐라고 했냐? 아직은 여자에 관심 없다고 했지? 그렇게 대학 다니는 내내 방구석에서 게임만 하다가 어떻게 됐는데? 나중에 소개팅해 달라고 징징댔던 건 너야. 고집부리다가 후회해 본들 어쩌냐? 버스는 이미 떠났는데. 그 나이 먹도록 제대로 연애 한 번 못해본 애를 누구한테 소개해 주냐? 그러니까 네가 맨날 호구취급 받는 거야. 띨띨하게 여자한테 이용만 당하고."

"……."

"그러게 어릴 때 여자도 좀 만나고, 공부도 좀 하고 그랬어야지. 내가 너한테 해준 조언 중에 뭐 틀린 거 하나라도 있었냐? 말을 하면 좀 들어라. 고집 부리지 말고."

"어련하시겠어."

"뭐?"

"잘난 척 좀 그만 하라고 이 새끼야."

오동구의 목소리는 격앙되어 있어 위협적으로 들렸다.

"이기적인 새끼. 네가 똑똑해서 지금까지 속아준 줄 알아? 너도 나랑 다를 거 하나 없잖아. 너나 나나 똑같다고."

오동구가 말했다. 최준은 깜짝 놀랐다. 그는 여태껏 오동구가 화를 내는 모습을 본 적이 없었다.

"뭐가 똑같아? 너 같은 인생 패배자랑 내가?"

"그래. 너야말로 패배자잖아. 이 인간쓰레기야."

"대학 관두고 취직도 못 한 새끼가. 맨날 따돌림이나 당하던 놈 데리고 놀아줬더니 뭐가 어째?"

최준이 목소리를 높였다. 오동구는 콧방귀를 뀌었다.

"그러는 너는? 코딱지만 한 회사 취직해서 무슨 일 하냐? 하루 종일 앉아서 무슨 대단한 일을 하시는데? 그거 엑셀이랑 피피티만 쓸 줄 알면 개나 소나 다 하는 단순사무 아냐? 잘난 척 좀 하지 마라. 머리도 나쁜 게 잔머리 굴리는 소리 여기까지 다 들리니까."

오동구의 말을 들은 최준의 얼굴이 새빨개졌다. 살면서 이런 날이 오리라고 생각해 본 적이 있었던가? 대놓고 무시해도 백치처럼 실실 웃던 게 오동구다. 그게 오동구의 역할이었고, 최준이 그와 어울리는 유일한 이유였다.

최준이 오동구에게 달려들었다. 그러나 성치 않은 몸으로는 그것조차 여의치 않았다. 오히려 오동구가 먼저 일어나 최준의 옆구리를 걷어찼다. 최준은 앞으로 고꾸라졌다. 금이 간 늑골 때문에 숨을 쉴 수 없었다. 오동구가 주먹으로 최준의 정수리를 연거푸 쥐어박았다.

"그만, 아프다. 나 뼈 부러졌다고."

최준은 흙바닥에 엎드려 앓는 소리를 냈다. 오동구가 쏘아붙였다.

"네가 나랑 놀아줘? 내가 왕따가 되지 않았으면 네가 됐겠지. 내 덕에 무시히 학교 생활한 건 너잖아. 이 새끼야. 비겁하게 뒤에 기어

호박씨 까는 거 내가 모를 줄 알았어? 조언이랍시고 남의 속이나 긁어대면서 술 얻어먹을 궁리만 하던 놈이. 네가 그렇게 잘났으면 잘나가는 애들이랑 놀지 왜 나랑 놀았냐?"

아주 틀린 말은 아니었다. 최준은 마땅히 반박할 말이 없었지만 어쩐지 억울했다.

"너 이 새끼, 나중에 두고 보자."

"나중? 나중은 없어."

오동구는 그동안 쌓인 울분을 모두 쏟아내려는 듯, 바닥에 엎어진 최준의 뒤통수를 무자비하게 밟아대기 시작했다. 최준은 부러진 팔로 머리를 감싸며 오동구의 매질을 견뎠다. 최준은 생각했다. '개새끼, 아까 흙 다질 때 이렇게 좀 밟았어봐.' 그러나 상황이 상황인지라 실제로 그런 말을 할 수는 없었다.

"동구야 잠깐만."

"왜?"

"나 이러다가 진짜 죽을 것 같아."

"그래서 어쩌라고?"

"동구야. 이제 네 맘 다 알았어. 그동안 무시했던 거 정말 미안해."

최준이 코를 훌쩍였다. 사실 그는 오동구가 아주 싫지만은 않았다. 병신 같은 놈이었지만 녀석과 함께 있으면 안도감이 들었다. 재수를 시작했을 때도, 연애에 실패했을 때도, 그리고 한참 취업준비를 할 때도 뒤를 돌아보면 늘 오동구가 있었다. 늘 거기에서 힘을 얻었고 하루하루를 버틸 수 있었다. 낙오자는 그가 아니라 언제나 오동구였으니까.

최준은 씩씩거리는 오동구를 슬그머니 올려다보았다.

"미안하다. 친구야."

"좆까."

오동구는 최준의 턱을 발로 걷어찼다. 눈앞이 까매지면서 하얀 스파크가 튀었다. 최준은 모래가 손가락 사이로 빠져나가듯 서서히 의식이 흐려지고 있음을 느꼈다. 다시 붙잡으려 해도 역부족이었다. 마지막으로 떠오르는 건, 우습게도 미셸이었다.

그는 미셸을 사랑했다. 돌이켜보면 그녀는 항상 최준을 오동구와 평등하게 대했다. 그녀가 보기엔 두 사람이 다를 게 없었던 것이다. 최준은 몇 번의 실패한 연애를 해보긴 했다. 그러나 여자와 살을 섞어본 경험이 없기로는 그도 오동구와 마찬가지였다.

오동구가 미셸을 위해 살인사건 뒤처리를 해주겠다고 나섰을 때 최준은 자괴감을 느꼈다. 그는 단 한 번도 누군가를 그렇게 열렬히 사랑해 본 적이 없었다.

'개 같은 년.'

의식이 흐려져 가는 와중에 최준은 생각했다.

'이럴 줄 알았으면 그냥 한 번 자자고 말이라도 해볼걸.'

밤이 깊었지만 자고 있을 수는 없었다. 그에게는 확인할 일이 남아 있었다. 새벽 2시를 조금 넘겨 이진수는 성환 연립으로 돌아왔다. 달은 뜨지 않았다. 운이 좋았다. 드문드문한 가로등 불빛만 아니었다면 누가 옆에 있었대도 몰랐을 것이다.

이진수는 건물 옆으로 돌아 들어갔다. 누렇게 죽은 잔디가 신발에 밟혀 버스럭대는 소리를 냈다. 담장 위를 지나던 도둑고양이가 그를 노려보았다. 이진수는 비어 있는 503호를 올려다보았다. 불은 꺼져 있었다.

이진수는 목장갑을 끼고 크로스백을 둘러맸다. 허리와 어깨를 돌려 가볍게 몸을 풀었다.

"이런 식으로 몸 쓰는 건 정말 오래간만인데."

이진수가 중얼거렸다. 무릎을 꿇고 앉아 등산화 신발끈을 바짝 조여 맸다. 제발 도시가스관이 견디지 못할 정도로 체중이 불지는 않았기를.

이진수는 세 걸음 정도 도움닫기를 하며 도시가스관을 향해 뛰어올랐다. 양손으로 파이프를 움켜잡았다. 삐걱대는 소리가 나긴 했으나 다행히 이진수의 체중을 지탱하기엔 무리가 없어 보였다. 등산화는 기대 이상으로 접지력이 좋았다. 성환 연립의 벽체가 낡은 붉은벽돌이라 힘을 받을 수 있는 요철이 많았다. 이진수는 가스관을 타고 5층까지 빠르게 기어 올라갔다.

이진수는 벨트와 가스관을 등산용 카라비너로 고정시켰다. 보다 안정적으로 매달릴 수 있게 되자 크로스백에서 박스테이프를 꺼냈다. 이빨로 테이프를 뜯어 503호 창문에 붙였다. 영 속도가 나지 않는 번거로운 작업이었다.

이진수는 땀을 비 오듯 흘리면서도 인내심을 잃지 않았다. 매서운 겨울바람은 꼭 그를 떨어뜨리려고 안간힘을 쓰는 것 같았다. 추위와 근육통, 추락에 대한 두려움으로 온몸이 시리고 떨렸다.

마침내 이진수는 창문 전체를 박스테이프로 덮어버렸다. 이진수는 들고 있던 테이프를 바닥으로 던져버리고 안도의 한숨을 쉬었다. 쥐가 난 오른손을 허공에 털며 잠시 휴식을 취했다.

번거로운 준비 작업은 끝났다. 이제부턴 재미있는 일만 남았다. 이진수는 양손으로 가스관을 단단히 움켜쥐었다. 오른발을 벽에 지지한 채 왼발로 테이프 바른 유리창을 걸어찼다. 딱딱한 등산화 코로 서너 번을 걸어차니 '퍼석' 소리와 함께 유리가 바스러졌다. 두껍게 붙인 테이프 덕분에 소음이 크지 않았다.

이진수는 테이프를 뜯어냈다. 깨진 유리창이 테이프에 붙어 딸려 나왔다. 뜯어낸 유리창은 크로스백에 집어넣었다. 이진수는 주머니칼로 방충망을 찢고 방으로 들어갔다.

방은 깔끔하고 단정했다. 여러모로 이 낡은 빌라 건물과는 어울리지 않는 공간이었다. 가구라고는 침대와 티 테이블, 작업대로 쓰는 탁자가 전부였지만 하나같이 최고급품이었다. 탁자 위에는 팔레트와 물감, 크기별로 다양한 붓들이 놓여 있었다. 그림 도구에는 최근까지도 사용한 흔적이 남아 있었다.

"호사스러운 취미군."

이진수가 혼잣말을 했다. 구석에는 유화 물감으로 그린 미완성 작품이 벽에 기댄 채 놓여 있었다. 300호짜리 대형 캔버스에 그린 대작이었다. 산등성이를 따라 허름하게 낡은 주택들이 지저분하게 늘어선 풍경화. 잘 그리긴 했지만 잿빛 하늘 때문에 그림은 한층 침울한 분위기였다. 음침한 작품이다.

이진수는 책장 앞으로 다가갔다. 책장은 전시용이 아니었다. 칸마다 손때 묻은 책들이 이중으로 꽂혀 있었다. 도미애는 독서의 폭이 넓은 편이었다. 문학, 경제, 심리학, 미술사 등 각종 분야의 책들이 빼곡했다. 가장 손이 많이 갈 법한 눈높이의 선반은 주로 주식과 부동산 관련 서적들이 자리를 차지했다. 지극히 그녀다운 서재라고 이진수는 생각했다.

이진수는 맨 아래 선반에서 지국 고등학교 졸업앨범을 발견했다. 한때는 이진수도 가지고 있던 물건이었지만 오래전에 이사하면서 잃어버렸다. 간만에 다시 보니 반가운 마음이 들었다. 이진수는 3학년 7반 페이지를 펼쳐 보았다.

왼쪽 상단에 담임선생님의 얼굴이 있었다. 몇 년 전에 암으로 돌아가셨다는 얘기는 들었다. 한 페이지를 넘기자 이진수와 도미애의 사진도 있었다. 운동선수처럼 짧게 자른 자신의 까까머리가 어색했다. 무뚝뚝한 이진수의 얼굴과는 달리 도미애는 입가에 희미한 미소를 띠고 있었다.

모든 것이 너무 많이 변했다. 불과 십수 년이 흘렀을 뿐인데도. 단체 사진 속 도미애는 헐렁한 교복 차림에 수줍은 미소를 짓고 있었다. 너무나도 평범한, 내성적인 여학생이었다.

이진수는 앨범을 제자리에 돌려놓고 방을 뒤지기 시작했다. 침대는 싱글 사이즈였다. 머리맡의 티 테이블 위에는 가습기가 놓여 있었다.

이번에는 쓰레기통을 뒤졌다. 노다지가 제일 많이 나오는 곳이다. 손을 집어넣자마자 슈퍼마켓 영수증이 나왔다. 구매내역은 소주 다섯 병과 안주 몇 개. 날짜는 도미옥이 살해당한 날이었다.

냄새를 맡은 이진수가 쓰레기통을 뒤집었다. 의뢰인이 저지른 범죄의 냄새. 그게 곧 돈 냄새였다. 먹다 남은 마른안주, 귤 껍질, 깎은 손톱, 그리고 농약병 하나. 농약은 난초용이다. 이진수는 어렵지 않게 관리인이 키우던 난초 화분을 기억해 냈다. 농약병 라벨에는 다음과 같은 안내문구가 쓰여 있었다.

【사용방법】

1. 이 농약은 수화제입니다. 사용하기 전에 병을 흔들어 내용물이 잘 섞이도록 한 다음 소정량의 물에 희석한 후 분무기를 이용하여 뿌리십시오.

2. 효율적인 방제와 저항성균 출현을 방지하기 위하여 작용기작이 다

른 제품과 번갈아 사용하십시오.

【특 징】

1. 이 농약은 살균범위가 넓습니다.

2. 이 농약은 우수한 침투이행성으로 식물체에 고르게 분포하여 효과
가 빠르고 고르게 나타납니다.

3. 이 농약은 포자발아억제, 흡기형성저해, 균사생장저지, 포자생성저
해 작용으로 예방, 치료 및 근절효과를 동시에 가지고 있으며 병원
균의 2차 감염을 예방합니다.

4. 이 농약은 증발이나 강우에 의한 유실이 거의 없어 약효가 오래 지
속됩니다.

이진수는 4번 항목에 주목했다.

"증발이나 유실이 거의 없는, 비휘발성 농약."

수화제는 물에 타는 농약을 뜻한다. 다만 물에 완전히 녹지는 않
기 때문에 잘 흔들어서 뿌려줘야 한다. 물에 섞은 다음 바로 뿌리
지 않으면 농약이 바닥에 가라앉고 만다.

침대에는 사람이 누웠던 흔적이 남아 있었다. 문득 오동구가 했
던 말이 떠올랐다.

"언니요. 미쉘은 자기가 언니를 죽였다고 했어요."

미쉘의 언니, 도미애는 분명히 여기에 있었다. 도미옥과 함께. 이
진수의 직감이 그렇게 말을 하고 있었다.

'만약 내가 죽이려는 사람이 여기 누워 있다면, 그리고 지금 내
수중에 농약이 있다면?'

이진수의 시선은 자연스레 침대 머리맡의 가습기로 향했다.

이리저리 살펴보니 가열식 가습기였다. 일반적인 초음파 가습기는 진동을 발생시켜 물 입자를 공기 중에 비산시킨다. 반면 가열식은 물을 가열해서 자연 증발시키는 방식이다.

가열식 가습기는 물통에서 번식하는 세균이나 곰팡이에 대해 비교적 안전하다. 물을 증발시키는 방식이고, 세균은 비휘발성이니까. 비휘발성 물질은 증발하지 않는다.

이진수는 장갑 낀 손으로 가습기의 물통을 열어보았다. 물통 아래에 하얀 찌꺼기가 가라앉아 굳어 있었다. 살짝 코를 대보니 미약하게나마 농약 냄새가 났다.

'누군가 가습기에 난초용 농약을 탔군.'

공교롭게도, 난초용 농약 또한 비휘발성이다. 끓인다고 증발하지 않는다. 세균이나 곰팡이처럼. 이 방에서 잠을 잔 사람은 운이 좋았다. 이게 만약 초음파 가습기였다면 비산된 농약을 밤새도록 들이마셨을 것이다.

이진수는 도미옥의 말과 달리 도미애가 아직 살아있는 이유를 이제야 이해할 수 있었다.

더 이상의 비밀은 없었다. 이진수는 증거물의 사진을 꼼꼼하게 찍어두었다. 나올 때는 현관으로 걸어 나왔다. 503호 복도에는 지난번과는 또 다른 빈 소주병들이 놓여 있었다. 모두 다섯 병이다. 도미옥이 살해당하던 날의 영수증 내역과 일치했다.

계단을 내려오는데 밑에서 인기척이 들렸다. 삐걱대며 현관문 열리는 소리였다. 이진수는 그 자리에 멈춰 서서 난간 아래를 내려다보았다. 곧 집을 비운다던 2층이었다. 두 팔에 깁스를 한 중년 남자가 복도에서 담배를 꺼내 물고 있었다. 항공잠바다. 이진수의 아파트에서 그를 습격했던.

항공잠바는 복도 창문을 열고 싶어 하는 것 같았다. 그러나 깁스 때문에 어깨 위로 팔을 들어 올릴 수가 없었다. 항공잠바는 창문을 열지 못하게 되자 욕을 하면서 담배를 피웠다. 매캐한 연기가 복도를 가득 채웠다. 놈은 5분 정도 담배를 피우다가 집으로 들어가 버렸다.

이진수는 발소리를 죽이며 1층으로 내려왔다. 계단을 걸어 내려오는 내내 머릿속으로 그날 밤의 상황을 그려보았다.

도미애는 아마 자신의 아지트인 503호로 도미옥을 유인했을 것이다. 503호에서 둘은 새벽까지 술을 마셨다.

'도미애는 술에 취한 도미옥을 장근덕이 살고 있는 101호로 내려보냈을 것이다. 핑곗거리야 많지. 이를테면 침대가 싱글 사이즈라거나. 자고 갈 생각이면 빈방을 하나 내주겠다 했을 테지.'

대머리가 편의점에서 술을 마시며 장근덕을 붙잡아두는 동안 101호에서는 항공잠바가 기다리고 있었을 것이다. 항공잠바가 도미옥을 죽였을 것이고, 계획대로라면 장근덕이 죄를 뒤집어썼을 것이다. 도미애는 성북동 집으로 돌아갔으리라.

'그렇다면 도미옥이 죽었다는 여자는, 처음부터 없었던 셈이군. 도미옥이 착각한 거야.'

이진수는 자신이 상당 부분 진실에 근접했다는 사실을 직감했다. 손목시계를 내려다보았다. 새벽 2시 45분. 칠흑 같은 밤이었다. 이진수는 자신의 흔적이 남지 않도록 주의하며 성환 연립을 빠져나왔다. 깨진 유리창이야 어쩔 수 없다 해도.

20

도미옥은 언니를 쳐다보지 않았다. 언니 목에 걸린 진주 목걸이가 거슬렸기 때문이다. 그 목걸이만 보면 도미옥은 감정이 격앙되는 걸 느꼈다. 진주 목걸이는 엄마의 유품이었다. 도미애에게는 그걸 찰 자격이 없다. 새 부모 품에 안겨 엄마를 잊은 사람이 무슨 자격으로? 하늘나라에 계신 엄마가 이 모든 걸 지켜보고 있다면 분명히 그 목걸이를 자신에게 물려주었을 거라고, 도미옥은 생각했다.

도미애의 벤틀리는 가양시 외곽으로 접어들었다. 사회의 낙오자들이 모여 사는, 신도시의 사타구니 같은 곳이었다.

"고작 이런 데 오자고 불러낸 거야? 여태 이런 동네에서 애를 키웠어?"

도미옥이 물었다. 운전대를 잡은 도미애는 평소처럼 차분한 얼굴로 전방을 주시했다. 도미애의 차에서는 좋은 가죽냄새가 났다. 조수석 팔걸이의 질감은 백화점에서나 만져봤던 명품 핸드백 같았다.

"차 좋네. 하여간 돈 버는 재주 하난 끝내줘. 그것도 그 노인네한 테 배운 솜씨야?"

도미옥은 손끝으로 팔걸이를 문지르며 비아냥거렸다.

자못 여유 있는 태도와 달리 도미옥은 손바닥에 땀이 찰 정도로 주먹을 움켜쥐고 있었다. 그녀는 여태껏 이렇게 좋은 차를 타 본 적이 없었다. 막연하게 느껴왔던 언니와의 격차를 실감하자 도미옥은 스스로를 다독여야 할 만큼 신경이 예민해졌던 것이다.

자신보다 크고 강한 상대와 맞설 때, 패배를 직감하면서도 물러서지 못하는 상황에서, 작고 연약한 짐승이 한껏 몸집을 부풀리며 이빨을 드러내는 것이나 마찬가지였다.

"미옥아. 나는 조수석에 누구 태우고 운전할 땐 말을 잘 안 해. 왠지 알아?"

차를 타고 달려오는 내내 한마디도 하지 않던 도미애가 처음으로 입을 열었다.

"논쟁을 하게 될까 봐 겁이 나서야. 운전 중에 흥분하면 사고 확률이 높아지잖아. 인생 100세 시대라는데 기왕이면 오래 살아야지."

도미애는 조수석을 바라보며 묘한 미소를 지어 보였다.

도미애와 도미옥은 골목 초입의 허름한 슈퍼마켓에서 술과 안줏거리 약간을 샀다. 성환 연립 주차장에 차를 대고 5층까지 걸어 올라갔다. 도미옥은 이렇게 허름한 건물이 도미애의 소유라는 사실이 믿기지 않았다.

"술이라면 다른 데서 마실 수도 있잖아."

"너에게 보여주고 싶은 게 있어서 그래. 여긴 내 아지트이자 작업실이야."

"무슨 작업? 분재 같은 거야?"

도미옥은 복도에 말라죽은 난초 화분들을 바라보며 물었다. 창틀에는 난초용 농약 병들이 놓여 있었다. 죽어가는 화분을 어떻게든 살려보려고 애를 썼던 모양이다.

"그림이야."

도미애가 활짝 웃으며 503호 문을 열어젖혔다. 방 안은 간소하게 꾸며져 있었다. 한쪽 벽은 책으로 가득했다. 작업대로 쓰는 탁자 위에는 스케치며 물감, 팔레트 따위가 쌓여 있었다. 한쪽 벽에는 꽤나 능숙한 솜씨가 돋보이는 풍경화 한 점이 놓여 있었다.

그림은 미완성이었지만 문외한인 도미옥이 보기에도 굉장한 대작이었다. 사람 두셋은 들어갈 법한 초대형 캔버스에는 산 위에서 내려다보이는 서울시내 풍경이 그려져 있었다. 정교하지만 보고 있으면 어딘지 모르게 우울해지는, 보잘것없는 인간세상의 풍경.

도미옥은 자기도 모르게 혼잣말을 했다.

"굉장해."

"몇 년 전부터 짬이 날 때마다 그려온 그림이야. 아직은 미완성이지만."

도미애가 애정 어린 눈빛으로 그림을 바라보며 말했다.

도미애는 탁자 위에 놓여 있던 유리잔 두 개를 깨끗하게 씻어서 가져왔다. 슈퍼마켓에서 사온 소주를 가득 따라 도미옥에게 건넸다. 도미옥도 술이 약한 편은 아니었다. 언니에게 지는 건 죽기보다 싫었다. 도미옥은 도미애와 잔을 부딪쳐 건배하고 컵에 담긴 소주를 단번에 비웠다. 도미애가 빈 잔에 다시 술을 채웠다. 취기가 오르기까진 아직 멀었다.

"겨우 이 그림 보여주려고 여기까지 데려온 거야?"

도미옥이 물었다.

"설마."

도미애는 작업대 겸용 탁자 밑에서 낡은 신발상자를 꺼냈다. 상자에는 두툼한 장부 하나가 들어 있었다.

"이게 뭐야?"

"내 가계부."

도미애가 장부를 펼쳐 도미옥에게 내밀었다. 포스트잇으로 표시된 부분에는 현재까지 도미옥에게 보낸 돈의 내역이 일목요연하게 정리되어 있었다. 아닌 게 아니라 도미애는 도미옥에게 매달 엄청난 돈을 들이고 있었다.

"네가 요구했던 게 10억이었지? 그걸 김규식과 반으로 나눠야 할 것 아냐? 이걸 봐. 그렇게 따지자면 이미 너한테 들어간 돈이 네가 요구한 것보다 많아. 이걸 보니 기분이 어때? 좀 느끼는 게 있니?"

도미옥은 언니의 입에서 김규식의 이름이 나오자 당황했다. 언니는 과연 어디까지 알고 있는 걸까? 도미옥이 무심코 장부에 손을 대려 하자 도미애가 장부를 덮었다.

"나 보기보다 관대한 사람이야. 너 같은 애를 지금까지 거둬준 것만 봐도 알잖아. 선을 넘어오는 사람에게는 가차없지만 그 선이라는 게 그렇게 까다로운 편은 아니거든."

"하고 싶은 말이 뭐야?"

"너는 지금 막 내가 그어 놓은 선을 넘으려 하고 있어. 다시는 돌이킬 수 없는 선택을 하고 있단 말이야. 표정이 왜 그래? 억울하고

분하고 질투나? 너에게도 기회는 많았어. 새 부모 말 잘 듣고 착실하게 살았다면 너도 지금처럼 밑바닥 인생을 살진 않았을 테지. 넌 결정적인 순간에 멍청한 선택을 한 거야. 지금 네 모습이 그 결과라고. 그러니까 이번에는 현명하게 잘 생각해. 이게 내가 너에게 주는 마지막 기회야. 미워도 핏줄은 핏줄이니까."

도미애는 팔짱을 긴 채 유리컵에 든 소주를 홀짝거렸다. 턱을 치켜든 채 내려다보는 도미애의 눈길이 도미옥의 마음에 침잠해 있던 앙금을 휘휘 저어놓았다. 도미옥은 발작적으로 대들었다.

"핏줄? 언니한테 피가 흐르기는 해? 엄마 아빠 돌아가시자마자 그 노인네들한테 알랑방귀 뀐 게 누군데? 내가 집 떠나는 날에도 남자친구랑 술 마시던 게 누군데? 언니는 여우 같은 기회주의자야. 그 늙은이한테 몸 팔아가면서 번 돈으로 유세 좀 부리지 마."

도미애가 도미옥의 뺨을 후려쳤다. 도미옥의 상체가 휘청거렸다. 분한 마음에 따귀로 되갚아주려고 손을 들어 올린 순간, 도미옥은 도미애의 눈을 보았다. 심연처럼 어두운 눈동자가 그녀를 집어삼켰다.

도미애의 안에, 뭔가 있었다. 도미옥에게도 무척이나 익숙한 무엇이.

그녀가 머뭇거리는 사이 도미애가 그녀의 손목을 붙잡았다. 도미옥은 언니가 자신을 죽일지도 모른다고 생각했다. 어쩌면 인생의 절반에 가까운 지난 세월을, 언니도 자신과 같은 마음으로 살아왔을지 모른다.

'언니는 결코 나를 용서하지 않을 거야. 그럴 수 있는 사람이 아니니까.'

　도미옥은 저도 모르게 뒷걸음질쳤다. 도미애는 물러서는 그녀의 팔을 놓아주었다. 다리에 힘이 풀린 도미옥은 벽에 기댄 채 주저앉았다.

　그녀는 인생 전부를 언니와 경쟁했고, 그 모든 싸움에서 패배했다. 하지만 그녀는 아직 싸움을 포기할 마음이 없었다. 이제 그녀에게 남아 있는 것 중 가치 있는 거라곤 오로지 그녀 자신뿐이었다. 그녀가 가진 가장 귀하고 소중한 것. 도미애와의 싸움에서 그녀가 배팅할 수 있는 마지막 담보물. 그녀 자신의 목숨과 자유.

　도미옥은 복도에 놓여 있던 난초용 농약을 떠올렸다. 의식적으로 떠올린 것이 아니라 꼭 누군가 그녀의 재킷 주머니에 말없이 살짝 찔러 넣어준 것만 같았다. 짓궂은 친구가 건네는 애매한 커닝페이퍼처럼, 확신할 순 없지만 마치 그것이 정답이라는 듯이.

　'이걸로 대체 어쩌라는 거야? 이걸 언니한테 어떻게 먹여?'

　도미옥은 난해한 숙제를 받은 기분이었다.

　도미애는 어느새 평소의 차분한 무표정으로 돌아와 있었다. 어쩌면 그녀는 도미옥의 침묵을 굴종으로 받아들였는지도 모른다.

　"좋아. 다 지나간 일을 더는 언급하지 말자. 네가 달라는 대로 줄게. 대신에 조건이 하나 있어."

　"조건?"

　"아이를 네 호적에 올려."

　도미애가 말했다. 도미옥은 용기를 내서 그녀를 쏘아보았다. 두려운 마음에 팔다리가 떨리고 뺨이 화끈거렸다. 마지막 게임은 이미 시작되었다.

　"낮에 말했던 타협이라는 게 고작 이런 거였어? 고작 이런 얘기를 하려고 불러낸 거야?”

“고작? 현금으로 5억이야. 네 깜냥으로는 평생 그 반의반도 못 모아. 이제 내가 할 수 있는 일은 다 했어. 남은 건 네 선택뿐이야. 돈을 갖고 싶어? 그럼 가져가. 가져가기로 결정했으면 다시는 내 눈앞에 나타나지 마. 단, 이거 하나는 명심해. 그 돈을 받는 순간 그 아이는 네 아이야.”

“돈이 어디 있는데?”

“101호에 가 봐.”

도미애가 열쇠 하나를 탁자 위에 올려놓았다. 도미옥은 언니 말을 믿어도 좋을지 고민했다. 그녀가 알고 있는 도미애는 절대로 호락호락한 사람이 아니다. 그녀가 망설이자 도미애가 먼저 입을 열었다.

“물론 너에게도 아직 기회가 있어. 네가 예전의 우리 사이로 돌아가기를 원한다면 그렇게 해줄게. 지나간 일은 전부 잊어. 네가 그렇게 갖고 싶어 하던 5억 원도 잊고, 내가 낳은 애새끼도 잊어버려. 그냥 나한테 생활비 받으면서 남은 인생 편하게 사는 거야. 어때? 이만하면 괜찮은 조건 아니야?”

도미애는 이 상황이 재미있다는 듯 묘한 미소를 지었다. 마치 그녀는 도미옥이 어떤 결정을 내릴지 이미 알고 있다는 듯이, 오만하게 턱을 치켜들고 있었다.

도미옥은 고개를 숙이고 고민하는 시늉을 했다. 5억을 받고 아이와 함께 떠나느냐, 언니에게 빌붙어 지금처럼 숨죽이며 사느냐. 언니가 내놓은 선택지는 두 개였지만 도미옥은 애초에 둘 중 하나를 택할 마음이 없었다. ‘언니는 늘 자기가 규칙을 만드는 사람이라고 생각하지.' 도미옥은 미소를 감추기 위해 더더욱 미간을 찌푸렸다.

적당히 뜸을 들였다 싶을 때쯤, 도미옥이 말했다.

"언니 말대로 할게. 나 이제 언니 돈 필요 없어."

"뭐라고?"

"사실은 나도 막다른 길에 몰려 있었어. 상황을 끝까지 밀어붙이는 것 말고는 달리할 수 있는 게 없었단 말이야. 되돌아갈 기회를 줘서 고마워."

도미옥이 말했다. 도미애는 의외라는 듯 한동안 대답할 말을 찾지 못하다가 마침내 맥 빠지는 웃음을 짓고 말았다. 긴장이 풀린 도미옥도 언니를 따라 웃었다. 무겁던 공기가 다소 가벼워지는 분위기였다.

"잘 생각했어. 네가 현명한 판단을 내려서 나도 참 기쁘네. 차도 끊겼는데 자고 가는 게 어때? 101호에 네 잠자리를 마련해 놨어."

도미애는 밝게 웃으며 101호 열쇠를 건넸다. 도미옥은 열쇠를 받으며 의외라고 생각했다. 나를 어떻게 믿고 이 열쇠를 주지? 내가 돈을 들고 그냥 도망치면 어쩌려고? 혹시 다른 꿍꿍이가 있는 거야?

의심이 들긴 했지만 도미옥은 신경 쓰지 않기로 했다. 어차피 오늘 밤, 도미애는 죽는다.

도미애는 유리잔 가득 든 소주를 비웠다. 그러고는 자신의 빈 잔에 술을 채워 도미옥에게 건넸다. 마치 이것으로 거래가 성사되었음을 선포하는 것 같았다. 도미옥은 떨리는 손으로 술잔을 받아 마셨다.

"내일 마저 얘기하자. 나는 이제 좀 자야겠어."

도미애는 그렇게 말하곤 욕실로 들어가 버렸다. 엄마의 진주 목걸이를 풀어 탁자 위에 올려놓은 채. 곧 욕실 문 너머로 도미애가 몸을 씻는 소리가 들려왔다.

도미옥은 오래전 도미애의 통장에서 돈을 훔치던 날을 떠올렸다. 언니에게 거둔 몇 안 되는 승리의 기억과 함께 마음속에 기이한 확신이 차올랐다. 다시 한 번 그녀에게 기회가 찾아온 것이다. 너무나 완벽한 타이밍이라 마치 하늘이 그녀에게 칼자루를 쥐여주며 속삭이는 듯했다. 최후의 승자는 결국 너라고. 그러니 이 칼로 언니를 내려치라고.

도미옥은 현관문을 열고 창틀에 놓여 있던 난초용 농약을 집어 들었다. 방으로 돌아와 침대 머리맡에 놓인 가습기 뚜껑을 열었다. 통 안에는 이미 물이 반쯤 차 있었다.

도미옥은 그 안에 농약 한 병을 다 쏟아 부었다. 냄새가 좀 나기는 했지만 어지간히 예민한 사람이 아니고서야 눈치챌 것 같지는 않았다. 가습기 전원버튼을 누르자 잠시 후 안개처럼 수증기가 피어올랐다.

도미옥은 손수건으로 자신의 손이 닿았던 물건들을 깨끗이 닦아냈다. 만약을 대비해 지문을 남기지 않기 위해서였다.

여기까지 온 이상 다른 선택지는 없었다. 언니를 거꾸러뜨리거나, 스스로 패배를 인정하고 낮고 천한 존재가 되는 것 외에는. 도미옥은 자신이 승부수를 던지자 하늘이 기회를 준 것이라 생각했다. 마침내 그녀가 이긴 것이다. 언니는 오늘 밤 잠이 들면 다시는 깨어나지 못할 것이다.

'언니는 술도 많이 마셨고 한참 동안 운전도 했잖아. 피곤해서

금방 잠이 들 거야.'

도미옥은 엄마의 진주 목걸이를 목에 걸었다. 마침내 목걸이가
제 주인을 찾았다는 생각에 그녀는 가슴이 벅차오르는 걸 느꼈다.

결국 이렇게 될 운명이었다. 처음부터 그녀가 이기도록 예비된
삶이었다. 비로소 도미옥은 자신을 괴롭히던 그 모든 감정을 긍정
할 수 있게 되었다. 모든 날들이 이 순간을 위한 날이었다.

그녀는 문을 나서는 순간에도 흥분을 가라앉히지 못했다. 이미
저지른 일을 돌이킬 방법은 없었다. 101호에는 현금 5억 원이 있다.
도미옥은 난간을 짚고 비틀거리며 계단을 내려갔다. 쇄골에 닿아
찰랑대는 진주 목걸이의 감촉이 어색했다.

그녀가 도미애와 함께 이곳에 왔다는 사실을 아는 사람은 없으
니, 도미애만 사라지면 된다. 언니의 시신만 사라진다면.

도미옥은 오동구에게 전화를 걸었다. 믿고 의지할 사람이 그뿐이
었다. 오동구는 자다 깬 목소리로 전화를 받았다.

"자고 있었어?"

도미옥이 물었다.

"아니 아직."

오동구는 순진하고 외로운 사람이었다. 무엇보다도 그는 도미옥
을 너무나 사랑했다. 그녀는 그가 단 한 번도 제대로 된 사랑을 경
험해 본 적이 없다는 사실을 잘 알고 있었다. 오늘 밤 그녀는 그가
절실히 필요했다. 도미옥은 이 남자를 한 번 믿어보기로 했다.

"내가 사람을 죽였어."

"뭐라고?"

"사람을 죽였다고. 그러니까 날 좀 도와줘. 아무래도 언니가 죽

은 것 같아."

"*너 지금 어딘데?*"

"청삼동 성환 연립. 내비에 주소 찍으면 나올 거야. 나 지금 지하로 내려왔어."

"*경찰에 신고했어?*"

"아니, 안 할 거야. 절대 아무한테도 알리지 마. 이건 너와 나 둘만의 비밀로 해. 이따가 다시 전화할게."

도미옥은 전화를 끊고 조심스레 101호의 문을 열었다. 방 안에서 퀴퀴한 냄새가 났다. 이 방 안에 그녀의 희망이, 도미애의 돈이 있다. 도미옥이 어둠을 더듬어 스위치를 찾았다.

불을 켜자 누군가 그녀의 팔을 꺾고 입을 틀어막았다. 불덩이가 그녀의 아랫배를 찔러 들어왔다. 도미옥은 그대로 주저앉으며 정신을 잃었다.

마지막으로 눈을 떴을 때, 그녀는 차가운 바닥에 반듯하게 뉘어져 있었다. 형광등 불빛 아래 항공잠바를 입은 남자가 그녀에게 등을 보이고 서 있었다. 항공잠바가 깁스한 오른손으로 현관문을 열자 웬 대머리가 만취한 남자 하나를 들쳐 업고 들어왔다.

도미옥의 의식이 안개처럼 흩어졌다. 시야가 성에 긴 창문처럼 흐려지기 시작했다. 불이 꺼지고 현관문 닫히는 소리가 들렸다. 방 안에는 곯아떨어진 남자의 낮은 숨소리뿐이었다. 도미옥은 흐느끼듯 나지막이 숨을 할딱였다. 그녀의 숨소리가 점차 잦아들었다.

마침내 사위에 고요가 내려앉았다.

21

도미애의 성북동 저택은 도도한 침묵으로 둘러싸여 있었다. 대중
교통이 다니지 않는 북악산 산기슭에 지어진 터라 거주자 외에는
행인도 없었다. 운전기사 딸린 고급 외제차가 없는 사람들은 입주
할 수 없는 동네였다.

서울 한복판에서 속세의 번잡함을 떨쳐낸 이런 공간을 가지기
위해 도미애는 얼마나 많은 돈을 지불했던가? 은색 벤츠 S클래스
뒷좌석에 기대어 앉은 도미애는 실눈을 뜨고 산 아래를 내려다보
았다. 멀리 강북의 꼬질꼬질한 연립주택들이 수천 마리 반딧불처럼
반짝거렸다.

십 년 전만 해도 도미애 역시 저들 중 하나였다. 타성에 찌든 무
능한 상사를 모시고 기계적인 일들을 반복했던 직장생활. 그런 삶
을 벗어나리라 마음먹지 않았다면 그녀 역시 저들 무리 속에서 이

질감 없이 부대끼며 살았을 것이다.

처음에는 도미옥을 쫓아내고 새 부모의 재산을 독차지할 생각을 한 것도 사실이었다. 그러나 이내 그럴 필요가 없어졌다. 새 부모보다 더욱 부유한 남편을 얻은 덕이다.

막상 새 부모가 돌아가시자, 도미옥은 눈엣가시가 되었다. 얌전히 팔다리를 묶어두었다고 생각했는데, 무슨 헛바람이 들었는지 별안간 목돈을 요구하며 협박편지를 보내왔다. 때문에 도미애는 자신의 앞길을 가로막는 장애물들을 가차없이 제거하면서도 죄책감이 들지 않았다.

그녀가 조금은 덜 총명했더라면, 조금 덜 아름다웠다면, 선택의 여지없이 보통의 사람들과 마찬가지로 보잘 것 없는 삶을 지속했을지도 모른다. 도미애는 그 누가 손가락질을 해도 한 점 부끄러움이 없었다. 모두가 욕망하는 것을 그녀는 성취했을 뿐이다.

도미애는 흐릿해진 눈을 비비며 지난 세월 자신이 맞바꾼 것들을 생각했다. 눈길이 닿는 모든 곳에 대리석을 바른 200평짜리 저택. 주차장에는 기분 따라 바꿔 타는 4대의 외제차가 세워져 있다. 지하주차장 바닥에도 최고급 화강석을 깔았다. 정원에는 지리산에서 가져온 금송을 심었다.

그러나 놀랍게도, 그녀의 삶은 달라진 게 없었다. 여전히 똥파리처럼 꼬여드는 인간들과 그들이 빚어내는 끊임없는 잡음. 진절머리가 날만큼 역겨운 사람 냄새. 도미애는 할 수만 있다면 광화문 광장에 폭탄이라도 떨구고 싶은 심정이었다.

"너무 시끄러워."

도미애가 중얼거렸다.

"네?"

도미애의 혼잣말에 나이 든 운전기사가 룸미러를 통해 뒷좌석의 눈치를 살핀다. 이것조차 지겨웠다. 그녀가 뭐라고 한 마디만 던지면 주변에 있던 모두가 그녀의 비위를 맞추려 든다. 사람들 대가리 굴러가는 소리가 도미애에게는 가장 혐오스러운 소음이었다.

"기사님. 나 여기 내려서 갈 테니까 차는 알아서 세워두세요. 오늘은 일찍 퇴근하시고."

"네, 사모님."

도미애는 비틀거리며 차에서 내렸다. 숙취는 도무지 나아질 기미가 없었다. 속초 다녀오는 길에 자주 가는 호텔 바에 들러 안주도 없이 위스키 몇 잔을 비운 탓이다. 요즘 들어 중국인들이 강원도 땅에 눈독을 들인다고 했다. 제주도는 이미 한물갔다. 공항에 가깝고 해변이 많은 강원도가 자꾸만 눈에 들어왔다.

가끔 어울리는 사모님들이 잘 입지도 않는 모피코트와 명품가방을 사 모을 때 도미애는 여기저기 땅을 사 모았다. 50년 뒤를 내다보고 굴리는 돈이었지만 몇 군데는 벌써 대박을 쳤다. 도미애는 만족스러운 미소를 지으며 도미옥을 생각했다.

'미옥이는 아직도 그 더러운 방바닥에 엎어져 있으려나? 아무 소식이 없는 걸 보니 아직 시신은 발견이 안 된 모양이지?'

누구든 도미옥의 시신을 찾아낸다면 살인죄는 장근덕이 뒤집어쓰게 될 것이다. 처음부터 그렇게 되도록 안배해 두었다. 하지만 며칠이 지났는데도 이렇게까지 조용할 줄이야. 도미애는 슬슬 조바심이 들었다. 계획대로라면 지금쯤 성환 연립에서는 난리가 났어야 했다.

‘관리인이 제멋대로 입방정을 떨 타이밍인데. 세입자가 사람을 죽였다고 말이야.’

그러나 이상할 정도로 아무 일이 없었다. 모든 것이 폭풍 전야처럼 고요했다. 그토록 바라던 평온한 일상이 지금은 오히려 불쾌했다. 어쩌면 지레 놀란 장근덕이 도망을 친 건지도 모른다.

‘소심한 성격에 중압감을 못 이겨 자살했을지도 모르지. 정말 그렇게만 된다면 얼마나 좋을까?’

도미애는 긍정적으로 생각하자고 마음먹었다. 어찌 됐든 도미옥은 죽었고, 장근덕은 함정에 걸려들었다. 어수룩한 장근덕이 그 깜냥에 다른 방향으로 잔머리를 굴렸을 가능성은 희박해 보였다.

“늦었네.”

어디선가 익숙한 목소리가 들렸다. 굵직한 중저음의 목소리가 주차장에 메아리처럼 울려 퍼졌다. 고개를 든 도미애는 어지럼증을 느꼈다.

흐릿한 형체가 어둠 속에서 도미애를 기다리고 있었다. 도미옥이었다. 허공에 둥둥 매달려 있는 그녀는 머리 하나쯤 더 높은 곳에서 도미애를 내려다보고 있었다. 가슴께에서 쏟아지는 피를 온몸에 뒤집어쓴 채, 원망하는 눈길로 이쪽을 쏘아보고 있었다.

도미애는 귀신이 두렵지 않았다. 활짝 웃는 얼굴로 도미옥을 향해 삿대질을 했다.

“내가 얘기했지? 잔머리 굴리다가 호되게 당한다고. 넌 항상 그랬어. 결정적인 순간마다 늘 멍청한 선택을 했지.”

도미애가 깔깔대며 웃었다. 도미애는 도미옥의 환영을 향해 천천히 다가갔다.

돌이켜보면 항상 사람이 문제였다. 돈 냄새를 맡으면 끊임없이 똥파리가 꼬였다. 도미옥 역시 그런 부류였다. 꼬박꼬박 돈 타 먹으면서도 매번 뻣뻣하게 고개를 쳐드는 위선자. 신세를 지면서도 굽힐 줄 모르는 역겨운 도덕적 우월감.

"고마워해도 모자랄 판에 감히 누굴 무시해?"

도미애가 목소리를 높였다. 그녀는 버러지 같은 인간들을 어떻게 다뤄야 하는지 잘 알고 있었다. 돈으로는 영영 그들의 마음을 치료할 수 없다. 언제나 사람이 문제다. 사람이 없으면 문제도 없다. 돈은 그저 문제 해결을 위한 수단일 뿐이다.

도미애는 도미옥의 형상을 향해 주먹을 날렸다. 픽, 하는 소리와 함께 주먹에 통증을 느꼈다. 자신이 날린 주먹이 허공을 가를 거라 생각했던 도미애는 깜짝 놀랐다.

그것은 도미옥이 아니었다. 숙취와 편두통 때문에 머리가 지끈거렸다.

"많이 취했냐?"

이진수가 말했다. 한 손으로는 도미애에게 얻어맞은 턱을 문지르면서. 도미애는 눈을 비비고 다시 한 번 남자를 올려다보았다. 산 같은 덩치. 냉소적인 말투. 그럴 리가 없었다. 계획대로라면 그는 이미 영안실에 누워 있는 몸이어야 했다. 도미애는 이죽거리는 이진수를 정면으로 바라보며 어깨를 폈다. 이런 인간쓰레기 앞에서 품위를 잃고 싶진 않았다.

"어디까지 알고 왔어?"

"어지간한 건 다. 네가 도미옥에게 한 짓, 도미옥이 네게 한 짓. 그리고 네 똘마니들이 한 짓까지 모조리 다."

"다 안다면서 제 발로 나타나다니. 배짱 한 번 두둑하네."

"배짱부리는 건 너야 도미애. 이 집에 가정부랑 늙다리 경비원 말고 또 누가 있지?"

이진수가 말했다. 그가 주먹을 말아 쥐자 손가락 관절에서 우두둑 소리가 났다. 도미애는 이진수의 눈을 노려보았다. 아무 의미 없는 자존심 싸움이었다. 이진수가 먼저 입을 열었다.

"네 동생 찾았다."

"잘 됐네. 어디 숨어 있었는데?"

"억지 연기는 집어치워. 네가 도미옥을 죽여서 파묻은 곳을 찾았으니까."

"그게 무슨 소리야? 미옥이가 죽었어? 확실해?"

"내가 시체를 파서 얼굴까지 확인했어."

"저런, 어쩌다가 그런 꼴을……."

도미애가 말했다. 이진수가 코웃음을 쳤다. 이진수는 주머니에서 빈 농약병을 꺼내 도미애에게 내밀었다. 그녀는 받지 않았다. 그저 얼빠진 표정으로 농약병을 바라볼 뿐이었다.

"이게 뭐야?"

"성환 연립에서 가져온 거야. 도미옥이 살해당한 곳. 도미옥은 네 가습기에 이 농약을 탔어. 널 죽이려고. 근데 이건 물에 녹지 않는 성분이거든. 네 방 가습기는 가열식이라 물만 증발시키지. 하여간 운 빨 하나는 기가 막혀."

도미애는 말이 없었다. 이진수는 일그러진 그녀의 얼굴을 바라보며 말했다.

"너는 도미옥을 101호로 유인했어. 장근덕은 술을 진탕 마시고 필름이 끊긴 상태였고. 그 사이에 너의 똘마니가 도미옥을 죽였어. 너는 장근덕에게 모든 죄를 뒤집어씌우려고 했던 거지. 근데 재미있는 게 뭔지 알아? 도미옥은 자기가 널 죽였다고 생각했어. 가습기에 섞은 농약 때문에 네가 죽은 줄 알았다고. 그래서 도미옥은 자기 친구들을 불러 네 시체를 치우려 했던 거야."

"나쁜 새끼. 증거도 없이 사람을 몰아붙여?"

도미애의 목소리에 동요하는 기색은 없었다. 이진수가 비웃었다.

"꼴에 핏줄이라고. 김규식은 죽여 놓고 미옥이는 한번 잘 달래보려 했던 거냐? 술 한잔하면서 어르면 넘어올 것 같았어?"

"날 바보취급 하지 마. 사람은 절대로 변하지 않아."

"처음부터 죽일 작정이었구나. 그래서 미옥이를 유인한 거지?"

도미애는 대답 대신 지갑에서 5만 원짜리 돈뭉치를 꺼내 이진수에게 건넸다. 이진수는 스스럼없이 돈을 받아 자기 주머니에 집어넣었다.

"앞으로 다시 볼 일 없었으면 좋겠어. 피차 험한 꼴 보기 싫으면."

도미애가 경멸 섞인 말투로 쏘아붙였다. 똥파리들은 끊임없이 꼬여 든다. 아무리 어르고 달래고, 쫓아내도 똥파리는 늘 나타났다.

"이건 내 수고비니까 당연히 받아야 할 돈이고. 비밀을 유지하고 싶으면 조금 더 쓰셔야지. 사람이 죽었는데 그냥 넘어갈 수 있을 것 같았어? 이건 네 사생아를 숨기는 것과는 비교가 안 돼."

"내가 그랬다는 증거 있어?"

이진수는 서류봉투 하나를 꺼내어 도미애의 면전에 들이밀었다.

"영수증 사본이다. 슈퍼마켓 주인이 그러더라. 그날 밤 너와 미옥이가 술을 사갔다고. 게다가 신용카드로 결제했네? 카드사에 기록이 남을 텐데."

이진수는 도미애의 표정을 살폈다. 그녀는 동요하고 있었다. 이진수는 자신의 짐작이 옳았음을 확신했다.

"한 가지 더. 넌 네 애가 어떻게 자라고 있는지 알고나 있냐? 너희 외할머니, 몇 년 전에 네 아이 데리고 시골 내려갔더라. 할머니 말로는 아이가 네 얼굴을 못 본 지 오래되었다더군."

"이젠 모성애가 없다고 나를 비난할 셈이야? 웃기지 마. 그 애는 나 혼자 만든 게 아니야. 잘난 애 아버지는 그동안 뭐 하고 다녔대? 왜 나만 그걸 온전히 책임져야 돼? 그리고 미옥이는 원래부터 그랬어. 언니인 나한테 사사건건 이겨 먹으려 들었지. 술은 내가 산 게 맞아. 하지만 미옥이가 죽은 건 나랑 관계없어."

이진수는 그녀가 자신이 친 그물에 걸려들었다고 생각했다. 설령 자신의 추리가 사실이 아니라 할지라도 상관없었다. 그에게는 진실을 밝힐 의무가 없다. 진실은 도미애를 쥐고 흔들 수 있을 만큼이면 충분하다.

"너, 마지막으로 대중교통을 타본 게 몇 년 전이지?"

"뭐라고?"

이진수의 질문에 도미애는 당황했다. 전혀 예상하지 못한 질문이었기 때문이다.

"요즘 버스 값이 얼만지 알아? 하긴 네가 버스 타고 다닐 일이 뭐 있겠냐. 이런 동네에 살면 자가용이 필수지."

"무슨 소릴 하는 거야?"

"네가 도미옥을 데리고 성환 연립으로 갔을 때도 차를 몰고 갔겠지. 물론 만취상태로 다시 돌아올 순 없었을 테고. 내가 그날 밤 네 차를 몰았던 대리운전 기사 찾아내는 데 얼마나 걸릴 것 같아?”

도미애는 두 손으로 자신의 에르메스 핸드백을 움켜쥐었다. 가느다란 손가락이 새하얗게 변했다. 이진수는 도미애의 눈빛이 전에 없이 흔들리고 있음을 느꼈다. 승기를 잡은 것이다. 남은 것은 도미옥과 김규식이 범했던 실수를 되풀이하지 않는 것뿐.

“원하는 게 뭐야?”

“돈이지. 당연히.”

“얼마면 네 입을 닫을 수 있을까?”

“나는 입이 좀 큰데.”

“너무 비싸게 부르진 않았으면 좋겠다. 네 입을 틀어막을 방법은 많아. 널 없애는 게 더 싸게 먹힌다면 그 방법도 고려할 만하지.”

“나는 도미옥이나 김규식처럼 멍청하진 않아. 3억만 땡겨줘라. 현금 일시불로. 그 정도는 무리도 아니잖아?”

“그 돈이면 너는 이미 열 번은 죽었어.”

도미애는 순순히 응할 생각이 없는 듯했다. 이진수는 한 걸음 물러섰다. 셔츠를 걷어 올려 항공잠바의 칼이 비켜간 흉터를 보여주었다. 그가 숨을 들이쉴 때마다 아직 아물지 않은 상처 위에서 징그러운 실밥이 꿈틀거렸다.

“난 목숨이 아홉 개라서. 푼돈 아끼려다 나중에 큰돈 들인다.”

이진수의 입꼬리가 씰룩거렸다. 도미애는 질렸다는 듯 고개를 돌렸다. 그녀는 핸드백을 뒤져 자신의 휴대폰을 꺼냈다. 누군가와 짧은 통화를 마친 그녀가 이진수를 돌아보았다.

“어떻게 받아갈 거야?”

"내일모레 오후 6시. 9호선 고속버스터미널 물품보관함에 넣어둬. 보관함 번호는 문자로 알려줘. 내가 죽거나 체포되면 증거를 온 세상에 뿌릴 거야."

"알았으니까 꺼져."

"친구끼리 왜 이래? 너한테 그 정도는 무리도 아니잖아."

"부자든 거지든 내 돈 아까운 건 똑같아. 네가 그렇게 말했잖아? 그땐 나도 널 믿었는데. 우린 좋은 친구로 남을 수도 있었어. 피차 더러운 꼴 안 보고."

"좋은 교훈 얻은 셈 치자. 수업료가 비싸서 쉽게 잊을 수도 없 겠지."

도미애는 이진수의 뺨을 후려쳤다. 생각보다 손이 매웠지만 피할 생각은 처음부터 없었다. 이진수는 도미애를 내려다보며 환하게 미 소 지었다. 받은 게 3억이면 이 정도 서비스는 해줘도 된다고 생각 했다.

도미애가 삿대질을 했다.

"나라고 꼼짝없이 당하고 있었던 줄만 알아? 너는 네가 세상에 서 제일 똑똑한 줄 알지?"

"똑똑한 건 너잖아. 난 잃을 게 없는 놈일 뿐이야."

"잃을 게 없어? 정말 그래? 이진수. 내가 왜 너를 골랐을 것 같 아? 네가 정말 능력 있는 경찰이라서 널 택한 줄 알았어? 이번 일 을 준비하면서 네 뒷조사를 좀 했지. 나는 네가 경찰에서 쫓겨난 이유를 알아. 시위대 손가락을 부러뜨렸다고? 거짓말하지 마 이 변 태 새끼야."

도미애의 말을 들은 이진수는 순간 얼굴이 화끈 달아오르는 것을 느꼈다. 사람에겐 누구나 건드려선 안 될 마음의 약점이 하나씩은 있다. 이진수에게도 물론 그런 역린이 있었다.

도미옥이 언니의 가습기에 농약을 탄 것도 같은 이유에서였을 것이다. 서로 지고는 못 사는 성격의 자매였으니까. 도미애는 비약적인 신분상승에 보란 듯이 성공했지만, 도미옥은 여전히 보잘 것 없는 인간으로 남았다. 그러니 두 사람이 쌓아올린 불신과 반목의 벽은 또 얼마나 높았을까.

이진수는 당장이라도 도미애의 목을 비틀어 꺾어버리고 싶었다. 그는 어금니를 깨물며 끓어오르는 충동을 가까스로 억눌렀다. 도미애는 계속해서 그에게 독설을 퍼부었다.

"내가 사람을 좀 부려봐서 알지. 하여간 애나 어른이나 후려 패지 않으면 들어먹지를 않는다니까? 요즘 세상에 믿을 만한 사람 구하기가 얼마나 힘든 줄 아니? 그래서 차라리 다루기 쉬운 놈을 골라야겠다고 생각했지. 동창들 중에 이쪽 계통 사람을 찾다가 일간지에서 네 기사를 읽었어. 어린이집 교사의 남편이 마누라 직장에 꼬박꼬박 찾아가 애들을 추행했다지? 네 마누라가 널 떠난 것도 사실은 그것 때문이잖아. 너는 성인 여자랑은 관계를 할 수 없는 놈이니까. 이 더러운 아동 강간범새끼야."

"난 무혐의로 풀려났어. 정정보도가 나가지 않았을 뿐이야. 사람들은 자극적인 사건이 일어났을 때만 관심을 가지고 결과는 신경을 안 써."

"그래. 결과적으로 넌 그냥 운이 좋았던 거야, 이 개새끼야. 해바라기센터라고 알아? 너 같은 범죄자 새끼한테 당한 애들이 상담받고 치료받는 데야. 쪽팔려? 부끄러운 줄은 알아? 네 일가친척들이 고개도 못 들고 다니게 아예 상담 녹취록을 인터넷에 쫙 뿌려줄까?
애들은 거짓말을 안 해."

도미애가 말했다. 이진수의 머릿속에서 온갖 상념들이 뒤섞여 소
용돌이쳤다. 통제를 벗어난 감정, 과장되고 왜곡된 기억. 악몽과 함
께 고개를 쳐드는, 스스로의 추악한 욕망.

자신이 소아성애자라는 사실을 알게 된 건 중학교 때였다. 가장
친한 친구에게 비밀을 털어놓았을 때 이진수는 그것이 평생을 감
내해야 할 무거운 짐이라는 사실을 깨닫고 절망했다. 그의 욕망은
어떤 식으로도 용서받을 수가 없는 것이었기 때문에.

평생을 금욕하며 살아야 한다는 사실을 받아들이고 난 뒤 이진
수는 경찰이 되기로 결심했다. 끓어오르는 혈기를 누르기 위해 강
박적으로 운동에 매달렸다. 그는 누구에게도 상처를 주고 싶지 않
았다. 사랑하는 사람은 물론, 자기 자신에게도.

이진수가 힘겹게 입을 열었다.

"난 무혐의로 불기소 처분을 받았어. 뭔가 오해가 있는 모양인
데……"

"변태들이 어린애들 좋아하는 것도 다 이유가 있다던데? 다 큰
여자와는 정상적인 관계를 맺을 자신이 없는 거지. 그래서 늘 자기
보다 약한 사람만 찾는 거라더군. 애들은 반항을 안 하잖아. 언제든
지 쉽게 제압할 수 있고."

도미애는 이진수를 바라보며 슬그머니 미소 지었다. 꿈에서 항상
이진수를 괴롭혀왔던 야비하고 불길한 미소. 모두가 그를 조롱하고
있다 느낄 때면 이진수는 식은땀을 쏟으며 화들짝 잠을 깨곤 했다.

근육이 불거진 이진수의 두 팔 위로 우악스런 힘줄이 튀어나니 왔

다. 그러나 도미애는 조금도 겁을 먹지 않았다.

"아무리 근육을 키우고 강해 보이려 애써도 소용없어. 넌 마음이 병들었잖아. 세상에서 제일 나약한 새끼라고. 내가 왜 화가 나는지 알아? 나는 네가 좀 더 싸게 먹힐 줄 알았어. 이삼천쯤 쥐어주고 적당히 달래면 퉁 칠 수 있을 줄 알았어. 너 같은 싸구려한테 3억이나 물릴 줄은 몰랐다고. 앞으로 입단속 확실히 해. 네 일가친척이랑 대한민국 땅에서 발붙이고 살고 싶으면."

도미애가 이진수의 발치에 침을 뱉었다. 그러고는 처음부터 아무 일 없었다는 듯 이진수를 스쳐 걸어갔다. 이진수는 텅 빈 주차장에 혼자 남아 멀어져가는 도미애의 뒷모습을 멍하니 바라보았다. 도미애가 보안게이트 비밀번호를 누르는 사이, 이진수가 그녀의 뒤통수에 대고 고함을 질렀다.

"그러는 너는? 늙은이 취향이라 그렇게 당당한 거냐? 돈 많은 노인네 밑이나 핥으면서 사는 주제에."

도미애는 고개를 돌려 이진수를 마주 보았다.

"야, 너무 애쓰지 마. 너 어차피 나 못 이겨."

도미애는 이진수를 향해 가운뎃손가락을 치켜세웠다. 그녀는 이내 건물 안으로 사라졌다. 그 순간 이진수는 처음으로 도미애에게 두려움을 느꼈다. 그녀에게는 치부가 없다. 건드려서는 안 될, 인간으로서 누구나 가지고 있어야만 할 것들이 그녀에겐 없었다. 그는 아무리 생각해도 도미애와 싸워 이길 자신이 들지 않았다. 그에게는 부끄러움을 모르는 자와 맞설 수단이 없기 때문에.

피해자는 세 살이었다. 진술에 일관성이 있을 리 없었다. 이진수는 종종 아내의 퇴근시간에 맞춰 어린이집에 갔다. 그중에 그가 어린이집에 들어갔던 것은 단 한 번이었다.

아이는 추행을 당한 장소를 번복했다. 화장실에서, 창고에서, 주차장에서 성추행을 당했다고 했다. 증거 없음. 목격자 없음. 정황상 혐의 없음. 불기소의견 송치. 그러나 이진수에게는 아무 의미도 없는 말이었다. 그는 그날 무슨 일이 있었는지를 똑똑히 기억하기 때문에.

도미애가 옳았다. 결과적으로는 무혐의였지만 그냥 운이 좋았을 뿐이다.

이진수는 양손으로 얼굴을 감싸고 바닥에 주저앉았다. 무너져 내린 마음 위로 눈물이 쏟아졌다. 경찰로 근무하던 지난날 무수히 지켜본 수많은 악인들의 모습이 떠올랐다. 그들 하나하나의 모습이 이진수 자신의 얼굴 위에 한없이 오버랩되었다.

그는 되도록 먼 곳으로 떠나야겠다고 결심했다. 영원히 사라지는 것이다. 아무도 그를 찾을 수 없는 곳으로.

22

장근덕은 다시 혼자가 되었다. 삼합회의 남자들은 사라졌다. 그들을 쫓아왔던 정체불명의 남자도 함께. 남은 것은 진주 목걸이뿐이었다. 여자가 남긴 유품이었다.

목걸이는 제법 값나가는 물건처럼 보였다. 인터넷에 검색해 보니, 아쉽게도 중고 진주는 매입하는 곳이 없었다. 팔 수 있는 것은 금으로 된 목걸이 줄뿐이었다. 결국 아무 짝에 쓸모없는 물건이었던 것이다.

'절에다가 봉안이라도 해야 할까?' 처음에도 장근덕도 그렇게 생각했다. 그러나 기억이 으레 그러하듯, 시간이 지나자 여자와의 약속도 점점 희미해졌다. 이제는 그녀의 얼굴도, 그날의 사건도 가물가물했다. 마치 끔찍한 악몽에서 깨어난 기분이었다.

며칠이 지나도 귀신이 나타난다거나, 경찰이 들이닥치는 일은 일어나지 않았다. 모든 게 귀찮아진 장근덕은 책상 서랍 구석에 진주 목걸이를 쑤셔 넣었다. 일종의 기념품이라 생각하니 가지고 있는 것도 그리 나쁘지만은 않을 것 같았다.

장근덕은 편의점에 휴가를 내고 죽은 듯이 이틀을 잤다. 자고 일어나니 세상 모든 것이 그대로였다. 하지만 안도할 수 없었다. 그의 내면은 이미 뭔가 달라져 있었으니까. 그만이 알 수 있는 무언가가.

장근덕은 삼각 김밥과 유제품이 잔뜩 들어 있는 편의점 비닐봉지를 바닥에 내려놓았다. 유통기한이 임박한 폐기 식품이었다. 현관 등은 며칠 전에 새것으로 갈아 끼웠다. 한 손으로 벽을 더듬어 거실 불을 켰다. 방 안을 가득 메우고 있던 어둠이 자취를 감췄다. 장근덕은 잠시 제자리에 서서 방을 살펴보았다.

부엌은 깔끔하게 정돈되어 있었고 이부자리도 새것이었다. 바닥은 알바 가기 전에 물걸레로 닦아놓았다. 장근덕은 한쪽 벽에 기대어 놓은 전신 거울에 스스로를 비춰보았다.

"살을 좀 빼야겠어."

장근덕은 편의점 음식을 봉투째 쓰레기통에 던져 넣었다. 저녁을 거르는 대신 창문을 활짝 열었다. 찬바람이 묵은 공기를 헤집어놓았다.

오래된 충동이 다시금 고개를 쳐들었다. '사랑을 모르는 사람은 적어도 사랑 때문에 괴로워하진 않아. 하지만 여자가 없는 삶이라도 욕망은 멈출 수 없지. 쾌락은 힘이 세니까.'

장근덕은 여자의 벌거벗은 시신을 생각했다. 그녀의 늘씬한 몸과 허리께의 문신을 떠올렸다.

'어쩌면 난 이미 총각 딱지를 뗐는지도 몰라. 단지 지금은 그날

밤의 일이 기억나지 않을 뿐이지. 그녀가 나를 따라 내 방에 들어왔고, 그때 우린 둘 다 술에 취해 있었던 거야. 그리고 어쩌면……
그 여자를 죽인 게 정말 나였는지도 몰라.'

장근덕은 으스스한 기운을 느끼며 몸을 떨었다. 창문을 열어놓은 탓만은 아니었다. 찰나의 쾌락 뒤엔 죄책감과 자기혐오, 두려움이 남는다는 걸 장근덕은 이미 겪어봐서 알고 있었다.

'이제 와서 어때? 넌 어차피 병신이잖아. 새삼스레 너에게 실망할 사람도 없을 텐데 뭐.'

그렇게 생각하니 왠지 기분이 나아졌다. 그녀의 죽음에 대해 장근덕은 무엇하나 확신할 수 없었지만, 딱히 진실이 궁금하지는 않았다.

띵동.

초인종 소리가 들렸다. 장근덕은 새로 단 방범 체인을 걸고 조심스레 문을 열었다. 현관 밖에서 낯익은 얼굴이 환하게 웃고 있었다. 매끈한 다리에 징 박힌 하이힐. 북극곰을 연상케 하는 보풀 투성이 니트.

"안녕하세요."

풍선껌이 밝게 인사했다. 베일 듯 날카로운 고음이었다. 껌으로는 분홍색 풍선을 만들어 딱딱 소리를 내면서.

"안녕하세요. 그런데 어쩐 일로?"

"전에는 너무 갑자기 쳐들어왔던 것 같아서요."

풍선껌은 한 손으로 윤기가 흐르는 붉은 입술을 가린 채 웃었다. 장근덕도 뒤통수를 긁으며 따라 웃었다. 짧게 자른 중지와 약지 손톱 밑에 개기름과 비듬이 끼었다. 장근덕은 손톱을 추리닝 바지에 황급히 문질러 닦았다.

"주스 좀 사왔는데 드세요."

풍선껌이 문틈으로 열두 개들이 오렌지 주스 상자를 밀어 넣었다. 장근덕은 활짝 웃으며 두 손으로 풍선껌의 선물을 받았다.

"고맙습니다."

"참, 저 여기 이사 오기로 결정했어요."

"그거 잘됐네요."

"윗집이 며칠 전에 방을 뺐다더라고요. 이제 이웃이니까 앞으로 종종 보겠네요."

풍선껌이 환하게 웃으며 손을 흔들었다. 그녀는 또각거리는 구두 소리를 남기며 자기 방으로 돌아갔다. 장근덕은 한참 동안 풍선껌의 뒷모습을 지켜보았다. 복도에 아무도 없는 것을 확인한 뒤 현관문을 닫았다. 면 냄새가 나는 새 이불 위에 엎드려 풍선껌이 준 오렌지 주스를 까 마셨다. 빈 병에선 새콤한 과일 향이 났다.

장근덕은 계단을 올라가던 풍선껌의 뒷모습을 상상했다. 다시 생각해 보면 그녀의 꽉 끼는 스키니진은 그리 나쁘지 않았다. 소시지처럼 매끈한 둔부가 눈앞에 아른거리는 듯했다.

남아 있던 오렌지 주스를 입 안에 털어 넣었다. 장근덕은 바지 안으로 손을 넣어 사타구니를 문질렀다. 왜소한 성기가 딱딱하게 부풀어 올랐다. 익숙한 쾌감이 찾아왔다. 장근덕은 풍선껌의 뒷모습을 상상하며 낮은 신음을 삼켰다.

상상 속에서 장근덕은 풍선껌을 눕히고 그녀의 꽉 끼는 바지를 벗겼다. 가운데에 검은 리본이 달린 살구색 팬티 위로 새끼손가락만 한 풀꽃 문신이 모습을 드러냈다.

침침한 조명 아래에서 그녀의 육체는 새하얗게 빛난다. 장근덕이 손을 뻗어 그녀의 둔부를 움켜잡는다. 군살 없이 늘씬한, 차갑고 축축한, 두 다리가 온전한 그녀를 떠올리며. 장근덕은 화장실로 달려가 타일 바닥에 사정을 했다.

23

오동구는 트레이너에게 손을 내밀어 악수를 청했다. 그를 배웅하는 트레이너의 미소는 매력적이었다. 오동구는 그 미소를 보며 새삼 헬스장 영업은 걱정이 없겠다는 생각을 했다.

"갑자기 결정된 일이라 미안해요. 내가 스티븐 씨를 좀 더 도와드렸어야 했는데."

"영영 가시는 것도 아닌데요 뭐. 며칠 일정으로 다녀오시는 거예요?"

"계획 없어요. 언제가 될지. 어쩌면 영영 안 돌아올지도 모르고요."

"무슨 일 있으세요?"

오동구의 안부를 걱정하는 트레이너의 표정이 어두웠다. 오동구는 그가 배우를 했어도 좋았으리라는 생각을 했다. 호감이 가는 미소와 완벽한 표정 연기 때문에.

한편으로 오동구는 망설였다. 어떤 대답을 해야 할까? 무슨 일이 있었다고 말을 할까? 트레이너는 두 팔로 오동구의 어깨를 친근하게 감싸며 다시 환한 미소를 지었다.

"무슨 일인지는 몰라도 금방 돌아오시리라 믿어요."

"스티븐 씨도 잘 지내요. 우리 아버지는 나처럼 어벙한 사람이 아니니까 적응하는 데 시간이 좀 걸릴지도 몰라요."

"별말씀을요. 그나저나 대표님 가시면 서운해서 어쩌죠? 회원님들도 많이 아쉬워할 거예요."

트레이너의 말을 들은 오동구가 냉소했다.

"그럴 리가요. 나도 내가 어떤 사람인지 정도는 알아요."

오동구는 머쓱해하는 트레이너를 남겨둔 채 돌아섰다. 갈아입을 옷과 세면도구가 든 40리터짜리 등산배낭을 어깨에 둘러멨다.

그는 곧장 시외버스 터미널로 향했다. 현금으로 동해 가는 차표를 샀다. 목적지를 정한 것은 아니었다. 우선은 최준과 미셸의 시신이 발견될 때까지만이라도 몸을 숨길 곳이 필요했다. 되도록 유랑하듯 지낼 생각이었다.

운이 좋다면 유야무야 넘어갈 수 있을지도 모른다. 두 사람을 묻은 폐가는 사람의 발길이 닿지 않는 곳이니까. 계절을 몇 번만 넘기면 새 공사를 시작할 수 있을 것이다. 폐가를 허물고 저렴한 농가주택을 올릴 계획이었다. 되도록 마당을 파헤치지 않는 선에서.

바라건대 몇 년이 지나면 이 모든 일들을 잊어버릴 수 있기를. 미셸은 왜 죽어야만 했는지, 장근덕에게는 무슨 일이 있었던 건지, 갑자기 들이닥쳐 그의 인생을 박살 낸 그 남자는 누구였는지. 그 모든 의문을 어딘가에 묻어둘 수 있을지도 모른다.

하지만 추억만큼은 어쩔 도리가 없었다. 과연 그 모든 일을 잊어버릴 수 있을까? 오동구는 강원도로 향하는 내내 스스로에게 끊임없이 되물었다. 그러나 끝내 어떤 질문에도 답을 할 수 없었다.

차창 밖으로 쇠락한 소도시의 풍경이 펼쳐졌다. 초등학교 운동장만 한 시외버스 터미널에는 택시조차 없었다. 오동구는 바닷바람을 맞으며 어디로 가야 할지를 고민했다.

바다가 보이는 방향으로 무작정 걷기로 했다. 내리막길 너머로 망망히 펼쳐진 수평선을 바라보며 하루 종일 미셸을 생각했다.

남자가 했던 말이 머릿속을 맴돌았다.

"당신 말이 맞다면 저 여자는 도미애여야 해. 도미옥이 아니라."

도미옥. 어쩐지 미옥은 미셸과는 다른 사람인 것 같았다. 오동구는 자신의 가슴 밑바닥에서 이제 막 뜨거운 기운이 움트기 시작했다는 사실을 알아차렸다. 그것은 그가 태어나서 처음으로 가져본 열의였다. 모종의 진실을 향한 열정이었다.

오동구는 알고 싶었다. 도미애와 미셸 사이에 어떤 일들이 있었는지. 미셸은 왜 죽어야만 했는지. 오동구는 바다를 바라보며 그 모든 의문에 대한 답을 구하겠다고 맹세했다.

그러기 위해서는 다시 성환 연립으로 돌아가야 했다. 이 모든 사건이 시작된 곳으로. 오동구는 바다를 등지고 돌아섰다. 그리고 막차가 끊기기 전에 돌아갈 차표를 사야겠다고 생각했다.

최준은, 사람은 결코 변하지 않는다고 말했다. 아니다. 사람은 결국 변한다. 어떤 식으로든 변하게 되어 있다. 오동구는 자신도 이미 많이 변해버렸다는 사실을 알고 있었다. 미셸이 그의 가슴에 뭔가를 심어 놓았기 때문에. 어느 땅에 묻어도 감출 수 없는 무언가를.

그러나 오동구는 그것이 무엇인지를 설명할 수 없었다. 기억나는 거라곤 그녀의 입술, 오로지 입술뿐이었다.

〈끝〉

오세요, 청삼동 성환 연립으로

— 주렁주렁(브릿G 추천 리뷰어)

신원섭 작가의 미스터리 장편 소설 『짐승』은 네 명의 주요 캐릭터가 번갈아 각 화의 타이틀이자 주인공이 되어 이야기를 풀어나가는 구조이다. 연재된 목차만 봐도 누가 주인공이고 누가 탐정 역할이며 특히 누구에게 끌릴지가 궁금해진다. 『짐승』은 이런 독자의 기대를 각 캐릭터가 저다마의 이유로 보기 좋게 배신하면서 이야기를 시작한다.

오동구는 프롤로그에서 사랑하는 여인 미셸의 전화를 받는다. 사람을 죽였으나 경찰에 자수할 생각은 없고 시체 처리를 도와달라는 부탁 전화이다. 오동구는 살인자의 공범이 되는 데 잠시 갈등하지만 사랑하니까 돕기로 결정한다. 짧은 프롤로그로 섣불리 판단하기는 무리이지만 그는 진실을 파헤치는 데 관심이 없어 보이고 빌

도덕성도 없어 보인다. 오동구가 돈으로 합류시킨 친구 최준 역시 오동구와 별 차이가 없어 보인다.

1화의 주인공인 장근덕이 술이 깨 일어나 보니 방 안에 모르는 여자 시체가 있다. 간밤의 폭음으로 필름은 끊겼고 암만 생각해 봐도 이 집에 출입 가능한 사람은 없으니 영락없이 자신이 범인으로 몰릴 것 같다. 장근덕의 방은 밀실이고 여기까지 보면 밀실 추리 같다. 그가 기억하지는 못하나 뭔가 음모에 휘말렸을 것이며 하나씩 단서를 모아가며 자신에게 씌워진 억울한 누명을 벗을 것이다. 그럴 것 같았다. 그러나 그 기대는 곧 깨진다. 장근덕이 시체를 처리하기 좋도록 토막 내는 방식을 선택하기 때문이다.

다음 등장하는 이진수는 실직한 전직 경찰이다. 실직과 함께 이혼했고 지금은 근근이 살아가고 있을 뿐이다. 그러다 고교 동창인 도미애의 연락을 받고 동생인 도미옥을 찾아달라는 의뢰를 받는다. 실의에 차 있는 실직한 전직 경찰, 갑자기 찾아온 갑부 여자, 너무 쉬워 보이는 여자의 의뢰. 하드보일드 추리 소설의 도입부 같다. 단순한 의뢰인지 알고 받아들였다가 더 큰 음모가 있다는 걸 알게 되고 파헤치고…… 그럴 것 같았다. 하지만 이 기대 역시도 바로 깨진다. 그는 알코올 중독자라거나 그냥 실의에 찬 전직 경찰이 아니라 페도필리아 성향으로 사고를 쳤다고 의심받았고 무혐의 처분됐지만 어쨌든 그 일로 잘렸기 때문이다. 웬만하면 주인공이 되기에 어려운 캐릭터이다.

마지막으로 등장하는 중요 캐릭터 도미옥 역시 독자의 성에 차지 않는다. 계속 화가 나 있고 친언니를 뼛속 깊이 미워하다 언니의 돈까지 훔쳐 가출한다. 게다가 양심의 가책도 전혀 느끼지 못하는 성격이다.

시작부터 장근덕은 자신의 방 안에서, 오동구와 그의 친구 최준은 동승한 승용차에서, 이진수는 사회적으로 매장된 상황에서, 도미옥은 애인과의 자취방에서 각각의 폐쇄된 밀실이라는 공간에 처해 있다. 누구에게도 그다지 마음이 가지 않는다. 이들의 연관성도 알 수 없다. 그저 캐릭터 몇 명과 신원미상의 여자 시체 한 구가 장근덕의 자취방에 덩그러니 있을 뿐이다.

『짐승』은 도입부부터 독자에게 여러 가지 질문을 건넨다.
1. 죽은 여자는 누구인가? 2. 누가 죽였는가? 3. 어떤 방법으로 밀실인 장근덕의 방으로 들어왔는가? 4. 왜 죽였는가? 5. 시체와 주인공들은 어떻게 될 것인가?

시체도 신원미상이고 범인도 미상이고 살해 동기도 짐작 가지 않고 심지어 누가 탐정 역할을 할런지도 알 수 없다. 캐릭터 몇몇과 여자 시체 하나가 제시되었을 뿐이다. 때문에 여러 겹으로 쌓여 있는 미스터리는 시작부터 강력하고 이를 풀기 위해서는 번갈아가며 주인공 역할을 수행하는 캐릭터를 따라갈 수밖에 없다.

게다가 얼핏 보기에 한 배를 탄 것 같은 『짐승』의 캐릭터들은 초반부터 소설 밖 독자의 감정이입을 거부하더니 점점 소설 속에서도 서로가 서로를 방해한다. 편의점 아르바이트생인 장근덕의 일상은 신원 미상의 시체로 방해받고, 전직 경찰 이진수의 칩거는 동창 도미애의 등장으로 방해받는다. 도미애와 도미옥은 서로를 방해하며 오래된 친구사이인 오동구와 최준 역시 순간순간 서로의 방해물이란 점에서 별반 다르지 않다. 심지어 경비원이 파수꾼처럼 시시때때로 등장해 진상 규명을 방해한다. 누구 하나 시원스럽게 호의를 베풀지 않고 누구 하나 선뜻 입을 열지 않고 누구 하나 이거다 라고 명쾌하게 답을 내리지 않는다. 이들은 이런 방해 과정 속에서 사건의 진상에 접근하는데 그러면서도 동시에 똑같이 같은 장소로 향한다.

청삼동 성환 연립.

"내가 사람을 죽였어." 미셸이 프롤로그에서 선언했다. 사람을 죽였다고. 더불어 한 가지 지령도 내렸다. "청삼동 성환 연립. 내비에 주소 찍으면 나올 거야. 나 지금 지하로 내려왔어." 청삼동 성환 연립이란 어떤 곳인가. '성환 연립은 5층짜리 다세대 주택이었다. 비탈길에 걸친 건물은 초라하고 음침했다. 낡아빠진 외벽은 페인트가 군데군데 벗겨져 각질처럼 일어났다. 베란다 난간에서는 황토색 녹물이 흘러나와 핏자국처럼 번져 있었다. 군데군데 얼룩진 곰팡이가 꼭 멍 자국처럼 보였다.'

미셸의 지령처럼 이들은 각자 자기 차를 가지고 청삼동 성환 연립으로 향한다. 누구는 벤틀리를 타고, 누구는 구형 아반떼를 몰고, 누구는 새로 뽑은 벤츠 E.클래스를 운전하면서. 청삼동 성환 연립은 사건의 시발점인 시체가 발견된 장소이면서 어떤 짐승이 숨어 있을지 모르는 곳이기도 하다. 나아가 때때로 이들은 짐승이 되기 위해 성환 연립으로 향하는 듯도 하다. 소설 내의 시간 흐름이 짧은 『짐승』에서 남의 차를 얻어 타는 경우는 있어도 전철이나 버스 등의 대중교통을 이용하는 장면은 단 한 번도 없다. 이들의 자가용이 영동 고속도로, 올림픽 고속도로, 경부 고속도로를 달리면 달릴수록 숨을 곳 없는 밀실처럼 느껴졌던 이야기의 속도감은 점점 더 빨라지고 사건의 핵심에 더 가까워진다.

『짐승』은 웹소설 전문 플랫폼 브릿G에서 약 70일간 총 35회에 걸쳐 연재된 미스터리 소설이자 신원섭 작가의 첫 번째 장편 소설이다. 작가의 첫 장편이 맞나 놀라울 정도로 이야기의 속도감은 빠르고 중간중간 묘사와 특히 대사가 좋다. 짜임새 있으면서 부지런하고 그러면서도 과잉이 적다. 매끈한 소설이다. 또한 연재소설이란 미덕을 잘 살린 소설이기도 하다. 물론 이 과정에서 만족스럽지 않은 부분이 전혀 없다고 할 수는 없겠지만 이 때문에 오히려 차기작을 더 보고 싶은 작가이다. 차기작이 장편소설이고 미스터리 장르라면 더 좋을 것 같은 개인적인 소망은 말할 것도 없고.

짐승

1판 1쇄 펴냄 2018년 1월 11일
1판 2쇄 펴냄 2018년 4월 11일

지은이 | 신원섭
발행인 | 박근섭
편집인 | 김준혁
펴낸곳 | 황금가지

출판등록 | 2009. 10. 8 (제2009-000273호)
주소 | 06027 서울 강남구 도산대로 1길 62 강남출판문화센터 5층
전화 | 영업부 515-2000 **편집부** 3446-8774 **팩시밀리** 515-2007
홈페이지 | www.goldenbough.co.kr

도서 파본 등의 이유로 반송이 필요할 경우에는 구매처에서 교환하시고
출판사 교환이 필요할 경우에는 아래 주소로 반송 사유를 적어 도서와 함께 보내주세요.
06027 서울 강남구 도산대로 1길 62 강남출판문화센터 6층 민음인 마케팅부

© 신원섭, 2018. Printed in Seoul, Korea
ISBN 979-11-5888-340-9 03810

㈜민음인은 민음사 출판 그룹의 자회사입니다.
황금가지는 ㈜민음인의 픽션 전문 출간 브랜드입니다.

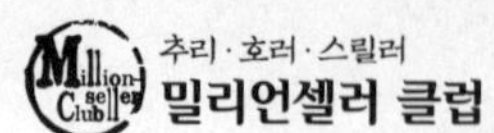

추리·호러·스릴러
밀리언셀러 클럽